消失的17岁

Nova Ren Suma
[美] 诺瓦·伦·苏玛——著
刘丽洁——译

CNS PUBLISHING & MEDIA
湖南文艺出版社
HUNAN LITERATURE AND ART PUBLISHING HOUSE
博集天卷
CS-BOOKY

图书在版编目（CIP）数据

消失的17岁/（美）苏玛著；刘丽洁译. — 长沙：
湖南文艺出版社，2014.7
书名原文：17 & Gone
ISBN 978-7-5404-6768-5

Ⅰ. ①消… Ⅱ. ①苏… ②刘… Ⅲ. ①长篇小说－美国－现代 Ⅳ. ①I712.45

中国版本图书馆CIP数据核字（2014）第117881号

著作权合同登记号：18-2014-012

上架建议：外国文学

消失的17岁

作　　者：［美］诺瓦·伦·苏玛
译　　者：刘丽洁
出 版 人：刘清华
责任编辑：薛　健　刘诗哲
监　　制：蔡明菲　潘　良
策划编辑：马冬冬
特约编辑：汪　璐
版权支持：文赛峰
营销支持：尤艺潼
封面设计：棱角视觉
版式设计：张丽娜
出版发行：湖南文艺出版社
（长沙市雨花区东二环一段508号　邮编：410014）
网　　址：www.hnwy.net
印　　刷：北京鹏润伟业印刷有限公司
经　　销：新华书店
开　　本：880mm × 1230mm　1/32
字　　数：208千字
印　　张：8.5
版　　次：2014年7月第1版
印　　次：2014年7月第1次印刷
书　　号：ISBN 978-7-5404-6768-5
定　　价：32.80元
（若有质量问题，请致电质量监督电话：010-84409925）

谨以此书献给对我关怀备至的母亲

和18岁邂逅并相伴至今的艾瑞克

目录

楔子　001

第一部分　寻人启事　003

她对我来说绝不是一个普通的女孩。我的脑海隐约闪过一颗火星，它迅速在我浑身上下燃烧开来，令我感觉不到周围的严寒。这是我过去从未有过的感觉。此时，我只有一个念头：必须找到她。

第二部分　消失的菲奥娜　053

“不，她不会的，”菲奥娜·伯克说道——不过，我的确记住了那张脸。我在墙角转过身，偷偷瞟着他。他的上嘴唇淹没在大胡子当中，本来很小的脑袋上长着一双更小的眼睛。

第三部分　夏恩，以及……　121

我又变成独自一人，我细细感觉，但自己耳边一丝气息也没有。

夏恩到底想要我做什么呢？难道只是想向我倾诉她的故事吗？

第四部分　尾声　245

我的声音告诉我，或者是我身体中某个无声的部分告诉我，或者是我头脑中的神经突触爆开，绽放出一幕由踢踏步和飞舞的谎言组成的歌舞剧，告诉我，无论我认为自己知道什么，自己都错了。

作者后记　263

致谢　264

楔子

每天都有女孩失踪。有人翻窗离家钻入陌生的汽车，或者留下告别的字条，或者没有只言片语，甚至跨出国境；有人招手叫停路过的汽车，挤进满满当当的后座，甚至坐在他人腿上，或者把自己蜷缩成一团，或者把身子探出车顶窗，发出胜利的呼喊。她们的出走究竟是经过精心策划，还是一时冲动，旁人无法探知。有些女孩会冲阻拦的人大喊大叫、拳打脚踢，恨不得把人家的眼珠子抠出来。但最终，这些女孩都无法到达原定的目的地，而是消失得无影无踪。她们的经历无人知晓，她们的结局变成一个个不解之谜。这些女孩全都失踪了，而我，是唯一见过她们的人。

我知道她们的名字。我也知道她们的归宿，那个地方深不可测、诡秘异常，就像亚特兰大市空磨坊路荒宅中的古井，无声无息地将城里的狗吞入口中。

我想把这些女孩的经历公之于众，为其他人敲响警钟，我甚至还想过去把她们都追回来。要是我当时认定其他人会相信我，我早就这么做了。

有些女孩像艾比，骑车进入苍茫的夜色；有些女孩像夏恩，逃出魔窟后义无反顾地奔向自由；有些女孩像麦迪逊，怀揣神秘电话号码，两眼发光地踏上进城的巴士；有些女孩像伊莎贝斯，明明知道有危险，却还是固执地钻进别人的汽车；有些女孩像特里娜，失踪后都没有人屑于去寻找她。还有些女孩，警察永远无从知晓她们的名字，因为根本不会有人去报告她们的失踪。

今天还会有一个女孩失踪。此刻，她也许正在寒风中裹紧脸上的围巾，颤抖着从衣兜里掏出车钥匙，钻进她停在暗处的汽车。快速驶离的时候，她兴许会瞟一眼附近餐馆明亮的橱窗。接下来，当她驶出我们的视线，幽灵之手可能将她攫住，公路边的人行道可能将她吞没。而这个女孩留下的唯一痕迹，或许就是那条掉在黑色冰屑上的羊毛条纹围巾。如果此时正好驶来一辆汽车，防滑轮胎碾轧过围巾并把它卷走，那么这唯一的线索，也将不复存在。

我可能搞错了。

我说我是错的。

我说根本就没有什么幽灵之手。

因为有时候，我觉得自己正在注视这些女孩中的一个，就像注视着我们班自修课上那个讨厌数学的女生，她在三角学课上备受煎熬，只好用涂鸦来打发时间。

我想，这一切就这么简单。没有反抗，没有任何阻止的办法，女孩们就这样一个个地消失——艾比、夏恩、麦迪逊、伊莎贝斯、特里娜和其他女孩。我确信，她们的遭遇，一定会在我身上重演。

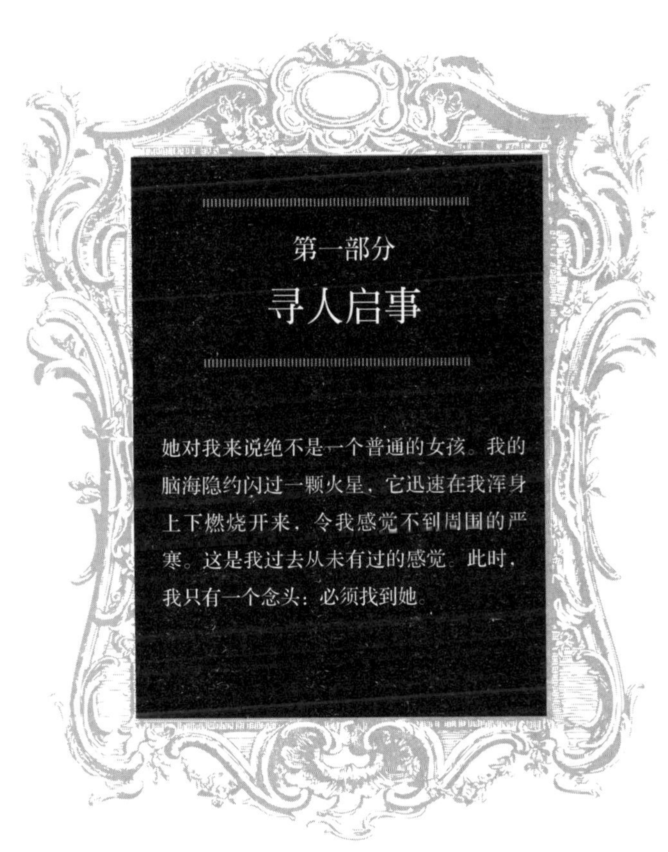

第一部分

寻人启事

她对我来说绝不是一个普通的女孩。我的脑海隐约闪过一颗火星，它迅速在我浑身上下燃烧开来，令我感觉不到周围的严寒。这是我过去从未有过的感觉。此时，我只有一个念头：必须找到她。

寻 人 启 事

艾比盖尔·辛克莱

案件类型：危险性出走

出生日期：1995年6月20日

失踪日期：2012年9月2日

目前年龄：17岁

性　　别：女

种　　族：高加索裔

头　　发：棕色

眼　　睛：棕色

身　　高：约174厘米

体　　重：约54公斤

失踪地点：美国新泽西州奥兰治联排公寓区

基本情况：艾比盖尔（常被称作艾比）于9月2日被报告失踪，但人们最后见到她可能是在7月29日或7月30日，在位于纽约州松崖的松崖女子中学夏令营。有人称她在晚上9点熄灯以后，骑着一辆蓝色施文自行车离开营地。她当时身穿夏令营实习辅导员的T恤衫和红色短裤，鼻子上还穿了鼻环。她的家人认为她并没有返回新泽西。

如有任何关于此人的消息，请联系：
松崖警察局（纽约州）1-845-555-1100
奥兰治联排公寓区警察局（新泽西州）1-609-555-6638

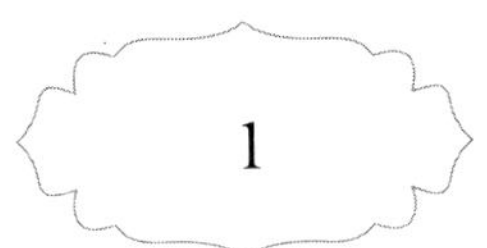

1

她叫艾比盖尔·辛克莱，我叫她艾比。棕色头发，棕色眼睛，17岁，来自新泽西州。隆冬里最寒冷的一天，我在河边发现了她，当时她失踪已经好几个月了。

艾比的故事，要从我家乡周围的松树林讲起。秋去冬来，暑热已经消退得无影无踪。天空愁云低垂，宛如一片片烟灰色的肺叶，因疾病而萎缩变形，没有人抬头仰望。雪片落下，干枯的树木在寒风中战栗，诉说着它们的秘密，没有人停下倾听。直到我的到来。

我是被迫停下来的，都是因为我那辆破车。似乎有人对引擎动过手脚，车之前在大道上行驶一路都没事，偏偏到这里，在这个松树窃窃私语的鬼地方熄了火，把我困在这里。

事实上，我每天开车都要经过这里——去上学，或者去松崖郊区的首得惠[①]超市，在那里采购日常用品，并在工作日的一个下午和星期六全天去做兼职收银员。这条旧高速公路与11号公路交会的地方，我应该已经路过不下几百次了。可是在此之前，我都没有注意到她。

① 译者注：首得惠（Shop'n Save）是美国大型连锁超市之一。

我的车子刚一抛锚，她就出现了。在这个寒冬腊月的清晨，她好像一缕轻雾，从小城陡峭的铁道路基下冉冉升起。

艾比·辛克莱，就在那个十字路口。我指的并不是她活生生地站在那里，跷起拇指，头发被风吹得凌乱，裸露的膝盖冻成青紫色。我第一次见到的艾比，只是一张照片，一张印在她寻人启事上的学生照片。

路口的信号灯变绿，汽车纷纷前行，我的车子却停滞不前。我被悬挂在公路上方的传单吸引住，上面艾比的黑白照片已经风化，她的前额上方写着两个黑色的大字：寻人。

我记得自己当时朦胧地感觉到后面车子的鸣笛响成一片，然后纷纷绕行超车，有的司机摁着喇叭经过的时候，还对我打起了响指。我记得自己当时动弹不得，车子的引擎无法发动，我浑身的骨节也被锁住一般。绿灯在头顶上方闪烁，很快变成黄色，又闪了两下，变回红色。我不能抬头观看信号灯，只能从紧握方向盘的双手的反光感觉灯的变化。我的指关节从绿色变成黄色，现在又变成红色。

前面旧高速分岔的地方，几株松树顽强地抵御着寒风的侵袭。几星期以来的积雪沉甸甸地压在松枝上，但松树依然随风摆动。松树间的路基和公路都银装素裹，上面一个脚印都没有。一个电话亭孤零零地伫立在岔路中央，上面张贴着失踪女孩的正面照片，宛若画廊白墙上悬挂的海报。

我走下车来。车门大敞着，车钥匙还在打火器里，背包还在副驾驶座上，我却全然不顾，穿越十字路口，径直向松树林走去。对面驶来一辆皮卡车，司机看见我连忙减速，车子侧滑向路边，尖锐的喇叭声立刻响起。背后一辆轿车与我擦身而过，轮胎几乎要碾轧过来。不过，没等撞上保险杠，我就已经闪到一旁了。我模糊地意识到一辆巨大的黄色汽车就停在身后，那是我们的校车，是我取得驾照攒钱买车之前一直乘坐的交通工具。

不过这时，我已经离电话亭越来越近了。

我踏着积雪，一步步向电话亭走去。海报陈旧不堪。距离人们最后见到她已经过去很长时间。她的照片已经被复印了太多次，脸部的细节都已经看不清楚了，一层层黑色的油墨更是让她的面目变得模糊不清，加上风吹日晒和雨雪侵蚀，我们只能分辨出照片上是一个女孩，她可能是任何女孩，仅此而已。

讲这些，我是为了表明她本可以跟我一点关系也没有，本可以只是一张我在冷天看见的贴在电话亭上的照片，本可以是我这辈子再也不会想起的一个路人。

然而，我很清楚，她对我来说绝不是一个普通的女孩。我的脑海隐约闪过一颗火星，它迅速在我浑身上下燃烧开来，令我感觉不到周围的严寒。这是我过去从未有过的感觉。此时，我只有一个念头：必须找到她。

寻人启事上只有基本的信息。她17岁，和我一样——我上星期才刚满17岁。她是在一个我从未听说过的夏令营里失踪的——虽然夏令营举办的地点松崖离我们这儿不远，紧挨着我们这座城市所在的陡峭山坡，从山上可以鸟瞰灰白沉闷的哈得孙河。沿河行驶的通勤火车，白天几乎每个钟头就有一班在此经停，晚上则不停站，悄然通过，夏令营就因此关闭了。

我把寻人启事从电话亭上轻轻撕下来。看得出来，它是用胶带粘上去的，胶带围着电话亭粘了好几圈，以防照片掉到雪地里，或者被汽车排气管突然喷出的尾气吹掉，飘落到通往纽约州的高速公路上。告示的文字部分都被透明胶带所覆盖，免受几个月来日晒雨淋的侵蚀。这些胶带粘得很紧，我几乎没办法把她的脸给撕下来。

我再次穿越十字路口，引发了更多汽车鸣笛，当我好不容易回到车子跟前，我看见某个大善人（或者只是装成大善人趴在我车下的人）把自己的汽车停在马路牙子上，过来帮忙。他摆弄了一下发动机，又说风扇皮带可能断裂了。一股灰烟从排气管冒出来，喷到那人的脸上，然后袅袅升起，汇入天空灰白色的浓云，这些浓云仿佛是恨的污迹，威胁人们要降下更多雪来。接着，有人过来把车子拖走，拖车费超出了我的支付能力。然后，因为外面实在太冷，我又不得不坐在修车行油乎乎的折叠椅上等了一个小时。直到他们把汽车修好，我才迟迟赶到学校，也才有时间独自一人安静下来，仔细看看撕下来的告示。

我没有把这件事告诉杰米和蒂娜，或者其他任何人。我谁也不想说。这是我一个人的发现，我要严守这个秘密。

我的心脏不规律地跳动了一下，此刻，我几乎听到了心跳的声音，这如同从体外扔进身体的心跳，令我不得不怀疑，汽车里面难道有两颗心脏在跳动吗？

的确是——只是我一开始没有注意到罢了。此刻我才意识到，她一直在跟着我。

2

我把车子停在了高年级学生的停车位[①]上，虽然自己并不是高年级的

① 译者注：美国高中停车场的停车位分为faculty lots（教职员工停车位）、senior lots（高年级学生停车位）、visitor lots（访客停车位）以及handicapped lots（残疾人停车位）等。

学生。我把引擎熄了火，坐在那里，拿起了寻人启事。这张纸跟我的手指一个温度，所以我几乎感觉不到它的冰凉。

我努力把告示在方向盘上铺平，尽可能捋平她脸上的折痕，以便看清上面究竟说些什么。

他们称她是“危险性出走”。“危险”二字映入眼帘，我心里闪过一丝恐慌，不过，现在，我知道，所有18岁以下的未成年人的离家出走，都被定义为“危险性出走”。在寻人启事的告示中，未成年人不是“危险性出走”，就是“危险性失踪”，都是“危险的”，绝不是“她可能没事，但根据法律规定，我们必须调查”的那种失踪。

而且，艾比曾经处于危险之中，这我能感觉到。

我反复端详这张告示，搞清她的家乡、她头发和眼睛的颜色、她的身高和体重。上面说她在被报告失踪前就已经不见了，我不明白个中原因。我并不知道，她习惯把心仪男孩的名字写在胳膊肘内侧，之后又吐口水或用橡皮把它擦掉。这些信息告示上没写，而是后来她告诉我的。

我本应该把这张纸装进衣兜，然后走进教学楼。如果是这样，接下来的一切都会截然不同，可就在这时候，我看见一道光。

我的道奇车装有那种内置在仪表盘里的点烟器，摁下音响旁边的按钮，里面就会产生热量，橘红色的火苗蹿出来，就能把烟点着。我买这辆车好几个月了，还从没用过它的点烟器。

此刻，按钮被按下，仪表盘里闪出橘红色的火光，仿佛有人伸出胳膊，点燃了一根香烟。这是幽灵的香烟和幽灵的胳膊，因为这时车里只有我，只有我一个人。

我默默告诉自己，一定是自己停车的时候碰到了点烟器，或者是修车的技师把它搞坏了，以至于点烟器被打开。我安慰自己，它一直都是开着的。

我向车窗外望去，停车场就是学校屋脊下的一片白色空地，静悄悄的，没有任何异样。

突然，外面有什么东西一晃而过，似乎是有人快速从学校那头跑到这头，一个红衣人。

我的太阳穴狂跳起来，吓得闭上双眼。寻人启事从紧攥着的手里滑落，我听见它掉到车里。眼前冒起了金星，这些小星渐渐聚合成一颗大星，最后变成她左鼻孔佩戴的闪闪发光的氧化锆晶体。

我睁开眼睛，一眼就在车子的后视镜里看到了她，像太阳黑子般明亮炫目，不知是我的眼睛已经调整过来，还是她的亮度有所减弱，过了半晌，我终于能够看清楚她了。

她坐在车子后排中央的可拆卸座位上，这一星期我都想拆这个座位却没有去拆，仿佛是事先预见到了她的光临。这个座位就在我后面，我却没有转过身去。我满可以说是自己不想突然改变姿势，以尽量不把她吓跑，但事实是，我根本无法动弹，我的身体已经完全不听我的使唤了。

后视镜里只能看到她眼睛以下的部分。她蜷曲着身子，肩膀探向前方，下巴靠着裸露的双膝，小腿上布满紫青的瘀伤，整个人看起来似乎是刚刚爬过停车场结冰的沥青路面，被车子剐得伤痕累累，最后才来到我的车上。

这就是从寻人启事上下来的艾比盖尔·辛克莱。我能嗅出她的味道，像一丛点着的头发，炙热刺鼻。

她摊开双臂，膝盖往下挪了挪，我注意到，她的T恤衫上印着夏令营的名称和一幅配图：一位蒙面少女从三棵松树顶上冉冉升起，仿佛正被什么力量带走。她衣服上布满尘土和泥巴，所以，胸口上方的“辅导员”三个字要费点劲才能辨认出来。T恤衫的下面是一条红色短裤，带着白色窄道的运动条纹。她那天参加了色彩大战[①]主队的比赛，这一点我是后来才知道的。

她让我看了她当晚穿的是什么衣服，然后就消失了。然而，即使在当时，我也知道，她的意图并不在于展示她失踪当晚的衣着打扮。不管她当晚穿了什么，都无法逆转事情的结局。即便她穿的短裤更长一些，或者红得不那么鲜艳，即便她当时穿的是浴袍，或是扮作卡通熊，即便她当时穿着超短裙，或是伊斯兰女子的蒙面长袍，也不会让她的遭遇有任何改变。

关于她的故事，我所知道的只是冰山一角。

“艾比盖尔？”我叫道，声音小得只有蚊子能听见。

没有回应，我不由自主地把视线移到别处。这时，眼前忽然升腾起呛人的浓烟，透过烟雾，我看到了她当晚失踪时看到的情景。对于这一切，我不用置疑，甚至也不用去确认，我真真切切地感觉到，有五根手指搭到了我的手上。

我渐渐意识到：她不喜欢别人叫她艾比盖尔。好吧，我再也不叫就是了。

她的确是骑着一辆自行车离开了营地，不过不是寻人启事中说的蓝色，而是绿色。我所看见的——也是她想让我看的——是我车子后视镜里滚动出的移动画面，我仿佛是在空荡荡的剧院里观看家用投影仪播放的电影，而观众只有我一个人。

画面中的她骑着亮绿色的自行车，一阵风般驶入茫茫的夜色，散开的长发随风飞舞。那辆破旧生锈的自行车，是她从辅导员车库借来的。公路

① 译者注：色彩大战（Color War）是美国学校和社会组织的夏令营中经常举行的活动，参与者被分成不同小组，每个组用一种颜色来代表，小组间通过各种竞技比赛来赢取积分，积分最多的小组成为最后的胜利者。

上空荡荡的，一辆车都没有。这是一个甜美醉人的夏夜。

这就是她最后的画面。她对此依依不舍，我又何尝不是，我们一起重温这段最后的回忆，如同共用一把汤匙，慢慢品味着甘美的琼浆。

我看着她在黑暗中越走越远，自行车尾灯闪烁的微光也越来越小。我看着自行车的脚踏板，沿着海边的山脉，一开始转得很快，后来则越转越慢。我看着她松开车把，展开双臂，小小地刺激了一把，然后又放下双手扶住车把。我看着她渐行渐远。

最后，她消失在我的视野中，自行车已然不见，但公路的画面还停在那里。我把身子探向后视镜，努力要看到里面更远处的景象，但图像一下子变黑了，这时，我才发现，外面有人正在敲着车窗。

我扭过脖子，正好和那个闯入者面面相觑。

闯入者是弗洛里斯先生。这个人，内心深处一直想要从事贸易或狱警的工作，结果却成为九年级和十年级的生物老师。大家都知道，弗洛里斯先生没事喜欢在校园里溜达，恨不得放学后也住在学校。逮着迟到早退或逃课的学生就一顿教训，是他的一大乐事。在停车场撞见他本来不是什么新鲜的事，但此时的我还是吓了一大跳。我已经忘了自己身在何处。

他用指关节敲了敲车窗，然后把围在脸上的红围巾往下拉了拉，露出嘴巴。他小胡子下面的嘴唇一张一合。我看出他是在说：你，立刻把车窗给我摇下来，小姑娘。

我们之间只隔着一扇单层玻璃的车窗，但我完全听不到他的话，我耳边只有两个自行车轮在远处沙沙转动的声音。他又敲了敲窗户，这次我听到了，并且不由自主地往后缩了缩，赶紧摇下车窗，说道："对不起，弗洛里斯先生，我没看见您在那儿。"

说话的同时，我又瞥了一眼后视镜。她还在车里吗？是躲到了我的座位后面，还是藏进了昏暗的后备厢里？然而，镜子里那个苍白的女孩一定是再次刚伤了眼睛，真是太不小心了。烟灰色的睫毛膏顺着泪水流到面颊上，仿佛是特意躲在车子里哭泣。她没有。我已经好多年没有哭过了。

我头上戴着一顶蓬松的羊毛帽子，这是我的朋友蒂娜·道格拉斯从商场偷来的，她不喜欢帽子的样式，于是把它给了我。帽檐低低地压在眉毛下方，遮住了我的耳朵，也挡住了我察看后排座位的视线，艾比也许仍在那里。

“伍德曼小姐，”弗洛里斯先生说，“你知不知道，现在是第三节课的时间？你难道不应该在教室里吗？赶快下车，跟我走，否则我就记你旷课。”

我以前从来没有过旷课的记录。在我开始全面逃学以前，我的个人记录上永远是“全勤”，有了旷课的“污点”，我“后半辈子”都要为它“后悔”了吧，从此以后，我就要堕落成尘埃了吧。

尽管如此，我还是坚持不下车。

“可是……”我欲开口却语塞了，仿佛在等待什么。

难道我是想知道他有没有看见她？

我期待他也注意到我座位后面藏着的她。他离我的车窗那么近，应该能够看见后排座上她藏身的地方。就在那里……藏着一个幽灵般的女孩，他难道没有看见蓬头垢面、满膝是伤的她躲在那里吗？

我仍然能闻到她的味道，感觉到她的呼吸。她跟我呼吸的是同一片空气，虽然理智上我很清楚这是不可能的。

然而，弗洛里斯先生的目光却停留在了另一个地方：我车子仪表盘上的点烟器突然呼的一声弹出一颗大大的火星。

“这样吧，劳伦，出来吧。现在我要记你旷课。”

他没看见火星，他看不见这些，也看不见她。他很快就会拉开车门，把我赶到结冰的地面上。我赶紧俯下身子，去抓飘向地面的寻人启事，同时匆匆瞟了她一眼。

这时我才注意到，她的头发上裹缠着许多碎叶、松针和枯枝。一条腿上瘀青的膝盖正在流血，血从伤处一直流到脚趾。她脚上穿着一只人字拖鞋，另一只估计是丢在某个我想不到的地方了。

我知道她那晚从自行车上摔了下来，我能看出事情的经过：漆黑的夜色中，她的车轮不慎压上一块从山崖上滑落的碎石，车子失去平衡，把她重重地摔在地上。可是，她后来有没有爬起来？是不是有什么东西让她爬不起来？她在山脚下遇见了什么东西或是什么人？这些我都不得而知。

她没有说，当然我也不指望她当着弗洛里斯的面告诉我。

我跨出车子，关上车门，上了锁，然后尾随弗洛里斯先生向前楼办公室走去，等着我的是一堆课后留校的处分。然而，我扭过头，一直往回张望。此时，我脑子里只有一个念头：找到她。没有人能阻止我找到她。

这就是艾比的第一次来访，她在松崖女子中学的夏令营外与死神邂逅。现在，我对她的了解已经比之前要多得多了。

这就是来自新泽西州奥兰治联排公寓区的艾比盖尔·辛克莱。是的，就是这样。不过，只有她祖父母和班主任称她艾比盖尔，其他人都叫她艾比。

艾比的鼻子上镶了一个最小号的鼻环，看起来好像从天空中摘下的一颗闪烁的小星，一颗与她日夜相伴、形影不离的小星。艾比喜欢咬拇指的指甲。艾比从来不穿超短裙。艾比害怕小丑，这可不是开玩笑的。艾比不讨厌雨天。艾比会吹长笛，不过只练了三个月就放弃了。艾比是那种学习成绩永远停留在C档及格线上的学生。从生理上说，艾比仍然是一个处女，这一点很重要。艾比会跳踢踏舞，但无论怎么努力，也吹不响口哨。

艾比喜欢（甚至可以称得上爱）卢克。

艾比有着棕色的头发、棕色的眼睛，体重约54公斤，身高约174厘米，右膝有一块小的伤疤，是5岁那年被台阶绊倒留下的。

艾比：17岁，9月2日被报告失踪，不过在此之前她就消失了，消失在夏天，没有人去找她。

她在人世间消失。

3

第一次发现艾比的那天，我都不知道自己是怎么度过的。

我的记忆只能捕捉到一些碎片，因为这个突兀的事件把其他事情的位置都占据了。我记得自己因为逃课和在停车场吸烟被罚课后留校，可这份记忆只剩下一角，仿佛我的词语被人咬去一大口，因为对于留校惩罚本身我什么也不记得。我不记得跟蒂娜一起吃午饭时，自己究竟把什么食物盛进托盘、端上餐桌，然后塞进嘴里。我不记得蒂娜为自己几个星期后的18岁生日做了什么计划，也不记得她午饭时絮絮叨叨地说了些什么。

我只记得，在更衣室，我的男朋友杰米·罗西问我发生了什么事、为什么会迟到。我之所以记着这个细节，是因为这是我第一次有事情瞒着他。

“就是发动机坏了，”我听见自己对他说，“仅此而已。”对于那个照片贴在电话亭上的女孩、那个藏在我汽车后部的女孩，我都只字未提。

她的样子，一直在我脑海里，挥之不去。

跟杰米的对话定格在我的记忆中，像一幅照片。画面中，他把运动衫的帽子罩在头上，前额露出几绺深色的鬈发，他似乎又该理发了。他的头发需要隔周一理。他闭上眼睛靠过来，我能看见他的睫毛有多长。他噘起嘴唇要吻我，下巴上的胡楂清晰可见，不过，他也只是下巴有胡楂，因为无论他再怎么努力，也无法蓄起大胡子来。我看不出他在想些什么，也不知道他是否相信我的话——因为他闭着眼睛。我甚至都没有办法猜测他的想法，因为他是男孩，他已经习惯于保守自己的秘密。

转眼间，杰米面部的影像荡然无存，我一定是回吻了他，或者是一位路过的老师打断了我们。这一部分，我着实记不得了。

我自己一个人走出学校，似乎站在了通往松崖中心高级中学的高速公路的斜坡上，这是开车前往学校需要路过的最后一个拐弯处。与此同时，另一个我，我的影子，则在教学楼里上课，跟我的男友亲吻，以及跟别人谈话应答。

我无法把艾比从脑海里挥去。

课余，我用图书馆的电脑上网搜索了一下，从失踪人员数据库里找到了来自新泽西的艾比盖尔的一条信息。那张贴在电话亭上的寻人启事一定是几个月前的，但她仍在外面的某个地方。她仍然是17岁，仍然不知所终。

网上还有一个她的公共主页——这一定是她的家人或朋友为她开设的，各种关于她的帖子汇总在这里，每个人都可以上来发帖：

艾比！如果你读到这条消息！请赶快回家！我们想你！

艾比盖尔，我是你的堂弟特里尼蒂。你不知道祖父和祖母有多担心你。你在哪里？？读到此消息请迅速回电。我们都希望你平安无事！

亲爱的艾比，我从来没有见过你，但我每晚为你祈祷。

艾比，同学们想你（❤）

姑娘，爱你，回家吧！！！

我逐条阅读着这些给艾比的留言，我相信这些留言艾比从未看到过，有些留言来自与她从未谋面的陌生人。就在这时，我忽然感觉到，有人就站在我的身后，等着寻找合适的时机开口。

我从椅子上转过头，看见这个女孩赶紧把目光从电脑屏幕上移开，然后朝我走过来。我一开始没认出她，等她走近，我才认出她是高一的学生，我在校外见过她。其实，更让我注意的是她的呼吸，这比周围的一切都要真实。这个女孩没有失踪，她就活生生地在我眼前，此刻，我只希望她能赶快走开。

“嘿，劳伦，”她说，“我们早上看见你了。你，嗯……你还好吗？”

“你看到我了？在哪儿？” 想到自己在车里被人看到，我的心里猛地一紧。

“上学前吧？你是不是站在马路中间？差点被巴士撞到？我们都看到你了，还透过车窗叫你来着。”她停了半晌，又问道，“你没听见吗？”

我摇摇头，背后升起一阵凉意，她的话又把我带回到那个时刻。我转瞬又置身于雪松下面寒风凛冽的高速公路上，身体不由自主地打了个寒战。

“我们都在喊：‘嘿，怎么回事，发生什么事了？干吗要停车？’巴士司机回答说：‘哦，公路上有一个女孩。’然后我说：‘我认识她，她是劳伦·伍德曼！是我们学校的！’你知道，我们以前搭乘过同一班巴士，所以——”

“我的汽车坏了，”我赶紧开口，好让她闭嘴。趁这工夫，我已经把艾比的主页关闭，然后打开了学校图书馆目录搜索的页面。可是，艾比的寻人启事——那张又脏又皱的告示——还在书桌下面我的膝盖上搁着，于是我赶紧悄悄地把它卷起来，卷成一根小细管。

“是吗？可是你横穿了公路。我们看见你——”

她是个娇小的女孩，皮肤和头发都是浅棕色，她的样子毫无恶意，看起来的确是关心我，可是我再也没耐心听下去了。我的注意力集中到窗户外面一个移动的物体上：不是落下的雪片，而是闪过的红光。一只没戴手套的手滑过窗户，在玻璃上留下一道泥痕。

她一定是离开了我的汽车，跑到学校这边来了，当然，她应该进不了学校。可她就在那里，还穿着夏天的衣服，身上满是雪。她的脸很脏，长头发上裹缠着杂草、细棍、碎叶和其他无法辨识的脏东西，在窗外若隐若现。她脸上的表情和诡异的眼神，似乎表明她能看到我们常人无法看见的东西、不好的东西。

那只玻璃上的手，五指伸开、手心冲外的姿势，分明是在向我暗示：一定要对她的事情守口如瓶，不能对这个偶遇的女生说，更不能对任何人说。她在告诉我，她希望我能帮她，非常需要，同时，也只有我，能够帮助她。

救她。艾比・辛克莱需要我去救她。

“你在看什么呢？”女生顺着我的目光望向窗外，“呃……”我的心里猛然一紧，好想用自己的身体挡住她的视线。不过接着她又补充道：“呃，真恶心，那扇窗户该擦了——太脏了。”她转过头来望着我，同时耸了耸肩。

她看不见艾比，但她能看见艾比留下的痕迹：那些手印，应该就是她的手留下的。

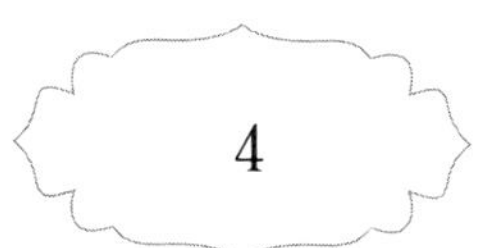

当天晚上，我做了一个梦。

我梦见一幢房子，就像某条大街上见到的那种废弃的狭窄砖楼。四层的楼房高高耸入雾蒙蒙的天空，破旧的铁门里面，一条断裂的台阶一直通向漆黑的楼门。

梦的开始，我站在房子外面的大街上，但我知道，这条街道绝不是真实世界里面的街道，街道旁边没有城市或村庄，而是两端都湮没在无边的黑暗之中。我唯一的选择，就是进入房子，而且要一遍一遍地往里走。

那天晚上，我很快来到房子门口。虽然房子的窗户外面都钉上了木板，虽然整栋房子笼罩在一片沉寂当中，甚至砖缝中渗出的也是死一般的寂静，静得让人喘不过气来，但我还是伸出手，摁下门铃。门铃已经生锈腐烂，我摁门铃的手指陷入某种又软又潮的东西当中，仿佛是插入了一个暴露在外面正在流脓的伤口。

我赶紧把手拿开，去推房门，只一下，门就开了，往里走几步，我便身处黑暗之中。我并没有意识到，自己是站在大厅里，头顶是一个巨大吊灯的骨架。我不知道自己上下左右都有什么，也不知脚边有什么东西爬过来。

然而，我能闻到一股刺鼻的烟味，它刺痛着我的喉咙，把我的眼泪都呛了出来。至于这烟味是来自近处还是远处，我就无法分辨了。它就那样悄无声息地弥漫在空气中，就像某人呼出的热气。

我本应该感到恐惧万分，恨不得赶紧冲出这栋房子，跑回人行道上去。然而，我还是站在原地，站在这个伸手不见五指、静得让人发慌的地方。很可能有人正在黑暗中窥视着我的一举一动，可我感觉自己必须留下来。

我将很快熟悉梦里的这个地方，就像熟悉自己从小跟母亲一起居住的房子，那是从住在对面的伯克家租来的车库，小房子带着略显多余的盥洗室和壁橱，楼梯嘎吱作响，门也变了形。不过，今晚，第一次造访的这栋房子，我却不知道自己会在里面发现什么东西、遇见什么人。

烟雾越来越浓，炙热的浓烟灌满我的肺部，我开始觉得自己身处险境，甚至可能死掉。但事实不是这样，这个梦的意义并不在此。

很快我便意识到，这个梦的意义不在于死亡，而是在于生存、永远地存活下去。这栋房子是别人纪念甚至拜访你的地方。当你离家出走，当你被人劫持，当你骑车摔倒在黑暗的山路上，当你失去自己的家，这栋房子，将成为你的港湾。

这里是那些女孩的归宿。

当我在某个夜晚再度造访这里，我将会去注意每间屋子壁纸的图案，看它是长满尖刺的爬山虎，还是密密麻麻的常青藤。我还会好好看看这些图案间的缝隙——那些植物根系穿透墙壁生长形成的黑色裂缝。

我还要弄清每个房间的布局，甚至是那些楼上的房间。我鼓足勇气，爬上楼梯，不再担心它被我一踩就化为尘埃。楼上沿着过道有很多间卧室，多到我禁不住想知道究竟有多少人曾经住在这里，又有多少人现在正在此居住。

我还要看看其他的女孩，她们每一个都已经离不开此地了。当然，这是后话。

这就是第一夜，第一夜我做了这个梦——就在我发现艾比的寻人启事之后——而我要找的，正是艾比。

我能嗅到她的气息，从某个黑暗的角落，传来她小心翼翼、悄然的呼吸声。这气息的味道跟我车子里面的一样，只是它更强烈、更逼近。她在移动，地板发出嘎吱的响声，我这才知道她在这里是有重量的、是有形的。在这里，她是真实的存在。

我朝着响声上前一步。“艾比，是你吗？”我的声音几近沙哑，但还是能够听见。

就在下一个房间的窗户附近，我依稀看见一根手指。记得刚才在人行道上，我并没有看见这些房间挂着窗帘，但从屋子里面，我能看到这些拉着的长长的深色幕帘。不过，这个房间比上一间稍亮一些，窗户上面，幕帘的闪光缎在黑暗中发出幽光，布满灰尘的流苏拖曳在地板上，巨大的皱褶藏得下一具尸体。

她背对着我。

虽然隔着一段距离，但我看得出，她的头发，并不像在我车子里那样，布满枯枝和碎叶。她被幕帘挡着，我并不能十分清楚地看到她，但我有种无法名状的感觉，觉得她的某个方面让我感到很熟悉。

我试图穿过烟雾走到她跟前，因为我有好多问题要问她，比如：这是哪里？这里有什么东西烧着了吗？她真的就是寻人启事上登的那个艾比·辛克莱吗？我在这里见到她，是因为她还活着，还是因为她已经死了？我必须找到她吗？

然而，这终究是一个梦，在梦里，我的双腿不听使唤，舌头也打了结。我努力半天，只挤出一声：“艾比？”

那个人影并没有转过来，也没有任何回答的表示。这让我意识到，我想要的答案，并不在这栋着火的房子里，而是在外面，在离松崖更近的某个地方。那里是我的故乡，它正在等待着我，去寻觅，去求证。所以，烟雾中的女孩帮不了我。

我必须醒来了。

就是在那里，在我开车曾经路过的一条公路上。为了找到那里，我必须在岔路口走右边的公路，这条路蜿蜒曲折，一直通向茂密的松林深处。我所要寻找的入口，就在一个急转弯之后，有一片白杉和一个蓝色的路标作为标志。路标的表面被一层新雪覆盖，我看不清上面的文字，只看见一个女孩的剪影。女孩张开双手伸向头顶灰暗的天空，似乎要抓住落下的雪片。

她戴着一条灰蓝色的头巾，像圣母马利亚；然而，她没有脸，看起来更像一个幽灵。她的身后，有一扇跟参天松木一样高的大门，上了锁。

这就是松崖女子中学夏令营的营地，无论乡村还是城市的家长，都会把他们的女儿送到这里。如今，营地的地面上满是蚊子的尸体、松枝和有毒的橡木，旁边是一个刚刚上冻的湖。一座山峰正好挡住营地对面的视线，所以，女孩和家长不会知晓数英里之外的山后发生的事情。他们恐怕不会想到，自己带着女儿消夏的这处自然胜地，距离这个国家最神秘的男子监狱，仅数里之遥。到最后，我才发现，那个监狱里关押着数以千计的暴力犯，他们中，有杀人犯，有强奸犯，还有猥亵儿童的罪犯。

根据寻人启事，这个夏令营是艾比·辛克莱最后出现的地方。它就在大门后面的树丛中。

我把车子开了进去，然后熄灭引擎，但后面杰米的车子却没有跟着拐进来。他赶紧踩下刹车，往后倒了一段，车子在一个雪堆前打起滑来。上一场暴风雪之后，铲雪车一直没有过来清扫，厚厚的积雪中，很难找到适合停车的地方。他开近的时候，摇下车窗，在寒风中冲我喊道：

“怎么了？你干吗停下来？”

“没怎么，”我喊道，“就是想下车看看。跟我来。”

说着，我就爬出车子，开始测试我的手电筒。冬天本来就夜长昼短，这里有高山遮挡阳光，夜晚来得更快。我知道，要不了多久，这里就会变得一片漆黑，加上现在是淡季，夏令营闭营期间，营地里很可能没有电，没有手电筒，天黑后我们将什么也看不见。

手电筒闪了一下，我把它在大腿上拍了拍，这下终于亮了。我拿着手电筒向他招手，示意他赶快下车。

“你的发动机没有再熄火，是不是？”他问道。

我摇摇头。他并不知道我们身处何处。因为我之前并没有特意跟他讲明，我让他开车跟着我，我要去的并不是之前暗示的餐馆，而是这个地方。大门里面是一条积雪覆盖的大路，我猜测它能通往营地的主场地——艾比消失前度过几个星期的地方。只是，一道上了锁的铁丝网围栏挡住了我们的去路。

杰米瞪了我一眼，他的表情我没有读懂，不过他还是停车熄火，踏着积雪向我走来。

我用手电筒指了指围栏和粗铁链上的挂锁。“你有办法吗？”我问道，“否则我们就得翻过去了。”我让手电发出的光线停留在围栏顶部，铁丝网在暮色中熠熠发光。

“这么说，你让我打扮一下是白费了？”杰米用力拽了一下大衣里面的衬衣领子，这件灰色立领衬衣，算是他的好衣服之一，貌似他昨晚还特意熨烫了一下。不过，我看得出，他还没有因为我的忽悠而生气。

整个夏天，我都跟杰米在一起（同一个夏天，距我们数英里之遥的艾比则在划独木舟、拍打蚊虫和在一项项循环赛上唱营歌中度过）。我们的关系发展得很迅速。

在我发现艾比以及后来很快又发现其他女孩之前——在我的基本特质发生改变并且开始显露，如同一座冰山从冰冷的深海浮出水面，逐渐显示出其庞大的真相之前——不管怎样，我就是那个令杰米着迷的女孩。这还是不久以前的事。然而，如今，那个女孩和我，成了截然不同的两个人。

他跟我也是截然不同的两种人，可是我不想忘记跟他相处的美好点滴。比如他在登高破门而入的时候表现得相当无畏——有一次，我不小心把自己锁在门外又没带钥匙，他踩着我家屋顶的房檐，用指尖够到一扇敞开的窗户，在后院上方又高又薄的房檐槽上也能保持平衡。他跟我一起的时候有一种勇往直前的劲头，很多时候只需我一句话，他连“为什么”都不会去问。

此时也不例外。在厚厚的积雪里，他提起那把大锁仔细端详，冰块般的铁索让他倒吸一口冷气。他的呼吸在我们之间逡巡，仿佛要飘过来触摸我，我却可望而不可即。

而我就在这里，望着雪片落在他的发梢上。那些不服帖的鬈发从连帽衫里面钻出来，似乎期待我能把艾比的事情告诉他。然而，杰米不相信诸如鬼魂之类的事情。所以，你怎么能向一个理性、清醒的人解释你撞到了一个鬼呢？怎么解释你与一张寻人启事上的面孔存在着某种联系？那个女孩就是在这里失踪的吗？她是怎么勾搭上你的，你怎么这么有把握？她是如何努力传递某种信息的，而你能听懂这些信息吗？

在我看来，把他一起带过来，就已经是我告诉他的方式了——不过，此刻，我们一起站在大门旁，不管我黑暗的脑海深处发出怎样的呐喊，他都不会听见，除非他撬开我的嘴巴，把它们释放出来。

我们上方的铁丝网上挂着一个“禁止入内”的标志牌，它在黑夜中闪闪发光，几乎具有核弹般的威慑力。他外套肩膀的部位被雪片沾湿，这件军绿色的厚呢短大衣是从二手店里买的，衣服的号码比他本人大得多（但他还是欣然穿上，因为这是我替他选的）。他沉默了好一阵子，我觉得他要放弃了，便想说我们还是去那家餐厅吧。紧接着，他眼睛一亮。

“我拿这把大锁没什么办法，”他说着，微微笑了一下，“但这根铁链，能弄断。”随着一声钝响，铁链开了，挂锁应声落入雪里。

杰米盯着我看，我却竭力避免跟他四目相对。“不过，这到底是什么地方呀？”他问道。

“一个夏令营地，女子的，”我一边推开雪中的大门，一边答道，“冬天他们把它关闭了，不过我想看看。”

我没等他开口问为什么，就把他推到松崖女子中学夏令营的营地上。虽然这里只是冬天关闭，可在那个四周暗不可测的风雪夜，营地就如同废弃了很多年，仿佛在妈妈和我搬到这里之前，甚至在我出生以前，就已经荒废了。

杰米和我沿着猜想中的营地主干道往前走。他牵着我的手。我不知道，在他看来，我们大冷天跑到这里是要做什么，我到底是要搞什么鬼。

就从那一刻起，我开始需要个人的空间。我能意识到这种感觉在跟他接触的那部分肌肤里一点点蔓延。我需要在我们之间放置大量的空气分子。我感到他的手心里出了冷汗，此外，还有种黏腻的感觉，似乎刚才他摆弄门锁的时候，手碰到了什么黏糊糊的东西。这大概是第六感，是一种刺痛不适的感觉。某种更重要的东西，让我脑子里再也容不下他。

我们经过一个棚子和一个木门框上刻着“总部办公室”字样的白色屋架。我们走得很慢，谁都没有说话，只有我的手电筒搜寻着所有有意思的东西。主干道在树林里分了岔，这里的积雪比较浅，所以依稀能看见小路的起点，却看不到小路的尽头。四周一片寂静，只有我俩的靴子踩在积雪上的沙沙声。雪越来越厚。

这时，杰米冷不丁开了口，把我吓了一跳。“我记得你说过，这个地方已经关闭了。”

在那个雪花漫天的夜晚，他本会发现地面上堆放着一沓印刷品，或者说是订单。我们的左侧是一座煤渣空心砖砌成的小房子，右侧是一块篱笆围起来的空地，上面有几个月前施过肥的标志，此时土壤已经冻硬，上面盖着一层白雪。

“恐怕只剩动物了，”我的话音还没落，就听见一阵窸窸窣窣的响动，像是什么人在疾速奔逃。接着，我们就看到，那不是人，是东西。一只肥乎乎的小动物从枯枝上面的一堆深色木板缝里钻出来，跑到小房子边上，用一双黄色的眼睛望着我们，似乎随时要扑过来。

“这是一只——”我抢先说道，“哦，请别提示，是一只臭鼬。”

“这是只狐狸，”他说，“我猜的。”我们缓缓向后退了几步，跟它拉开距离。

如果不是风向改变让我意识到她就在附近，这只臭鼬本来会是当晚我们在空荡荡的营地邂逅的唯一活物。

“你闻到了吗？”我问道，“像是什么东西烧着的味道。”

不知从哪里飘过来一股火焰的气味，这气味来自远处，很微弱，但也足以让我回想起那个梦，那个关于她的梦。我越来越确信，她和这股味道之间有着千丝万缕的联系。

“没有，我——”他刚要回答，我却没有给他机会继续说下去。因为我已经开始迈开大步，四处寻找。隔在我的世界和她的世界之间的那层烟障十分稀薄，足以让我溜过去。

想到这里，我甩开了杰米的手。

6

她曾经待在这里。

艾比·辛克莱曾经走过同一条路，我能感觉出来。在失踪以前，她曾经在这个地方待了好几个星期。她曾经升过这根旗杆上的旗帜，还在那个小卖部里点零钞买糖果。

我们越是往里走，我的感觉就越清晰。她在这里的所见所感、所作所为，乃至她的呼吸，我都在冥冥中感觉得到。杰米跟在我后面，但我甚至都没有扭头去看他，更没有跟他解释。

我能闻到那些小木屋蚊帐里面浓浓的糖果香气。我的皮肤有些发潮，此时，夏日山谷的湿气包裹着我的衣服。黑暗之中，耳边回响着的竟是树林间的哨声、熟悉的喧闹声、湖水溅起的声音、食堂里碗碟碰撞的响声和弓箭射入靶心后热烈的掌声。

我们一直往前走。我觉得我们两人谁也没有说话。但杰米很可能说过什么，只是我都没有回应罢了。

我们找到了食堂、做手工的小屋，还有运动场。在一处隆起的山坡上，我们能看见点篝火的圆圈。巨大的圆圈用石头砌成，我能想象，在最炎热的夜晚，营员们围坐在松林间的空地上，四周闷得透不过气来，头顶绚烂的星空清晰可见。

我没有看见烧着的东西，之前闻到的松林里传来的那股味道似乎飘散不见了。不过，我还是掸了掸一块石头上的灰尘，坐在上面，四处张望。此刻，夜幕已经完全降临，天上星斗初现。远处锯齿状的山崖只留下一团模糊的影像，并且轮廓越来越模糊，仿佛根本就不存在一般。我努力以艾比可能有的视角审视这个地方。她是这里的一个过客，对这里既不熟悉，也不习惯。也许，我们的天空，对来自城市的她而言，是另一番景象。没有商场，没有路灯，这里的一切要昏暗得多。而在黑暗中，在交通电子眼和邻居的视线之外，什么事情都有可能发生。

杰米清了一下嗓子，他就在我旁边，在此被我忽视。

“我们是在……我们是在找什么东西吗？”他问道。

他正陶醉于往火堆旁边的林子里掷石子，有的石子能击中树干——我能听见石头呼啸着飞进枯枝，然后砰的一声砸在树干上，有的石子则什么也没打中。

“我们是在探索，”我对杰米说，“我们只是看看这里都有些什么。”

“嘿，过来，嘿，劳伦。”他正要伸手来抓我的胳膊，或是摸我的屁股或者我身体的某个部位，想把我拉近。可在黑暗中他没够着，我躲过他，跳出篝火堆，向山下走去。因为是下坡，我几乎跑了起来。

我沿着宿舍之间的小路往下跑，顺便瞥了眼窗帘缝隙里面：一些看起来没什么作用的屏风和蚊帐。通往宿舍门的台阶被积雪掩盖。我注意到更多动物的印记——有鹿和浣熊留下的脚印、小鸟的爪印，那些较大的印记应该是林子深处的大猫头鹰留下的。在我到来之前，没有任何人类的痕迹。

小木屋中只有五座是用来睡觉的。我拿着手电筒反复看了三遍才发现这个情况。

三号木屋，是艾比住的屋子。

不过，开始我并不知道这一点。

虽然是闭营的季节，但家具都还在木屋里，一张张床上铺着包着塑料膜的床垫，床垫上面没有床单，床的后部摆着一些装在拉链袋子里的枕头，鼓鼓囊囊的，这些都是为来年夏天参加夏令营的女孩准备的。

让我最终发现艾比睡过那张床的，居然是杰米。他跟着转遍了所有的木屋，进入这间木屋后，他对我说："嘿，看看墙上。"

就这样，我才发现，松崖女子中学夏令营的女孩子，喜欢把她们的名字（或名字的首字母）和参营的日期刻在她们床边粗糙的墙壁上。这么多年来，女孩们都是这么做的，于是，墙壁简直成了一部营员的年鉴，如同监狱牢房墙壁上犯人留下的记录。

我以前就觉得，自己一定能在某个地方找到她，果然是这样。艾比在床铺后面的木板墙壁上刻下的，并不是她的名字，她甚至不屑于像其他女孩那样，刻上自己在此停留的日期。她刻下的，是一条线索：

艾比·辛克莱

♥

卢克·卡斯特罗

到永远

杰米在我之前开了口。“奇怪。还记得咱们学校的卢克·卡斯特罗那小子吗？他真是个浑蛋。”

我知道他说的是谁，那个家伙是一年或者两年以前从我们学校毕业的。他好像是某支运动队的，或者老是跟运动队的人混在一起，我记不太清了。

“或者只是重名罢了，”我嘴上虽然这么说，心里却很清楚，就是那个卢克，艾比跟我说过刻他名字的事。

我想，杰米并没有注意到，我在这张床前停留的时间比其他床多得多。他一定也没有注意到，我竟伸出手指，去触摸刻在易损软木墙壁上的、两侧不太对称的心形图案，她每晚就是伴着这个图案进入梦乡的。他更想不到，此刻我在努力想象，艾比使用某种工具用力刻字的场景。我在努力进入一段并不属于我自己的记忆。

我听见杰米走到小屋的另一头，自言自语着什么——哦，不是，一定是有人来电，他拿着电话在讲话。他背对着我，声音很小，似乎不想让我知道对方是谁。

就在这时，谁也没有看见，怪事又发生了。

我站起身来，两腿不听自己使唤地朝着木屋后面走去，那里有一排空的壁橱和一个漆黑的淋浴房。我径直朝淋浴房走去。此时，我的耳朵不再能听见杰米讲电话，而是被另一个声音所充斥：一个来自地板下面的

“啪，啪”的声音，很有节奏。我吓了一跳，不自觉停下脚步。那个声音也同时停止。我继续走，那个声音又继续响起来。

这个声音来自我自己，是我的双脚踩在通往淋浴房的地板上的声音。我几乎能想象出自己脚上穿的不是冬天的军靴，而是夏天的夹趾凉拖，就像艾比在我车子里穿的那种。

进入淋浴房，我意识到自己不再觉得寒冷。何止是不冷，简直是闷热无比。我不得不解开羊毛大衣的扣子，让自己的脖子透口气。我把扣子全部解开，又把厚厚的围巾抖落在地上。

淋浴房只有一扇窗户，非常小，只能容得下一只胳膊，可我还是走过去，把它打开，好让空气进来。外面是小屋后面的一片树林，不过，我看见的居然不是积雪覆盖的松枝，也不是被积雪压得沉甸甸的松树，也没有冬夜泛着寒光的雪地。我看见的，是满眼的绿色。

“我在这儿呢！”我大声喊道，不管谁在这里，我都希望他能听到我这四处回响的喊声。

我开始能感觉到她的呼吸，仿佛她已经悄悄来到我身旁的瓷砖墙前，她那裸露出来的、饱受蚊虫叮咬的肩膀距离我只有几毫米。

她的故事逐渐成形，它在我脑海里一点点升起，不，简直是一跃而出。

今年夏天，艾比就待在这里，就睡在三号木屋的一张床上，那里刻有她和卢克的名字。她的床位被推到紧靠最里面那堵墙的位置，就在最后一扇窗户底下。她睡觉的时候身子蜷缩成一团。那个装在塑料袋里面的枕头，就是她曾经夹在两膝之间的那个。

我很快就将了解到更多。比如在那个7月末的夜晚，艾比具体是什么时间、怎样离开营地的，而后来为什么新来的女生没有再睡她那张床。艾比走后，三号木屋就少了一位辅导员，她们应该会再找一个的，也许是来不及找到替补人选了。夏令营里的女孩被告知艾比退出了。一位负责三号木屋的辅导员把艾比整洁的衣物从壁橱里取出，装进她床下的花呢格子手提箱，然后退还给她的家人。家人对她的出走似乎并不感到十分意外。辅导员们谁都不愿告诉孩子，艾比是穿着色彩大战的T恤衫连夜出走的，没有任何解释，连张说明原因的字条都没有留下。

尽管如此，三号木屋的女孩子还是会心生怀疑。她们尽量不去提她的名字，不去碰她的东西。没有人去使用那个多出来的壁橱，以及她留在公共浴室里的热带植物洗发香波。虽然艾比的床位置最好，比其他中间的床位享有更多的隐私，但是没有人去睡，仿佛它被诅咒过一般。

随着一阵“啪，啪”的脚步声，我才意识到自己已经站了起来，并开始往前走。

艾比的床我刚才路过，但装在塑料袋里的那个发了霉的枕头，我却没有留意。我伸出手，拉开拉链，把手指伸进肮脏的里面，然后抽出来，枕头摇晃不止。

一根头发。

艾比头上的。

我确信它是艾比的，就像我确信关于她的其他事情。这根头发肯定不是我的，因为它是浅棕色的，而且是富有弹性的鬈发。我自己的头发则被染成黑色，更粗也更直。

我忍不住抽动鼻子闻了一下。我的好奇心真是到了令人恶心的地步。可是，还没等我抬起鼻子，我已经知道自己会闻到什么味道了——一股淡淡的但略有些刺鼻的烟味，宛如这根头发被放到火跟前点着了。跟艾比有关的一切事物似乎都是这种味道。

我走出三号木屋，来到营地上，依旧觉得自己是光脚穿着夹趾拖鞋，肩头被太阳烤得热烘烘的。我撩起头发，把它绾成一个结。碧蓝如洗的天空中飘过几缕浮云，不远处的湖边不时传来女孩子们戏水和尖叫的声音。

到处都留着艾比的痕迹。她曾在林子里小解，在花丛中漫步，在这里抓挠着被蚊虫叮咬的肌肤，一直挠到伤口流血为止。

她第一眼看见他的地方被松树挡住了，但我还是找到了它，那里的树枝不太茂密，土地也有被踩踏过的痕迹，这一切我仿佛都在照片上看到过，抑或是她的这些记忆不再属于她，而是被传给了我。

他骑在摩托车上，哪怕是在浓密的松林里，也能听到那惊天动地的声音，仿佛整个林子都被包围一般。艾比所在的采野花小组的女孩，都不知道这个奇怪的声音是从哪里发出来的，直到他骑着这台机器呼啸着出现在她们面前。他绕过几个树根，绕开林间空地上的一个障碍物，径直开到女孩当中，猛踩刹车，前轮距离一个女孩的脚尖只有几英寸。

“这里是私人领地”，一个女孩说道，“你不能进来。”

“我住在这儿，”卢克·卡斯特罗说。我记得他就是这么说的。我能肯定，我们学校的那个卢克·卡斯特罗确实住在这附近。

不知是因为阳光太刺眼，还是因为这是来自她的记忆，我只记得我很难直视他的脸，但那的确是他，就是我们学校的那个家伙。

他在寻找穿着夏令营背心的艾比。那么多穿着同样衣服的女孩子，而他的眼里只看得见她，因为她比其他人年龄大一些，也因为她采到的野花最多，或者仅仅因为她穿的背心最紧。

“我住在山脚下，就在那边。”他说。

他朝林子做了个手势，虽然这些女孩谁也不知道这是什么意思，也不知道他指示的是什么方向——是松崖那边还是与松崖相反的方向？是铁路附近还是离铁路较远的地方？夏令营的老师还没有教这些女孩根据太阳或者使用指南针来辨别方向，艾比本应该利用这个契机来展开教学，可她此刻哪里顾得上这些。

艾比来到这里是为了接受培训，以成为一名夏令营的老师。在申请表里，她曾写下自己喜欢小孩。事实上，她一点也不喜欢小孩，她只不过是想找个借口去新泽西以外的地方度过暑假罢了。每天对着扩音器喊这喊那，每天划独木舟锻炼臂部肌肉，每天吃剩菜剩饭，只需一个星期，她就知道自己有多讨厌小孩了。所以，此时此刻，艾比只希望这些女孩能够在林子里随便溜达，或者去捡些树枝和松果玩玩，好让她有时间跟眼前这个陌生人待一会儿。

可是，女孩们一直要求卢克离开夏令营的私有领地，于是他只好离开，临走时还瞄了艾比一眼。

这些女孩不会知晓这一眼传递了怎样的信息，尤其是对艾比而言。是“嘿”“嘿，你好吗”，还是“这几个星期过得怎样”；是“哦，我的天，不用问也知道你过得怎样”，还是“你是怎么调教这些废物的”；是“不知为什么，我感到好无聊啊”，还是“嗯？嗯”；还是“那么或许你今晚该出来和我玩玩”？

卢克·卡斯特罗骑上摩托车扬长而去，车子的马达声一直在林子里回响，仿佛他随时会冲回来把她们撞倒，这次是险些撞到脚尖，下次就是大屠杀了。然而，他并没有回来，至少那天没有。

艾比只记得，她自己当时悄声问了句：“那是谁呀？”她并不知道，自己很快就会知道答案。她会知道答案的。

那天晚上，在我离开营地之前，她还想让我知道她的另一段回忆，一段关于卢克的回忆。

艾比的窃窃私语像松针一般，在空气中四处播撒。我们在翻滚。四周伸手不见五指，我又把手电筒给弄丢了，但我能隔着衣服感觉到：暖暖的青草、泥土和树叶，也透过衣服钻了进来。平地被某种山地取代，身体沿着山坡往下，最后停在山脚柔软的地上，另一个身体随后落在我们身旁，仿佛这个人也是沿着山坡滚下来的。尽管我跟她——我和艾比，感觉相同，但我也能意识到，山脚下有两副躯体：一个是男孩的，是卢克；另一个是女孩的，是艾比。而我只是旁观者。

接着，她握住了他的手——感觉上，似乎我也握住了他的手——她握得很紧。她吐出嘴里的松针，摘掉头上的碎叶，虽然四周一片漆黑，他根本看不见她，她还是说道——虽然是她说，却是由我张开嘴说出："哦，我的上帝呀，卢克，我好爱你。"

这句话就这样脱口而出。她本来并不想说得那么大声，但可能是由于滚下山坡让她的舌头变松了。此时，说出去的话变成一只放出去的鸟，在他们上方的夜空盘旋，她再也收不回去了。

我没有听见他的回应，我开始以为自己的听力此时正好脱离了这段记忆，其实，并不是我失去了听力，而是他并没有说话。她告诉他她爱他，而他甚至懒得回答，而是用自己的嘴让她安静下来。

上一次我被亲吻，是杰米，那种感觉像肉桂，那也是我习惯的男孩子的味道。

但被卢克亲吻并不是那种我习惯的感觉。一开始他并没有用舌头，这使得艾比更加欲罢不能。他用自己的双唇挑逗她，把嘴唇压在她的脖子上，先是脖子一侧耳朵下边，然后是另一侧。接着，沿着脖子一直往下，到她的锁骨，再往下，到她的双乳之间，这时我才意识到，她的上衣完全敞开着。接着，他的双唇又开始往上，一直往上，最后，他把舌头伸进她的口中，她品尝着他，我品尝着他，他品尝着我们。那味道是甜的，一种很淡、很远的甜味，而且比我预想中的要潮湿得多，以至于我后来不得不擦拭嘴巴。她擦拭着嘴巴。

他要的远不止亲吻，这一夜还没有结束。我知道，在他们的上方，高高的山顶上，是艾比借来的自行车。我也知道，因为艾比穿的是短裤，身下的青草一直磨着她的屁股，只是，因为当时天太黑，我也看不清她穿的是那条带白色运动条纹的红色短裤，还是别的短裤。所以，我也无法知晓，她的失踪就发生在这个夜晚，还是在其他夜晚。

过了一会儿，他把嘴唇从她的唇上移开，让她有时间喘口气。她转过身，躺在柔软的草地上，青草被夜露沾得湿漉漉的，她仰望着头顶深色的天空和那些星星，就跟我五个月后看到的一模一样。

这就是艾比的回忆。她喜欢重温这段时光，好让自己不去想接下来发生的事情。

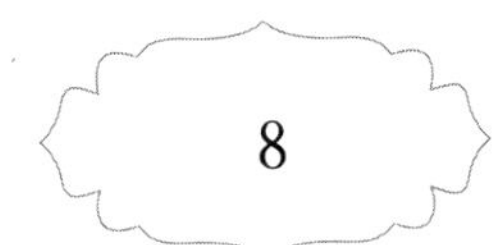

杰米一个劲地摇晃着我。他托住我的肩，呼唤着我的名字，声音有些沙哑，仿佛已经喊了很长时间。他拿起我的大衣——不知它是什么时候从我身上掉下去的——并把它当作毯子盖在我身上。羊毛大衣下面，我的皮肤上覆着一层冷汗，胸部也黏糊糊的。我的衣服扣子全部解开了，衬衫也敞开着。我赶紧系上扣子，并从杰米的双手中挣脱出来，然后自己站起身。

我身处积雪覆盖的山脚下，上方没有自行车，也没有卢克·卡斯特罗。

“我们刚才——”我边说边用手指了指我的嘴和他的嘴。我的嘴唇有种接吻后的肿胀感，而且湿漉漉的。

“什么？才没有呢！”杰米在我旁边站了起来，努力把我露在外面的胳膊裹进大衣里去。“你刚才好像着了魔，一个劲地跑，边跑边在大雪里脱衣服，然后就从山上滚了下来。你不记得了吗？”

我不知道该怎么回答他……是该说我记得，还是不记得？

这时，脸上的一道强光解救了我。这不是艾比记忆中夏天耀眼的日光，而是一束真实的光活生生地直射过来。

一个警察正拿着手电筒照着杰米和我。“大门口停的是你们俩的汽车吗？”他的声音像射出的子弹。

杰米先是迟疑了一下，然后答道："是的，那辆轿车是我的，小货车是她的。"

我的脑子里却在想，自己的手好冷啊，耳朵也好冷，一定是刚才滚下山坡的时候，把帽子和围巾给弄丢了。我的双腿沾了不少冰雪，已经冻透了。我的头发和鼻子上也有不少冰碴儿。

"这里是私人领地，"警察说道。我一边掸掉身上的冰雪，一边扣好大衣，他则把目光移向别处，"围栏上面有很多标志。"

说着，他又靠近了几步，手电筒的强光把这片全部照亮，我试图从他穿的制服上找到他的名字，可怎么也看不清。光线的那边，他只是个模糊的暗影，帽檐遮住了眼睛。

"我们这就走。"杰米边说边挽起我的胳膊。

可我忽然意识到：眼前摆着一个现成的机会，艾比不想让我放弃它。我发现自己脱口而出："警官……"我等着他说出自己的名字。

"希尼。"他停了半晌才说道。

"希尼警官，事实上，我们来这里是有原因的"——我感到身旁的杰米顿时紧张起来——"我们，我是说，我，只是想看看这里有什么，尤其是夏天过后。"

"唔——呃，"警察伸出一只手，"证件。"

他命令我们打开钱包，向他出示驾照。驾照照片上的杰米眼睛死死瞪着，那表情仿佛是要在车管所放一发自制铁管炸弹。照片上的我看上去有种难以言说的哀伤，这让我很奇怪，因为我分明记得自己照相那天挺开心的，那天我终于拿到了自己的驾照。

他挥挥手让我俩走开，去大门口停车的地方。

我发现自己走得很慢，恰好跟上警察的步伐。杰米则独自远远走在前面，在手电筒的白色强光下，是他纤细的背影。

“希尼警官，”我说，“您夏天也在这一片工作吗？就是那个女孩失踪的时候。”

由于手电筒的光照着杰米而不是我，现在我能更清楚地看到警察的脸，这让我感觉他不再是一件行走的制服，而是一个人。希尼警官是那种典型的中年男人，胖乎乎的脸上长满胡楂，谢了顶。茫茫人海中，如果不穿制服，我也认不出他。

我注意到，走在前面的杰米放慢了脚步，要听听我们说些什么，不过，即使被他听见，我还是要问。

“哪个女孩？”警察低声问道。

他这么说，仿佛失踪的女孩有很多，有一大群苗条活泼、留着棕色长发的女孩，而我是要从她们当中挑一个去当模特儿似的。当然，他不过是在试探我，他很清楚我指的是哪个女孩。

“就是那个一夏天都待在这里的女孩，”我答道，接着，那个名字第一次从我的唇齿之间蹦出来，“艾比·辛克莱，我指的是，艾比盖尔·辛克莱。那个失踪的女孩子。”

警察带着我们快速走出营地。路过光秃秃的旗杆时，升旗的绳子松松地缠绕在上面，随风舞动。我看见杰米回头瞥了我一眼。手电筒的光柱把他的脸照得惨白，上面有一丝顿悟的表情。他现在终于明白我为什么要停下车子了，也知道我是早有预谋，而且故意瞒着他。

警察走着走着忽然停下脚步，似乎在考虑该怎么开口，可是，他一开口就斩钉截铁，权威不容置疑，似乎根据法律，我没有权利问关于她的问题。“是的，”他说，“艾比盖尔·辛克莱。你干吗要问她的事情？”

我不喜欢他那样叫她的名字。

“她是——”我在极力躲避杰米的目光，“我的一个老朋友。我听说她夏天待在这里，然后又听说她发生的事，所以我想，我应该过来看看……”

警察推着我让我走快点。现在我们已经走过肥料堆，朝着大门走去。“据我所知，”他说，“你是找错地方了。”

一阵冷风吹来，我打了个寒噤。双脚就要冻僵时，我不禁纳闷地低下头，看看自己脚上是不是穿着靴子，而不是艾比的夹趾凉拖。要是我真光着脚在雪地里走，那两只脚可要完蛋了。

“您的意思是，我们找错地方了？”

“那个女孩是离家出走的。她家人知道，大家都知道。”

“您错了，她没有离家出走。”

“你确定吗？”

我毫不犹豫地点点头。

我们来到铁丝网前。他在齐胸高的位置开了一个口，似乎有那么一瞬间，他想叫住穿越缺口的我。

“我了解她，”我故作不经意地说道，“我知道她不会的。”

这时，杰米突然开了口，让我很惊愕。“有人看到过吗？她去了哪里？和谁一起？做过什么？”他从侧面瞟了我一眼，暗示我们该待会儿讨论这个问题，但现在，他是站在我这一边的。

“而且，你们搜查过这片地区吗？”我接着质问道，“搜查过松林吗？你们找过她的自行车吗？你们——”

“如果你们只是对此好奇，我会告诉你们。”警察说道。我注意到，他说话的时候只看杰米的脸，根本不看我。他接着说出了一些细节，我记得这些都是寻人启事上面没有的，我赶紧竖起耳朵仔细听，并把它们认真记在心里。

说艾比离家出走的，是她的奶奶爷爷，他们是她法律上的监护人——他们跟营地片区的警察说艾比离家出走了——所以警方并没有急于派人寻找她。

警察指着旧高速公路（现在称为多赛特路）的方向说，一个匿名目击者说看见艾比骑着自行车从这里往右拐，沿着公路去了，这是她最后一次被人看见。他摇摇头，显得无能为力的样子，意思是这一切都是她咎由自取的。

而且，我能猜得出他在想什么：她是谁？一个只不过才17岁的女孩。17岁的女孩失踪是常事。

警察很快锁上大门，并确保我们俩分别上了各自的车，然后才离开。他开着一辆没有任何标志的汽车，车子上方也没有警灯，我猜测，在发现我们停在这里的汽车的时候，他可能已经下班了。不过，他车子的尾灯刚从视线里消失，杰米就跳下车子，跑到我的车里来。

“到底怎么回事？”他边问边在副驾驶座上坐下。我发动引擎，让暖风机工作起来，他把手放在出风口上。

此刻，正是我告诉他真相的好时机。在这里——在这个寂静的夜晚。不久之前，我刚附上艾比的身体，或者是她附上我的身体。我们俩一起在布满松针的山坡上打滚，一起躺在她声称爱慕的男孩的臂弯里。现在，既然杰米已经知道她的存在，我就应该告诉他，我能多么真切地体验到她的感觉，体验到这个不再陌生的陌生人的感觉。

我本应该这么做的。然而，我只说了句：“我在寻人启事上看到她，看到这个地方，我只是……好奇。”

（我没有告诉他，我自己就有一张寻人启事，一张折得不能再折的破纸，就在他脚旁我的背包里；我也没有告诉他，我能感觉到艾比，在树林里，在空气中。我从暖风中感觉到她呼气，从我的头脑中感觉到她吸气。

她不希望我把她暴露给杰米，而她的意见比我的意见重要得多。）

“你并不认识她，”杰米说，“那么你是说谎喽。”

“她不是离家出走，”我说，“她没有。她——”

“你怎么可能知道呢，劳伦？”

我低头看着自己的双手。仪表盘上的光亮足以让我看见自己手掌的纹理，当我凝神注视它们时，却发现，自己的掌纹不见了。我的手掌变得光滑、一片空白，仿佛我既没有过去，也没有未来。有那么一刻，我甚至怀疑方向盘上面放的不是自己的双手，走出松崖女子中学夏令营爬进汽车的，也不是自己的身体。

“我不是很确定，”我说，“这就是一种感觉，仅此而已。”

我不敢正视他的脸。

“但是我一定会弄清真相的。”我心里想着，却没有说出来。如果我做不到，她一定不会放过我的。

接着，他朝我靠过来。我感到他用手捧起我的下巴，把嘴唇贴到我的唇上，我不假思索地把他推开，让我们俩之间保持距离。一只手伸出抵住他的胸膛，这是我的手，这样，他就无法再靠近。

我看到他的脸上滑过一丝不解，接着是某种更糟糕的神情，几乎是愤怒。过去我可从来没有把他推开过。我甚至找不到这样做的理由。

“给你打电话的是谁？”我出其不意地质问起来。之前我根本不屑去管在三号小木屋他在接谁的电话，可此时此刻，我冥冥中觉得，自己应该了解。

“什么时候？”他问道。他冻僵了，半悬空地倚在我的座位上。我的胳膊还在伸着，我那没有掌纹的双手还抵在他的胸部，在颤颤巍巍地支撑着他。

我看着他躲开我的手，向后缩成一团。看得出我们之间的某种东西正在消逝，它逐渐腐烂、萎缩，变成灰色的尘埃，然后被风吹散，什么都没有留下，这一切，如动画般在眼前播放。我知道，自己早该关注的，早该出来设法弥合我们之间的裂痕，然后跟他说对不起。然而，我什么都没有做。

“谁跟你说话？在电话里。”我重复了一遍，“之前在小木屋，有人给你打电话。”

“哦，那只不过是我们经理，跟我说下个星期的日程安排。”这会儿他已坐到他的座位上，看都不看我一眼。

“真的？”我说，“你说那人是谁来着？”

“我们经理。工作上的。”他又说了一遍。他在河对岸一家叫“卢皮塔之家”的墨西哥餐厅做服务生，每次只能提前一星期了解自己的工作日程，这倒是实情。“下星期我是星期二晚上、星期四晚上和星期六全天上班。”

“是吗，”我说，“好吧。”

然而，我脑子里却有一个声音告诉我，不要相信他。以前，这种难以言状的非理性的声音，从未进入过我的大脑，可现在，它已赫然存在，影响着我周围的一切人和事，甚至包括这个男孩，这个我托付了处女之身，并打算与之一起毕业、一起上大学，乃至一起规划未来人生的男孩——杰米。连他也受到了影响。

杰米把脖子转了过去，他眼睛里有一种我不认识的光芒，仿佛是我划了根火柴把他给照亮了。

“到底怎么回事？”他问道。

“我真的不知道，”我老实答道，声音显得很冷淡。

“但肯定有问题，”他说，“我们之间。一开始说去餐厅不去，现在又跑到这里，就为了这个你连话都没跟她说过的女孩，搞成现在这样——真他妈搞不清是怎么回事。”

他不等我承认或者否认，就摔门回到自己的车子，然后驾车扬长而去。他左拐后沿着多赛特路行驶，尾灯的亮光很快消失在树林中，发动机的响声也随即被风吹散，茫茫夜色没有给我修复关系的机会，我也不知道该如何修复，甚至拿不准是否应当修复。

这一切来得好突然，我呆坐在车里，等着他回来，但他没有，我有些诧异，但后来，这种诧异在心中沉淀、沉淀，最后变成一块坚硬的黑色煤石，上面刻着四个灰色的字：跟你说过。

在我需要他的时候，他不在，其实就意味着我根本就不需要他。他把我一个人留下，就意味着我能够自己自由地展开调查。

然而，事实上，我并不是独自一人。他走后，还有艾比，在后排座位底下，她应该目睹了刚才的一幕。不到车里仅剩我俩的时候，她是不会开口的。

在后视镜里，我们的目光相遇了。

就在这一刻，根植于我脑海里的一个念头，突然发出了我不认识的声音。

“你把他甩掉是好事。”那声音说道。

我站在公路中央，这就是艾比·辛克莱失踪的那条公路。杰米走了有

好几分钟还是一个小时，我记不清楚，我只知道，他已经走了。

我把车子开出松崖女子中学夏令营的停车场，然后向右拐。先前那个警察说，艾比就是沿着这个方向离去的。开上一小段，我就会看见一个小山坡。由于这是山路，我没开多久，就发现了一个。我想，这应该就是那个山坡，肯定是，就是艾比失踪那天晚上骑车往下的那个。我把车子停在路旁，想亲自用双脚感受她7月经过的这条沥青路。我故意走在公路中央，沿着下坡往前走，脑海里想象着她当时骑车的速度、哪个地方她需要刹车减速、哪个地方她开始滑行，越来越快，越来越往下……可是，她骑到哪里了呢?

我来到山脚下，松涛发出阵阵沙沙的响声，听起来它们又在窃窃私语，议论着我听不懂的秘密。我一靠近，它们便不约而同地屏住呼吸，一动也不动。

我还记得，那天早上，艾比在反光镜里是如何向我展示她的故事的，故事到了山脚下就戛然而止。我很想知道后来发生的事情，现在没有旁人能看到。

狭窄的公路在这里变得比较平坦，路上很黑，没有路灯，四周也没有民宅的灯光，空荡荡的。公路左边是一条沿着松林流淌的浅浅的小溪，右边则紧挨着松林。由于刚刚下了雪，松树林闪烁着幽幽的白光。在这万籁俱寂的时刻，所有物体都开始发光。

我能发现什么呢?

这里没有艾比的幽灵，现身为我讲述她的秘密；没有艾比发光的身躯，站在我身旁的薄雪中，抬起胳膊，慢慢勾着手指，示意我过去；没有她锈迹斑斑的自行车，斜靠在塔松粗壮的树干旁，它居然未被那些瞎了眼的警察发现；没有把她抓走的那名男子——如果凶手是名男子，或者撞倒她的那辆汽车——如果凶手是汽车；更没有一个上面打了结的盒子，躺在沥青路面上，等着我去开启。

事实上，站在路中间，我什么都没有发现。

不过，我还是走进小溪沟，四处搜寻。我弯下腰，以便仔细查找。里面满是积雪，夏天留下来的任何痕迹，都会被溪水冲走或者被积雪掩埋，不过我还要继续寻找。冥冥之中，我总觉得自己能发现蛛丝马迹，或者至少会受到某种感觉的启发。

过了一会儿，我无意中转过身，扭头向山顶的方向张望。

我的车子还停在路边原来的位置，但让我震惊的是，汽车的头灯发出刺眼的远光光柱，穿透了黑夜的浓雾。

是我忘了关灯吗？

我确信自己没忘，我确信自己是关闭车灯、熄灭引擎之后，才下车步行的，可是，如果不是自己忘了，谁又能爬进我的车子，把头灯打开呢？

我感到自己在颤抖。我的厢式货车是黑色的，除了车前风挡玻璃和车后的玻璃，车身其他地方都没有窗户，看起来很像那种连环杀手常开的车子，因为它很容易被用来藏匿尸体。我以前从来没有注意到，这辆车从外面看起来有多么凶神恶煞。

此刻，它正在山坡上瞪着我，眼睛里闪着凶光。

此时，我才第一次留意到一个事实——我被跟踪了，被另一个与我同龄的女孩，阴魂不散地尾随着。她需要我为她做些事情，如果我不把她需要的给她，她是不会放过我的。是这样吗？

此刻，她能看见站在漆黑公路上的我，我的一举一动都逃不过她的眼睛。她甚至能听见我的想法，感觉到我的心跳，这会儿它跳得好厉害。她还能觉察到我后背上渗出惶恐的冷汗。

我以前从未感觉如此孤独，或如此局促。

我不得不继续寻找。

当我把注意力转回山脚下，我发现这里的一切都披上了一层新的光彩。它是金色的，很温热，带着盛夏的浓稠感。一切都带着这样的色彩，连夜空也不例外。

我注意到，积雪不见了，公路和沿路流淌的小溪都变成泥褐色和草绿色。接着，我意识到，自己在地面上，在柏油路面上，因为我刚从自行车上摔了下来，手被小石子磨破，膝盖在流血。

我的头发比过去要长，遮挡了视线，我只好把它拨到一旁。我注意到，汽车的前保险杠生锈了，一只大灯嵌在里面。我过去老是扶着它站起来。我听到车门被打开，有人说了句什么，我听到自己的身体发出的回答，说“我没事”，但这不是我的声音。说话的人不是我，而是别人。

我成了别人。

这一切来得快，去得也快，我周围的光渐渐变蓝、渐渐变冷。我正走在冰雪覆盖的公路中央，孤零零一个人。这里没有轿车，没有自行车，也没有某个女孩闪光的幽灵。我受伤的膝盖在牛仔裤下面火辣辣地疼，仿佛自己跟她一样真的摔到地上，手掌也被雪块和石子磨破了。不过，这次，是我自己的膝盖和自己的手的感觉，寒冷中，我自己的肺里呼出白色的哈气。

就在这时候，我看到了它。就在不远的地方，从马路边缘发出一阵闪光。这光一度引起了我的注意，接着它就越变越小，最后缩成一个小点，我费了点力才终于看清它。一开始，它看着像一块形状奇特的彩色石头，我眨了眨眼，这才认出这是个什么东西。有人把一颗……一粒珠宝落在了路边。

我慢慢走过去，把它从雪堆里捡起来。它就那样半露在雪地里，在黑暗中闪闪发光，真是不可思议。这是一个从断开的银链子上掉下来的宝石吊坠。

我爬上山坡，刚回到车子里，就把吊坠捧在手心，在昏暗的灯光下仔细端详起来。我开始以为它是块石头，其实不是，至少不是哈得孙河谷里捡来的那种石子或岩石。它可能是块月亮宝石，但又不是那种经过精雕细琢表面特别光滑、像玻璃那样里外透明的宝石。

它是灰色的，像旋转的烟圈。

移动这个圆形的吊坠——它其实不是规则的圆形，而是那种手工打造成的不太对称的圆形，能看出里面的图案也在跟着变动，像是唤醒了一座沉睡的火山。而且，这个吊坠另一个神奇的地方在于，宝石动的时候，那些烟圈也在跟着动。不过，它还是一块挂在粗银链上的普通宝石吊坠。那根断开的链子已经生锈发绿，沾满污垢，而且，估计它新的时候也算不上精致。吊坠不算昂贵，也不太漂亮，然而，它有着非同寻常的意义。

它属于艾比。

10

一张艾比的寻人海报，被妈妈发现了。这张海报是我在课余打工的首得惠超市找来的。在探访营地之前，我已经搜集了好多张海报，我几乎把城里的每个地方都找遍了。

这张海报几个月前就在我的视野里出现了。它被钉在两台自动售货机之间的休息区的公告板上。一台售货机里面塞满了硬邦邦的冰激凌三明治，另一台则永远供应同一种苏打水。公告板上的海报只露出上半截，只能看清标题里“寻人”两个大字，页面的其余部分和她的脸都没法看见，但我还是迅速想到了其余的内容。我赶紧走上前，拨开一层层找猫找狗、寻求合租、员工停车示意图和商店营业时间的告示，把它从下面撕下来。上百个旧图钉留下的洞之上，那一页纸闪闪发光，那就是艾比·辛克莱的寻人启事。

她已经在这里等了好久，等着我找到她。

那天晚上，妈妈从学校回来得比较晚，我从松崖营地回来以后，她才到家。我蜷缩在客厅电视机前，等着她回家加热冷冻的比萨。杰米既没有打电话，也没有发邮件和短信。妈妈回来的时候，见我一动不动地缩成一团。

“嘿，”她边说边在门厅停了下来，把课本搁在边桌上，脱下外套，然后问我跟杰米晚上过得怎么样。

我耸耸肩，跟她说还不错，从她脸上的表情，我能看出她知道这并非实情，也知道我不想谈论这个话题。她默默接受了这一切，没有再继续追问下去。

“课上得怎么样？”我问道。

“挺好。”她说道。

借着电视机屏幕忽明忽暗的光线，我看见她跳动的文身——我一出生就见到这个文身了。她胳膊上文的葡萄藤一直延伸到肩上；背上是一个性感美女，美女金色的发梢在妈妈亮紫色的头发下面若隐若现；几只鸟在她的颈部翩翩飞舞，一直飞到耳际文着的蓝天。这些文身成为妈妈身体的重要组成部分，其重要性不亚于她的蓝眼睛。

我凝视着她的时候，她也在望着我，并注意到我手上奇怪的动作。“你拿的是什么？”她问道。

我这才注意到，自己仍然用手指指着海报，甚至连纸上的每一道皱褶、每一条缝隙、每一个针孔都没有放过，仿佛试图用盲文记住艾比的故事。

“哦，这个？”我说，自己的声音听起来好做作，“什么也不是。”

我知道它绝非什么也不是，但我当时还不清楚，它是如何在某种程度上影响了我的一切。艾比可能算是第一个，但她不会是最后一个。这些女孩都是17岁，我在那个月也迈入了17岁的门槛。很快我将拥有很多张这样的海报。我将记住她们的名字，以及她们的细节特征（出生日期、头发式样、体重和身高的变化）、她们的家乡、可能的目的地，还有她们最后出现时的装束（帆布鞋的品牌、外套的颜色，还有配饰细节，如银色心形项链、带绒球的天蓝色帽子、斑马纹腰带等等）。我知道并理解她们失踪的过程，但我无法获知她们故事的结局，也不会知道为什么会有那样的结局。

“我能看看吗？”妈妈边说边伸出手，仿佛我已经答应似的。就在这时，我把它揉皱——把艾比的寻人启事快速揉成手心里一个热腾腾、潮乎乎的纸团。

她赶紧缩回手，仿佛我打到了她。“没关系，”她说，“你不必给我看。我想去热一个冻比萨，你要吗？”

我点点头，然后看着她向厨房走去，心里本想说我来帮忙，但还是一动不动地把话咽了回去。我终于保住了海报的安全，它就压在我身下，我放心地闭上了眼睛。

我感觉自己开始想要做梦，并且真的把梦唤来了似的。不知不觉，我又来到那栋砖楼外面的人行道上，沿着断裂的台阶，来到楼门口，心里犹豫着是先摁门铃，还是索性直接进入。

恍惚间，我已经进入大楼，一股浓烟扑面而来，我被呛得咳个不停，赶紧用手捂住鼻子。不知是自己的眼睛和肺部适应了烟雾，还是大脑清醒地意识到自己是在做梦，梦里的烟雾没有危险，我渐渐平静下来，终于看清了自己周围的情况。

这栋大楼房间的布局发生了一些变化，多了一些我不记得的走廊和一些先前没有的房间。头顶上方，天花板被某个摇动的东西搞得嘎吱作响，原来是破旧的吊灯，上面布满灰尘和蛛网，在烟雾中摇摇欲坠，像是有人踩在上面。

“上面有人吗？”我大喊道，“艾比？”

突然，我看见大厅另一头的窗帘动了一下，有人藏在窗户旁边，跟上次的情况一样。同样的身板，似乎是同一个女孩。

这时，我看得更加清楚。

长长的窗帘已经烂成布条，并不能完全遮住藏在后面的她。透过破布纤维的小洞，能依稀看见她的部分身体——她仍穿着我最后见她那晚穿的过紧的牛仔裤，大腿的部位有“FU”两个字母（字母写反了，不知是她无意中胡乱涂写的，还是故意写成这样以显得与众不同）——窗帘破烂的流苏下面，露出她的脚踝和两只又黑又脏的脚丫。

这些日子我一直在寻找艾比，然而，在这里我找到的，却是别人。

在梦里，我发现自己做的都是现实中无法做到的事情。梦里的那个我，小心翼翼地穿过房间，向着她藏身的窗帘走去，没有一丝恐惧，也不顾及她背后极可能还有别人，有她从未见过的陌生人。梦里的我摸索到窗帘边缘，然后缓缓沿着窗帘，去寻找拉开窗帘的绳子。我发现绳子藏在破帘子后面，跟一些丝线绞缠在一起，我举起双手抓住绳子，用力一拉，窗帘打开了，藏在后面的女孩——菲奥娜·伯克，一下子出现在眼前。

她就在那里——并没有为了情节的合理，就变成那种理所当然的阴森森的令人毛骨悚然的死尸。她如果活到现在，该是个老太婆了，但尸体并不是这样的形象。

菲奥娜·伯克可不是在一天内老去的。

她的头发呈红色，发根是黑色，有些地方有些发粉。她的眼睛涂了液体眼线。衣服下面露出肚皮，不过这可不是这些年来发福的结果，而是因为她非常喜欢穿很紧的衬衫，露出肚子也不觉得害羞。

窗帘打开后，菲奥娜·伯克无处可藏，只好走到屋子里面来。房间的一扇窗户玻璃似乎被打碎，地板上全是碎玻璃，她就光脚踩在碎玻璃上向我走来，脸上却没有疼痛的表情，仿佛她根本就没有知觉。我这才意识到，现在我已经长大，而她却停止生长，我们俩现在体重大致相当。

这时，她开了口，应该是认出了我。

还好吗，你这个小屁孩？

我本想问她怎么能认出我，这么多年没见，而且我还把头发染成了黑色，有些地方是蓝黑色，难道我的样子跟小时候没多大差别吗？

还没等我挤出一个字，她已经抓住我的手，把什么东西塞进我手里。这东西比她的皮肤还要热，亮闪闪的像从火里取出的煤炭，硬邦邦的像一个骨节。我的第一反应是赶紧躲开它，两只手迅速松开，把它甩掉。

落在地上的是一个烟灰石制成的吊坠。

这时，我忽然想起，自己以前曾经见过跟它很类似的东西。过去，菲奥娜·伯克细长的脖子上老是带着一条粗项链，上面挂的就是这样一个石头吊坠。

梦里的我并没有把这个吊坠和自己以前见过的联系起来，但是醒来的我，听见妈妈说比萨热好了，就一下子从电视机前的沙发上醒过来，立刻从这个吊坠联想到那个女孩。

除了我，除了艾比·辛克莱，现在又多了一个女孩——菲奥娜·伯克，上次见她的时候我才8岁，她曾是我们的隔壁邻居。她离家出走的时候，是17岁。

第二部分

消失的菲奥娜

“不，她不会的，” 菲奥娜·伯克说道——不过，我的确记住了那张脸 我在墙角转过身，偷偷瞟着他 他的上嘴唇淹没在大胡子当中，本来很小的脑袋上长着一双更小的眼睛

寻 人 启 事

菲奥娜·伯克

案件类型：危险性出走

出生日期：1987年6月17日

失踪日期：2004年11月13日

目前年龄：25岁

性　　别：女

种　　族：亚裔

头　　发：黑色

眼　　睛：棕色

身　　高：约160厘米

体　　重：约57公斤

失踪地点：美国纽约州松崖

基本情况：右图是一张合成的照片，显示了菲奥娜25岁时可能的样貌。她最后一次出现是在2004年11月13日，当时她本来呈黑色的头发被染成了红色。

如有任何关于此人的消息，请联系：
松崖警察局（纽约州）1-845-555-1100

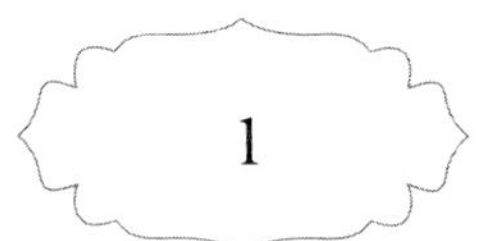

回首往事，我能回忆起关于她的点点滴滴。比如我8岁那年，妈妈把我交给隔壁的女孩照看，女孩让我贴墙老实站着，面朝黄色的墙纸，不许转身，更不许偷看。我穿着那件小马图案的睡衣，一动也不动地贴墙站着，而她却在盘算着怎样偷偷溜到城里去寻乐。

这是我第一次跟离家出走的人发生联系。

菲奥娜·伯克的父母是我们隔壁大宅子里的一对夫妇。他们在她还是婴儿的时候，从中国的一家孤儿院收养了她，我不知道她之前的名字是什么。伯克夫妇把她带回哈得孙河谷，带到纽约州松崖他们居住的那个小城。即使到今天，松崖亚裔人口占总人口的比例也仅有1.34%。菲奥娜·伯克是学校里屈指可数的几个亚裔学生之一，她也是我认识的唯一被收养的孩子。

我不太清楚菲奥娜到来之前伯克夫妇的状况，那时他们没有孩子，深居简出，忙于为即将带回家的别人的子女采购物品。他们年纪很大，大到你无法想象他们会去抚养一个十几岁的小女孩，我之所以认识他们，只是因为我们租用了他们的房子。那是跟他们的大宅子隔着一道树篱的独立小屋，他们把它称为“厢房”，而且不允许妈妈和我在上面漆任何颜色，因为他们觉得它必须是白色才跟他们的大宅子相配。很明显，这个小屋很长时间一直被作为车库在用。

这意味着伯克夫妇是我们的房东。母亲经常在每个月的3日或者4日——从没有准时在每月1日——去他们宅子皇宫般的门廊上，摁响门铃，亲手交上一个信封，里面装着我们当月的房租。

不过，伯克夫妇从来没有来开过门。每次我摁下门铃，音乐声还没停，菲奥娜就来开门了，仿佛她一直待在门背后，随时找机会放点新鲜空气进去。

她打开门，看到只不过是我，脸便拉了下来。她会冷冷地伸出手，接过信封，然后问："这是塔玛拉家的吗？"

然后我会说："是的，是我妈妈给的。"

菲奥娜·伯克并不是特别友善——她从未邀请我进屋，甚至连句谢谢也没说过。不过，至少在开始的时候，她还不算刻薄。她只是把装着我们房租支票的信封扔在柜子上，目光越过我头顶，一直望着马路，似乎在期盼着什么，然后，啪的一声关上门。

她比我大9岁，感觉上她是一直跟伯克夫妇住在那栋大宅子里。她已经融入了松崖，融入了我们这个依山而建、下可俯瞰山谷火车站、上可仰望群山的小城。在我看来，她融入得似乎比我还要好。

每当我们俩单独在一起（比如她帮妈妈照看我几个小时）的时候，她总是静悄悄地坐在电视旁边的长凳上，低声打着电话。不过，在我认识她的最后一年里，情况有了变化，那时她刚刚17岁。我之所以知道，是因为妈妈对我说："别太当真了，宝贝，她17岁了——这个年纪的女孩都这样。"

然而，17岁的女孩真是这样吗？

我感觉，菲奥娜·伯克的性格转变得相当快。她眼睛里的神采变得不同，她说话的语气也今非昔比。一切都变了。那一年，她开始喜欢捉弄我，还威胁说她随时会把我和妈妈赶走。她只需要编个谎告诉她父母，我和妈妈就得去住大街，我们将不得不睡在纸板箱里，去火车站乞讨为生。她还说，到时候我妈妈可能会觉得我是个累赘，进而把我卖给火车上路过的商人，一直带到纽约宾夕法尼亚车站去，天知道我长大会变成什么样的人。

听到她说这些，一开始我会吓得哭起来，这让她很得意，然后一遍遍乐此不疲地讲下去。当然，现在我知道，她并没有能力驱逐我们，至少光凭一己之言是不行的，可是在当时，我一度信了她说的话。

然而，作为我临时保姆和长期邻居的菲奥娜·伯克，平白无故地来到我们这个地方，又平白无故地消失，只剩下一张父母挑选的登在寻人启事上的照片。照片里，她牙齿整洁，头发梳得一丝不苟，而且没有染过。她衬衫的扣子一直扣到脖子，耳朵上佩戴着珍珠耳环，脸上带着无可挑剔的笑容，两手交叉，端坐在一张凳子上。喉咙前紧紧绕着她最喜爱的项链，照相机的闪光和拍摄的角度恰到好处，让这项链看起来亮丽可爱，实际上它只是挂在她衣服上的一个肮脏恶心的东西罢了。

那张照片里的她，就是父母期待她成为的样子，那是在她还未满17岁时。17岁以后，她的另一面就完全显露出来，尤其在我最后见她的那个夜晚，呈现得可谓淋漓尽致。

菲奥娜·伯克在父母面前是一个样子，在其他人面前则是截然不同的另一副样子。

她失踪的时候，我记得自己是从新闻里看到了她的照片，才知道有人在寻找她。然而，随着岁月的流逝，她一直没有回来，那些贴在公告牌上的寻人启事，逐渐被跳蚤市场、拼车、租房等告示所取代，她也逐渐被人们遗忘，再也没人问起。

她消失在那个失踪的孩子们去往的地方，即使人们把湖泊和森林搜个底朝天，也没法找到这些孩子。电脑登记的这些孩子的年龄都已经超过18岁，但她们再也没有回家。

她没有打电话，也没有任何音信。

她只是消失得无影无踪。

我想，我本来已经忘了她这个人，就像忘了小城里的其他人。然而，她却出现在我的梦里，试图把那块石头吊坠给我，这吊坠看起来跟我在多赛特公路边的小溪沟里发现的石头十分相似。我确信，这肯定有特殊的意义。我跟妈妈一起吃完冻比萨，并含糊对付过她关于杰米的问题，回到自己的房间，关上房门，重新变成独自一人。刚回家的时候，我匆忙把它塞进一只袜子，外面裹上毛衣，塞到衣柜抽屉的最底层。此时此刻，我才有机会把它翻出来，然后认真回忆菲奥娜·伯克的事。

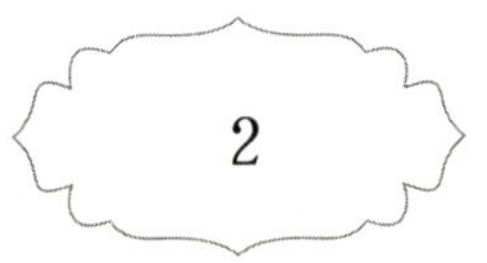

2

菲奥娜·伯克失踪，是在11月的一个寒冷的夜晚。她父母前往马里兰度周末，整个大房子里只剩下她一个人，这显然是她所希望的，甚至可以说是早有安排的。可是，我妈妈问她父母她是否能照看我一下，她父母没有先跟她确认就答应下来，我猜测，我的那个临时保姆当时肯定气晕了。就像她之前一样，我突然出现在房东的屋子里，令菲奥娜和我都猝不及防。因为菲奥娜早就计划趁父母去其他州之际离家出走，我冷不丁横插一杠出现在她家，令她措手不及。

那时候，我妈妈还不在学校教书。她不在州立大学工作，甚至连当教师的资格都没有。她那时应该是上夜班，在河对岸的俱乐部跳舞。

我想说，我其实能准确地回忆起那天晚上菲奥娜·伯克的表现，她在妈妈身后伸出手指做了个手势，然后说她会好好照顾我的。大人走后，她立刻开始翻找她妈妈的首饰盒和她爸爸的西装口袋，把能用来典当的胸针和落下的金卡全部搜了出来。

不过，记忆里的她形象有些模糊，感觉像是燃烧的一团火。她的头发奓着，并且染成酒红色。她的嘴唇文着深黑色的唇线，涂上厚厚的唇膏以显得润泽，但还是无法遮盖它长期的干燥。

我记得，当时的情形是这样的：

菲奥娜·伯克站在她父母家环形楼梯中间的台阶上，斜靠着栏杆，高高在上地看着底层。她那头发根呈深黑色的火红头发蓬乱地从上面垂下来，活像一丛荆棘，透过荆棘，她冲我喊叫着，要我过去帮她。

我这才意识到，她这是真的要采取行动，而不只是说说而已，她真的要离开，要离家出走。她已经收拾好行李了，那几个塞得鼓鼓囊囊的包就是她打算携带的家当。还没等我反应过来，她已经开始把包一个个越过栏杆扔下来。

这些包从那么高的高度坠落下来，砸在大厅的瓷砖地板上，发出难听的钝响。每当她扔下一个，我就赶紧趁间隙把地上的前一个包拖到一边。

当她俯身扔最后一个包的时候，她一直佩戴着的那个又脏又丑的吊坠被栏杆缠住了。她把链子挣开，然后把包扔下来。我猜想，就是在这个时候，那个用来把项链紧紧缠在她喉咙上的黑色绳结断开了，而那个吊坠也是在这时候滑落的。

尽管吊坠掉落得非常快，但我还是看到它从我头顶上方越过，由于它是真正的石头，而不是较轻的材质，我脑海里一直记得它持续下落的画面。我站在底层大厅中央，头顶就是亮闪闪的大吊灯。我照着她的吩咐把扔下来的包摆成一摞，一抬头正好看到吊坠下落。我本应该躲开，却鬼使神差地仰面朝天，看着这个黑色的物体直直朝自己冲过来。

我当时一定是捂住了脑袋，或者多少躲开了几步，因为这个下落的吊坠最终还是砸中了我的肩膀，砸得我火辣辣地疼。接着，它又掉到地上，有光泽的那面朝上。

如果刻意去挖掘这些年来尘封的记忆，我依稀还记得，这块石头呈浅灰色，宛如飘散于空中的一缕烟雾的颜色，其中一面的闪烁光泽，会让你误认为它很美。我还记得，直到菲奥娜·伯克走下楼梯，把它从我手里抢过去，塞进她牛仔裤窄窄的口袋，然后扬长而去，我才觉得这吊坠好看。

就是这样，我就知道菲奥娜离家出走的时候，身上带着吊坠。然而，不可思议的是，就在她出走八年多后的今天，我竟把她的这个心爱之物，握在我长大许多的手掌心里。

清晰地梦到菲奥娜·伯克之后，我找到妈妈，想从侧面打听一下菲奥

娜的情况，同时又不显得早有预谋。我想知道，这些年来，妈妈有没有听到过任何关于菲奥娜的消息。我打算跟她说，据我所知，菲奥娜平安地活到20多岁，现在住在离我们这里很远的地方，比如北达科他州。她住在一栋漂亮的房子里，学习着诸如兽医这样令人羡慕的专业。

妈妈正低头看她的心理学教科书，听到我问她，就漫不经心地抬起头，打了个哈欠，一边在书上画着重点，一边问道："你是说菲奥娜·伯克？我已经好多年没听到这个名字了。"她理了理脖子后面的头发，伸了个懒腰。做这个动作的时候，她耳后文的小鸟也跟着张开翅膀，像要朝天花板飞去，她胳膊上文的绿色藤蔓也随着她的动作变得灵动起来，我喜欢看它们翻转弯曲露出花的细节，不过，短短几秒，她就放下胳膊，袖子也随着垂落，我便看不到这美妙的图景了。

我们的猫——比莉（得名于爵士乐女歌手比莉·哈乐黛）突然从沙发椅的靠背上跳起来。灰色的长毛令它显得比实际更大，一双绿眼睛小心翼翼地望着我。我们养它的时间，几乎跟菲奥娜·伯克失踪的时间一样长。

"是啊，"我附和着说道，"我也有很长时间没见过她了。"

接着，她问了一个非常简单的问题，她问我怎么会想起菲奥娜来。

从我小时候，我和妈妈之间就是这样，还没等她问，我就会主动跟她坦白。13岁那年，我告诉她自己第一次尝试吸烟，并且以后再也不会吸了；就在我跟杰米准备进一步发展我们的关系时，我也第一时间跟妈妈汇报，妈妈还给我预约了生育控制诊所的检查。

这就是妈妈和女儿之间的互动，别人无从分享，这种相互的信任也没有任何人可以取代。妈妈左臂上有一个文身，图案是两只黑鹂停在一棵盘根错节的大树上，这是我出生后她特意为我们俩文的。她常喜欢说，我们俩在这棵树上，永不分离。

客厅里除了我和妈妈，还有别的存在，而只有我能意识到这一点。它的耳语在墙壁间回荡，是艾比吗？难道这越来越大的声音是来自别的女孩，来自我不认识的人，因此我还听不懂她的话？难道它是菲奥娜·伯克本人，阴魂不散地跟到这个地方，还想把我们从这栋房子里赶走？

我只知道，那个它——或者是她，不希望我现在把原因告诉母亲。我的感觉很明确，因为我几乎都能听到这个声音在我耳边下着命令：

“不许告诉她，不许把这个梦告诉她。”

我知道，自己不应该告诉母亲：我从电话亭上撕下艾比的寻人启事；我去探访过她失踪前参加的夏令营；我去调查过卢克·卡斯特罗，还打算去拜访他；我还查到了新泽西奥兰治联排公寓艾比祖父母的地址，并且测算过自家到那里的路程；我把捡来的石头吊坠用一根长链子穿起来，佩戴在两层衬衫下面，它紧贴着我的肌肤，让我感觉很温暖，莫名地温暖。

这一切的一切，我都不打算跟她说。

我小心地斟酌着自己的回答，仿佛有人正在暗处监视我、监听我。

“我也不知道为什么，”我说，“我……我只是忽然想到她，很偶然，没什么原因。不知道伯克夫妇有没有说过什么？”

妈妈这时站了起来，手指一遍一遍地揪着腕部的文身，似乎要把文身揪掉，重新给自己换上干净的皮肤。她紧张的时候，特别是要谈及某些难以启齿的话题的时候，就会出现这个习惯性动作。

她挪步到一扇窗户跟前，那扇窗户正对着我家和伯克家之间的树篱。夜色中闪烁着星点的白光，四周安静得像未上弹簧的捕鼠器。比莉溜到妈妈的两腿之间，抬起头一个劲地向上张望，仿佛想要自己跳到窗户外面去看个究竟。无奈它太矮，而且最近有些发福，完全没法跳上去了。

显然，我本以为妈妈会告诉我菲奥娜·伯克已经死了，可是她只是把我所知道的情况确认了一下：菲奥娜·伯克离家出走以后，再也没有人知道她的消息。

伯克家的宅子一片漆黑——可能他们又外出了——跟他们女儿离开的那晚一样，可妈妈却紧紧盯着他们家的窗户，似乎盼望那里能亮起一盏灯。

“太让人伤心了，”她回头望着我说道，“过了这么多年，直到现在，我也不知怎么跟伯克先生和伯克夫人说这件事。”

“我也是。”我说。

“菲奥娜，我本来能够帮帮她的，”妈妈继续说道，“要是我早知道会这样，当时一定会做点什么的。”

看得出她有多认真，发生在邻家女孩身上的事情，已经成为她心中的一个小小心结，她曾一度对此念念不忘，无法释怀。她正在自己工作的大学攻读心理学，再过几年就能取得学位。尽管她每学期只能教授几节夜校的课程，白天则在宿管办工作来贴补学费，但我相信，她最终一定能学成。我相信她一定能帮到别人。

然而，我却不认为她能帮得了当年的菲奥娜·伯克。

“你们俩当时还挺亲近的。”妈妈说。

“谈不上亲近，我都不怎么认识她。”

“要知道，这不是你的错。千万不要有任何想法，觉得这是你的错。”

她在回忆菲奥娜·伯克离家出走那晚的情形，我也恰好想到这里，这段尘封了近九年的记忆，真是剪不断、理还乱。

“我知道这不是我的错。”我说。

菲奥娜·伯克出走的当晚是在照看我，这是事实。那晚她父母没有回家，所以她走后是母亲发现我独自一人，她从未责怪我没有阻止菲奥娜登上那辆卡车，主要是因为她根本不知道有那辆卡车。

然而，我告诉自己，我本可以阻止菲奥娜的。她凝望那条公路已经很长时间了。我觉得，她一旦上路，就没有任何事物能让她回头。

所以，谁都没有错。我本来就什么也做不了。

就在这时，一个念头忽然在我脑海中冉冉升起，在整个房间飞扬，如同比莉脱落的细毛。会不会这就是所有一切的起因——一开始我的车子在路边抛锚，正好让我发现寻人启事——这样我就能为其他人做些事情？比如艾比？

妈妈若有所思地抚摩着自己的面颊，仿佛她知道自己美丽文身的确切位置。她脸颊左侧、嘴唇旁边的圆圈颜色很黑，黑得都发蓝了。她把指尖放在上面，似乎是有点痒。

妈妈美丽的文身并不是在文身店文的，而是与生俱来的。所以我才如此地喜爱它们。

这时，比莉朝着空气哼哼了两声，仿佛是有人进入房间，只有它看得见。接着，妈妈重新投入到她的研究工作中，而我看到了它们——两个发光的影子，出现在我家客厅，看起来它们并未意识到自己身处何处，而且也看不见我们和家里的家具，因为它们就在沙发椅所在的位置上。

看我屏息凝神的样子，妈妈抬起头。“怎么了？”她问道，“还在想菲奥娜的事？”

“没有。”我说。我的眼睛并没有看菲奥娜，因为那两个光影在她旁边的女孩身上。

我现在确信，菲奥娜和艾比之间有着千丝万缕的联系。她们正在目前所处的地方振臂呼唤，竭力让我听到。

她们摇曳在沙发所在的位置，像一个双头的幻影。这时，妈妈伸手打开了阅读灯，光线亮起，她们就如同影子般消失不见了。

4

证人是存在的。那个警察说有人看见艾比·辛克莱骑着自行车离开松崖女子中学夏令营的营地，消失在夜色中。他并没有说出那个证人的名字。这也难怪，他干吗要跟我说呢？可是，艾比会跟我说。

那人是另一个女孩——还是小孩。她是同样住在三号小木屋的艾比的室友。无意中，她成为唯一知道艾比会在熄灯后溜出营地的人，而且，她还知道艾比要去跟谁见面。这个女孩守着艾比和卢克的秘密过了好几个星期。她当晚是出去小解，无意中撞见艾比蹑手蹑脚地走出木屋，微笑的脸上飞扬的神采甚至在黑暗中照亮了她的牙齿。这时，艾比恰好需要一个可信的人，艾比觉得这个留着鬈发辫、戴着厚眼镜、平素没什么朋友、总是一脸无辜的女孩，应该不会向别的辅导员告发自己，于是就把自己的秘密告诉了她。

这个女孩见证的不只是艾比骑车离开。前一天晚上，她看见艾比溜回蚊帐的时候，满脸兴奋的表情，口红也抹花了，衬衫后背上沾满了草屑。女孩虽然没有亲眼目睹，但后来还是听说艾比和卢克差点就做了那事。只差一点。这个女孩还小，通过栩栩如生的描述，她能想象，经过几个小时，那个“只差一点”是什么意思。如同球类游戏中，她需要在外场接球，那个“只差一点”意味着什么。

当天晚上，她倒不是早有预谋，而是纯粹在好奇心的驱使下，偷偷跟在了艾比的后面。艾比夹趾凉拖隐约发出的“啪啪”声惊动了她，仿佛艾比当时是故意不把脚步放轻，好让别人发现自己。

木屋的前门被轻轻关上，她最喜爱的辅导员悄悄从窗下走过，她也跟着从床上溜下来，蹑足走出木屋。她感到地上的碎叶和石子有些扎脚，后悔自己没穿鞋子。这时，她看见艾比匆匆跑过大厅，辅导员们正松散地聚在那里大声说话，因为她们管理的营员都已经入睡。她意识到，自己也得跑起来才能跟上。这时，她再度想念起自己的鞋子。

无论如何，她还是从那些辅导员的眼皮底下溜了过去，在她们大声的说笑和相碰的酒瓶声中溜走，没有人朝窗外瞥一眼，没有人看到快速跑过的艾比和这个女孩——她在接近路边的自行车棚里赶上了艾比。她期待艾比发现自己多了个伴后会做何反应。艾比会张开双臂欢迎她吗？艾比会让她坐在自己借来的自行车的横梁上，一起去山里，跟卢克干越轨的事情，让她躺在他们中间，一起数天上的星座吗？或者更理想的，她会让艾比改变心意，不去跟卢克会面吗？

她无法揣测。不过，她确信的是，她并不希望艾比变得如此疯狂。

艾比抓住她，说她是多管闲事的小屁孩，还骂出了一些更难听的词。艾比要她赶快滚回三号木屋，否则她们两人都会被开除。女孩无意中提出，车棚里面的自行车只能给辅导员骑——她认为大家都要遵守规则——而艾比作为实习辅导员，是不可以骑那些自行车的，这番话令艾比更加火冒三丈。

女孩吓得后退了几步，无奈地看着艾比蹬着那辆破旧生锈的施文自行车朝公路骑去。

这就是我所能描述的情形。

我能够让自己置身于这两个女孩中的任意一个角色进行回忆：无论是那个不希望艾比离开的证人，还是艾比自己。我能体会到她吹着夜风，长发飞扬，伴着车轮摩擦路面的沙沙声，享受这最后的惬意和自由。

5

我把汽车停在马路下面，车行的推拉门敞开着，从我的位置，正好能看到里面的卢克·卡斯特罗。他躺在一辆轿车的车身下面，只露出上半身，第一眼看去，给人感觉是轿车掉下来把他给砸了。

我知道这小子就是卢克，是艾比喜欢甚至可能是爱过的男孩，我也知道，艾比以前曾经来过这个地方。我能感觉到她来时踩的是哪片草坪，因为尽管已经过去几个月，那片草地依旧是温热的，积雪消融的那一小块草地，正好是八号鞋子的大小。

他刚才一定听见了我停车的声音，只见他滚离车下，坐起身来，盯着便道上的我，但并没有招手。

从那个距离，我一开始并不确定，自己是凭艾比的记忆还是自己的记忆认出的他，因为我上中学时就认识他了。杰米是对的：卢克·卡斯特罗去年就毕业了，显然他并没有去上大学，也不是放假在家，因为他还住在父母家，地址跟去年学校电话本上登记的一样。

卢克瞪着我的汽车，恶狠狠的眼神像是要把风挡玻璃钻一个洞。我很想知道，他认为坐在驾驶座上的人是谁，他认为我是谁。我钻出车子，朝车库走来。

过去，别人都说我不高也不矮，十指修长，双腿相对身高而言也算修长。我的鼻子很长，这我也有注意到。我既不戴耳环，也不涂唇膏，脖子上倒是挂着一个吊坠，一个圆形的、烟灰色的石头吊坠，被一根长链子系着，藏在我的一层层衣服下面。其他人绝对不会发现这个吊坠，除非是把手压在我胸前，他们才会体察到它炙热坚硬的质感。

不过，卢克从他所在的车库里，只能看到我戴着帽子，从一辆平淡无奇的汽车里出来。我把外套里面的运动衫的帽子往下拉了拉——这件红色的连帽运动衫是杰米的，他几个星期前把它落在了我的房间里，我没洗它，也没把它还给杰米——当卢克看到我的脸，看到我只是个小姑娘时，他随之一振。

只见他放下扳手，走出车行，向我走来。我这才发现，他跟艾比记忆里的样子不尽相同。比如，他的身板更加……厚实一些，大概要比杰米重30磅。他似乎也没有艾比记忆中那样神采飞扬，没有了艾比眼中的光环，他只不过是光天化日之下站在马路边上的一个普通男孩。他的帅气只是停留在五官端正对称的层次而已。这绝对不会吸引我，我禁不住怀疑起艾比，对这样一个男孩着迷到狂热，她究竟是哪种女孩呢？

这跟艾比认识的卢克是同一个人吗？我想起小木屋里艾比在床头木墙上刻下的爱的宣言：

艾比·辛克莱

❤

卢克·卡斯特罗

到永远

这就是我所看见的，卢克·卡斯特罗，就是这小子，站在这里的这个小子。

我的双腿自动把我带到他跟前。“卢克？你还记得我吗？我是劳伦，我是——”

“杰米·罗西的女朋友。”他打断了我，似乎我就得这样自我介绍，得把自己的身份跟一个男孩联系起来，“是啊，我知道你是谁。怎么了？我这次又干了什么？”他说最后一句的时候还狡黠地笑了一下，似乎乐得自己因胡作非为而尽人皆知。

“我不知道，”我说，“你干什么了？”

他咧开嘴大笑起来，搞得我很无语。而且，他甚至都没有看我的脸。“嘿，我喜欢这车，”他说，“没有窗户，既方便又私密，不错。”他也没有看我的车，而是一双贼眼上下打量着我的腿，接着又趁机往上瞟到我的脸，一副毫不掩饰的傲慢的表情，也丝毫不在乎我有没有男朋友或者我是什么样的人。在他看来，我就是随便哪个女孩，穿着紧身牛仔裤出现在他修车行门前，他一放电，就能让我乖乖上钩。我脱掉外套，放下运动衫的帽子。

这就是我大脑所想的，以及我身体所做的。然而，艾比却不甘心，她想要接管我。一定是近距离接触卢克·卡斯特罗又把她给带出来了。她的呼吸蒙蔽了我的心灵。

有那么一会儿，我感觉艾比的指甲掐进了我肉里，来阻止我尖叫出来。我不想说自己为什么出现在这里。我只想做她要做的事情，想成为她，想接管她本来早已经要完成的事情——那个7月的夜晚，她骑着自行车大老远过来，不就是为了做这件事吗——扑进他怀里，亲吻他，让他扯下我的紧身牛仔裤，同时展示他层层衣服下面的身体。外面的天气很冷，但一想到这些，我浑身上下变得躁热起来。除了杰米，我以前从未跟任何人发生过关系，而目前，杰米和我之间的关系已经脆弱到如同细丝一般，想要切断它，实在是再容易不过了。

然而，我还是摇摇头，重新夺回了自己心灵的控制权。“我来这里是因为艾比，我听说你认识她。”

一听到艾比这个名字，他脸上掠过一阵木然的表情，就是当人们竭力想隐瞒某件事时才有的表情。

“艾比·辛克莱，”我盯着他的脸，一字一句地说道，“我听说你们俩今年夏天在交往啊。”

还是木然，木然得让我以为他会否认。我必须提醒他。

艾比对卢克的记忆，只停留在她失踪那晚以前每次偷偷溜出营地跟他私会的情景。无非是黑暗中与他嘴唇相碰，他脖子上古龙水的气息，以及昏暗光线下他的面孔。她所了解的他的样子，不过是路灯下、月光下，甚至是钥匙串上迷你手电亮光下的他的样子。

“艾比？”我重复道，“那个漂亮女孩？从新泽西来的？留着棕色长发？”

他站直了身子，眼中升起一丝阴影，这阴影掠过面颊，一直降到他下巴上。“就是那个从夏令营沿着公路跑下来的女孩？”

“是的。艾比。我知道你认识她。她跟我说了。”

“你是她的朋友还是别的什么人？”

我点点头。从某种意义上说，我们不只是朋友。他不会懂的。

“好吧，”他耸耸肩说道，“你还真不怕麻烦，大老远跑来。”接着，他转过身，走进车库，我别无选择，只能跟着他。

我拖着沉重的步子跟在卢克·卡斯特罗后面，这次艾比倒是悄无声息，我没在周围的雪地里看见她，甚至也没有感觉到她跟在后面。

她去他家了吗？难道这么长时间以来，这里一直是艾比·辛克莱在松崖的藏身之所？

车库比外面暖和得多，因为里面有暖气；但也比外面暗得多，因为阳光照不到这里。我有点紧张，希望他赶紧打开那扇通往他家的门，而门里的一切陈设都披着他祖母亲手编织的毛线套子，显得十分温馨。甚至艾比本人也不例外。艾比正眨着眼睛，等待我的闯入。这一次艾比应该完全了解我的想法，因为她已经像听收音机一般倾听了我的倾诉，她会配合我、挑逗我、推动我，看看自己能冒多大的险。

我感觉自己像个傻子，突然对自己在汽车后视镜里看到的她的面孔产生怀疑，对房间边缘晃动的人影产生怀疑。我开始怀疑这一切，关于她的一切，从我卷入她的故事，这还是第一次。很快，这怀疑就被愤怒取代。我的内心剧烈地翻腾激荡起来。哦，从一开始，就是艾比在阴魂不散地跟着我，从我在马路边发现她照片的那一刻就开始了。然而，这可不是因为我能帮助她，不是因为我能查明真相，不是因为我们通过都认识的那个菲奥娜·伯克而产生了某种联系。她跟我交流，并不是因为我注定要帮她，在松崖镇，在达切斯县，在我们这个州、这个国家，乃至这个世界，能帮她的人可不止我一个。她一直在耍弄我。

当这一切如潮水般涌上心头，我已经分不清她到底是人还是鬼，到底是坏人、是受害者，还是一个越轨的青春少女了。

“你有毛病吗？你到底想不想做？还是要干什么？”卢克在问我。

还有他。他也是事情的一部分。我真想一拳打在他那硬挺的鼻梁上，把它从中间打成两截，让它再也没法复原，这样，他就失去了引诱的资本，而且会变成一个丑八怪。到时他会做何反应呢？不过，还没等我挥拳，我就忽然意识到他问话的意思。车库里根本就没有通往房子的门，更没有穿着祖母编织的毛衣的艾比探出身子来，笑话我居然试图要帮她，而她根本就不需要帮助。

车库里只有我们俩，他正在用手提住车把，把一辆蓝色的施文自行车从地上扶起来。车架锈迹斑斑，一个轮胎上有个破洞。

“这是什么？”我一字一顿地问道，“这不是……”我扫了眼车库其他地方。听到她的呼吸声，我的恐慌略微缓解。她一定是跟我跟得太紧，以至于我连她的影子都没有看见。

“艾比的自行车，”他说道，“你不就是为这个来的吗？”

“不。”我说。瞧瞧，他手里的自行车是蓝色的。当然，它是施文牌的。但我可以发誓，我在她记忆里看到的那辆自行车，是绿色的，亮绿色，就像她骑行的公路两边的树木那样绿。绿色。“不是这辆。”

“如果这真是她的自行车，你怎么没把它交给警察局呢？”

“你这是什么意思？我为什么要交？”

“因为她失踪了。”我说。

“她是出走的，”他说着耸耸肩，“我是听说的，营地里的女孩告诉我的。”

我无话可说。为什么认识她的人里，没有一个看见她不是离家出走的呢？这么多人里，为什么偏偏是我，一个从未在现实中见过她的人，知道事情的真相？

“那天晚上她骑的就是这辆车子。”他说，“她接了我的电话以后，就变得歇斯底里起来——她迟到了，我以为她不来了，我就叫了其他的小姐。可是这又怎样？”

“她……她那天晚上还是见过你？”这是我始料未及的，“她大老远赶到这里，骑着她的自行车？那天晚上？你确定吗？”

“是的，但就像我刚才说的，她没待多长时间。她开始大喊大叫，大发雷霆。然后，她又骑上自行车，碰到了路上的什么东西，接着，这就发生了。”他一边踢着瘪了的黑色轮胎，一边说道，“嗯——拿着——她扔下自行车，然后就跑了。我在后面追，但在马路上怎么也找不到她。也许她是从林子里抄小路走的，见鬼，我也搞不清楚。”他耸耸肩，“我们又不是仇人，她干吗要那样呢？”

我还是没弄明白。我看见她到达山脚下，但在这以后就不知道了，在那片黑暗之外，我想我的记忆就停滞在这里。

我下意识地摸了一下衣服下面的吊坠。它就是在那时坠入小溪沟的吗？就是在她往回走的时候？我会不会是想错了，把整个过程搞反了，把事情的顺序弄颠倒了，让那夜发生的事情愈加扑朔迷离？

卢克似乎很乐于摆脱那辆自行车。此刻，握着车把的人是我，他用松开的那只手理了理头发。

“你这是……要把它给我？”

“我本以为她会回来取回车子，可是，后来我就听说她失踪了，所以，这辆车子屁用也没有了，不过，拿着吧，你来这里不就是为了它吗？”

“可是，卢克，她就是在那天晚上失踪的，你是最后一个见到她的人。”

“不是我，警官。”他笑着举起双手做投降状，可看我一脸严肃，他又把手放下，“哦，严肃点。每个人都说她是离家出走的，你不会认为我——”

我不知道该怎么认为，这取决于艾比怎样认为。我需要她告诉我这到底是怎么回事。

“我这么长时间为什么一直保留着她的自行车，嗯？这应该能证明我没把她怎么样吧。否则我早就把它扔到悬崖下面去了。”

我一言不发，于是他继续说。

“劳伦，你是知道我的。来吧，我是认真的。”

我闭上眼睛。我希望自己能把梦境带到现实中来。我能够爬上房子的台阶，无论在什么时候，无论自己是睡着、醒着，还是在谈话中。如果我能控制那个控制我的烟雾弥漫的地方就好了。我希望我是在自己打工的首得惠超市，把含奶量百分之一和百分之二的盒装牛奶分别堆放在货架上，这时一个小男孩打开了面粉袋，烟雾顺着地板弥散开来，变成一道白色的幕帘，我穿过幕帘，就能进入梦境中。或者，我希望在这里，在卢克·卡斯特罗的车库，我能走进梦里，把我的问题说给艾比听。我要澄清自己的疑惑。我要回来，要弄清真相。

这一次，这种方法奏效了。因为梦已经靠近，我能闻到里面的烟味，或者是某人喷出的烟味。

“你在找谁？”卢克问道，“我父母出去了。这里只有你和我。”

这里只有你和我，脑海中回荡起这嘲讽的声音。

这一次，她语气的刻薄超出了我的意料。

如果他请你进他家，千万别答应。他只想带你到他父母的水床上去。

我赶紧四处张望，想看看这声音来自哪里。我本以为她在我身后，可那声音却来自车库那头、汽车的另一侧。这么说，她难道是趴在汽车底下，或者躲在门后？

一定要沉住气，她说道，否则你会毁掉一切。

“不，”我说，“我有男朋友。”

“哇。”卢克说道，可是我并没有跟他说话。

我等着声音再次出现，好找到她藏身的地方，可她却一直不说话，我这才意识到，这不是艾比。这种刻薄的语气只有菲奥娜·伯克才有，而这种讽刺的调调也是菲奥娜·伯克的专利。我耳边响起的，是菲奥娜的低语。

“听着，”卢克开了腔，“如果你真的是听她说的，她对我肯定没什么敌意，对吧？我们之间只是玩玩而已，这她是知道的。”

我的脸上一定是写满了不以为然。

“她难道没有吗？”

“她觉得……”我开了口，却希望她出来说句话，帮我填上内容。“她觉得可能有吧。”我含糊地说。

卢克摇摇头：“那她怎么不亲自跟我打电话说清楚呢？她干吗要派你来呢？”

“因为我告诉她我会帮她，”我说的声音很大，仿佛在宣誓，向他，向所有人，向我自己，向她，向菲奥娜·伯克——我能感到她们听到以后，都不约而同地屏住了呼吸。

接着，我一言不发地把自行车推出车库，朝着公路上我的车子走去。也许我错了，我告诉自己，也许当时那辆自行车就是蓝色的。

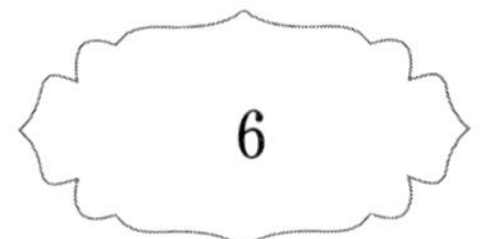

我最终还是没有推着艾比的蓝色施文自行车进警察局。我只是把汽车停在警局门口，然后自己走进去，想要告诉警察，那辆车子在我这里。

警察局很小，传达室里摆放着三把椅子，墙上有一扇朝里开的窗户，里面坐着一个接待员，正在读着什么东西。

透过窗户，看不见希尼警官或者其他警察模样的人，接待员只要我老老实实坐着，很快就会有警察过来招呼我。我等了四十二分钟，接着，接待员要去休息，他说抱歉让我等那么久。一位警察过来帮我，接着又让我等了十一分钟，才匆匆走进来，因为刚才他接了一个电话。整个过程中，我一直坐在前厅的塑料椅子上等啊等，心里想着这意味着什么，是不是要我离开的信号。如果我必须把自行车交给警察局，必须把自己知道的告诉警察，他们肯定会在我刚进来的时候就提供帮助的。

正当我准备起身出去开车离开的时候，那个警察终于回到窗口前，问我有什么事。他不是希尼警官，但他也能负责。我在衣兜和背包里掏了半天，想把艾比的海报找出来，担心着千万别把它搞丢了，接着，我忽然想起，自己把它藏在包里面那个带拉链的袋子里了。警察阅读那则寻人启事的内容时，我感到自己身体深处的温度开始升高，仿佛那一点点恐慌会迅速占据我的全身，然后从我嘴里喷涌而出。接着，我慢慢意识到这是怎么回事：不是因为我突然生病，或者是吃坏了肚子，而是因为我佩戴的那个吊坠。那块石头滚烫得像烧红的铁块一般，紧紧贴着我的皮肤。我赶紧把它摘下来，攥在我裹在运动衫下面的拳头里，这才摆脱了它的炙烤。

警察从窗内把艾比的海报递给我，说他对这个夏天出事的女孩有点模糊的印象。她似乎是离家出走的，对，寻人启事上不是写着的吗？案件类型：危险性出走。明白吗？是出走。他们肯定不能去追踪每一个17岁离家出走的孩子——你知道我们这里有多少这样的案子吗？如果每个人都去查，要浪费多少时间、多少纳税人的金钱？这是多大的浪费？

他的话里有着未曾明说的潜台词：这案子对他来说是多么微不足道，对我来说更应微不足道。而且，她很快就要18岁了，他补充道，这样，他们就真正无能为力了。

警察用前台桌上的电脑打开一个网页，他把屏幕转了转，好让我也能看见——这是失踪青少年的数据库，未满18岁报告失踪的孩子这里都有记录，我以前也在里面找到过艾比的信息。不过，他是想强调一点。他在搜索栏输入如下的关键词——当前年龄：17；性别：女，然后指给我看。这里有一个17岁的女孩失踪了，那里有一个17岁的女孩也失踪了。又一个，又一个，又一个，都是17岁，都是离家出走。他一直点击，还有一个17岁的，不过她的案子被定性为“危险性失踪”，这意味着她是在未知情形下消失的。下一个也是如此，也是失踪。他承认，实际的数字要比他坐在这里数着的多得多——有些人是自己主动选择出走的，而她们想回家的时候随时可以回家。

同一个数字一遍遍地跃入我的眼帘——17，17，17——它们一个个跳出来刺入我的皮肤，就像流血的针头在妈妈的皮肤上刻下复杂的文身。

我满17岁了。

我是一个女孩。

我们微不足道吗?

我也17岁，我也是一个女孩，这样的事实似乎不算什么，但对我却足够重要。这位警察恐怕无法理解，但这只对我有意义。只有我明白这条信息的含义。

“我为你的朋友感到难过，”他假定她是我的朋友，我没有去纠正，“但我向你保证，如果她希望被找到，就一定会出现的。”

“但如果她不是离家出走呢？”我问道，然后跟他说了那辆自行车的事——就是寻人启事里提到的同一辆自行车——难道他们不需要把它作为证据吗?

“我不确定我们是否会需要它。而且，这上面说她是从新泽西走失的，这是在别的州。”

走吧，那个声音在我左耳滚烫的耳垂旁低声说道，**赶快离开这儿，你这个傻瓜，快走**。

这一次我立即听出这是菲奥娜。她知道我马上就要提到那条项链了，这使得我不禁好奇她还知道些什么。我想，如果我不走，她会一直驱赶我的。

“好吧，”我对警察说，“谢谢你花时间接待我，我明白了。”我一把从桌上抓起艾比的海报，把它塞回运动衫前面的口袋里，里面的吊坠摸起来仍是热的。我头也不回地几乎走到了门口。

“不过，或许等我有时间的时候，我会调查一下的。”他透过窗户对传达室喊道。我的手已经抓住门把手，门被打开，我知道他只是说说而已，我刚一出去，他就会把这件事抛在脑后。我回头瞟了眼窗户想证实自己的猜想，却看见他正抬头看着墙上的时钟。“小姐，你多大了？这会儿你不应该在课堂上吗？”

“放寒假。”我说道，虽然实际上离寒假还有好些天呢。

“你确定吗？我女儿在松崖中心高级中学上学，她今天在上课，她——”

他还没说完，门就被啪的一声关上了。我还在这里，我还要继续调查。关注这件事的人似乎只有我一个。

7

我并没有走远。

我环顾四周，然后目光聚焦在一处：友好冰激凌店的停车场。黑色的顶棚下面画着一道道黄线，边上是灰白色的栏杆。我车子的保险杠蹭着栏杆开了进去。厚玻璃橱窗上贴着下个星期的含三道餐点的圣诞套餐广告（下个星期就要过圣诞节了？），只需要7.99美元。人行道裂了缝，一张张脸也裂了缝，这些面孔先是笑逐颜开，接着嘴巴就一个个地变成冰激凌的形状。

我就一直站在友好冰激凌店外的人行道上，不知站了多久。离开警察局以后，我感觉那个东西又来造访我了，于是只好把车停到路边。我越来越强烈地感觉到，自己在被监视——我也越来越强烈地感觉到，不管监视我的人是谁，她们都在我的车子里。她们躲在后排座位后面，藏在后备厢里。我打开后备厢门，把自行车放进去，接着看了一下电话，读了杰米的短信（从那天早上起已经有六条），就是这段门敞着的时间，把她们放了进去。她们知道我在寻找艾比——她们能听见我说过的每句话。

这家连锁餐厅和这个停车场的所在，是我看见的最后一个岔道。我把车子快速开过停车场，然后停在一旁，打开驾驶座的车门，跳了出来。我做了好多次深呼吸，又停了好几分钟，才鼓起勇气，打开货车尾部的两扇后门。开门的时候，我都不敢往里看，可是又不得不看，因为我必须搞清楚——

我看见的，只有艾比那辆借来的自行车。

我自己折腾了半天，结果是白费功夫。

此刻，我正坐在人行道上，在隆冬寒冷灰白的天空下，我还是不太敢回车子里去。

我低头看看自己的膝盖，上面沾满了冰雪和融雪剂的颗粒，这时我才意识到自己刚才摔了一跤。我抬起手，看看手掌，上面也麻麻点点地印满碎屑，而且被磨得失去了血色，显得十分苍白。

“嘿，你。”我听到一声招呼。

这声音来自我身后，左边的位置。当然，我没理她，就像离开警察局后，我一直没理菲奥娜·伯克一样。

“嘿。”又是那个声音。我这才意识到，这是一个小姑娘的声音，非常小的姑娘。“嘿，我跟你说话呢。”一只干净的白色鞋子，点了点我磨损的军靴的鞋尖，“你不舒服吗？需要我叫妈妈来帮你吗？”

从她那双毛茸茸的白色靴子的尺寸，我知道她还太小，绝对不可能参与这件事情。我直起脖子看到她的脸，证实自己的判断是正确的：这个小女孩只有9到10岁，顶多不超过11岁。她干爽洁净而且安全。她还小着呢，以后的路还长着呢。

小姑娘的头上别满了发卡，光是看着它们，我就感到自己的脑袋好重。所有这些发卡加起来的重量（如果它们跟我的军靴尖头一样是金属材质），不亚于我知道的这些事情的重量。

“我没事。”我终于把思绪拉回来，回答了她的问题。

“你吐了一路。”小女孩捂着鼻子说道。

我扭过头，看了看右侧的身后。“哦，我想是的。”

“你感染了病毒吗？”她说着向后退了一步，动作慢得十分夸张。她穿着一件雪白的滑雪服，上面印着一个置身火海的小魔鬼，蜷曲着身子。我又眨眨眼，定睛一看，原来只不过是金鱼而已。她的滑雪服上印着一条橙色的金鱼，不是魔鬼。

“你，”她又问道，“感染病毒了吗？”

“也许吧。”我承认道。

“糟透了。”女孩皱着鼻子说道。不过，她并没有走开，似乎并不介意可能被我传染。

我注意到，自己停在栏杆旁边的汽车，马达还在空转，我忘了熄火。车子的后门也敞开着，里面黑咕隆咚的。它显得比实际要大得多，活像一条望不到头的隧道。

“你能帮我一个忙吗？”我问小姑娘，“你能看看那里面吗？”

“什么？”

“我的汽车。你能看看车子里面，然后告诉我你看见了什么吗？”

她开始往后退，一定是想起学校老师的叮嘱，会有邪恶的陌生人把小孩骗进他们肮脏可怕的车厢，千万不要上当。

我开始担心，她这么聪明，一定会为了安全迅速跑开，哪知她只是蹦蹦跳跳跑到车子跟前，从后面往里瞥了一眼。“好酷！有辆自行车。”她说。

“别的呢？除了自行车之外没有别的东西吗？”

“没有。”她说道。她扭头看着我，觉得我好奇怪。不过，她还是没有跑开。

我开始为她担心了，她的父母去哪儿了？

如果她再跟我待下去，真的会撞见它的。她会从我这里沾染上它，带着它一直到小学毕业，到初中毕业，再到高中。体育课时，她会把它带到足球场上；课外活动中，她会把它带到帝国大厦的楼顶上。她会带着它穿过走廊，把它塞进她最紧的牛仔裤的口袋里，然后她的生日降临，她跟朋友一起庆祝，举行派对，她将围着舞池翩翩起舞，全然不知自己即将面对什么。她将进入17岁，到那时她根本记不起我们的相遇。她不会知道，我们这次相遇，会给她带来什么。

我突然站起身，抓起汽车后门的把手，把它重重地关上。“坐到后座上去。”我对女孩说。

难道她没听见我的话吗？

“快。”我不耐烦地提高了嗓门，“快离开我，我是认真的。快离开这儿！就现在，快走！”

她往后跳了几步，仿佛我扇了她一耳光。她的脸变得扭曲，似乎就要哭出来，不过，还没等我看清，她就转过身跑了起来。

她越跑越远，远离灰色的撒满融雪剂的人行道，远离我，跑进友好冰激凌店温暖欢乐的气氛中去。她的妈妈一定就在里面，还有她的爸爸和兄弟姐妹，或许，一个标准的“皆大欢喜”款圣代冰激凌，能帮助她忘掉这一切，忘掉我。

我一直望着她远去，直到确定她安全走进冰激凌店，我才意识到，开始下雪了。雪花落在车顶上，落在人行道上，落在我的头发、睫毛、胳膊和腿上。毛茸茸的雪片将会把我覆盖，如同覆盖在一具尸体上。

8

菲奥娜·伯克的确是离家出走的——这一点毋庸置疑。

她打完包，还把包往一楼大厅扔了一地。她化完妆，拉长的睫毛伸出好多苍蝇腿。接着，她打了一个电话，说话的时候语气变得十分温柔、简明与和缓，仿佛又退回到我这个年龄，或者是故意在模仿我。

她一直在跟电话里面的男子保证，一切都已经就绪。她说了好多个“是的”，仿佛她对他说的每个字都表示赞同。有那么一刻，她变得沉默，似乎电话那头的男子在对她吼叫。她结结巴巴地说她很抱歉，过了一会儿，吼声停止，他们继续对话，商量当晚的安排。

我感觉到她一直看着我，当时我正穿着我的小马睡衣待在餐厅，这时，我听到她第一次提到了我。

“问题是，”她告诉男子，“比如说……你来宅子的时候，会有人在。比如说，我并不是一个人。”

我紧紧闭上嘴巴。她的话我并不都能明白，她要我站在屋子的一角，脸紧贴着墙的拐角。以这个姿势，我睁开眼睛，只能看见她家餐厅的墙纸：是那种整齐的黄色小碎花的图案。因为离得极近，图案显得有些模糊。她说话的时候，我看不见她，但能听见她说的每一句话。

“不！不是我爸妈。我跟你说过，我爸爸的海军老战友倒霉到心脏病突然发作，他们去巴尔的摩参加他倒霉的葬礼去了。不是他们。是……是住在隔壁的小孩。她妈妈好像没什么人可以托付，只好把她托付给我看着。不过我只是把她留在这儿，我还是会跟你走的。”

接着，他们争执了几句。关于我，关于我会不会看见他们，我会不会跟别人说。

但是很快，菲奥娜·伯克挂断了电话，呆呆地站在那里。她脸上的表情告诉我，她不想去之前承诺要去的地方了。那个人冲她大吼大叫，她就想待在这里。

我以为她就要说她改变了主意。或许她会把我从墙角拉过来，抓住我的手，说我们必须赶快离开这栋房子，否则他很快就会到这里来——不管那个人是谁。而我会把她藏到我隔壁的卧室，迅速用毯子搭起一个篷子，菲奥娜和我会趴在下面，然后盖上帘子。我会告诉她我把万圣节剩下的糖果藏在了哪里。

或许有那么一刻，菲奥娜·伯克也在思考同样的事情。到底是出走，还是不出走。然而，要反悔已经来不及了，她已经浪费了太多时间。

她忽然跳到厨房角落的我的身边，把她涂满唇膏的嘴唇贴到我耳边。

“我该拿你怎么办呢？”她像唱歌那样说道，“他不喜欢你在这里，劳伦，他不喜欢这样。”

“他是谁？”

她假装没听见。“真的，你不应该出现在这里。我的傻瓜爸妈，没有事先问问我，就答应了你的傻瓜老妈，搞得我走不成了，把我的计划全打乱了。”

我告诉她，我很抱歉，自己妨碍了她。

她伸出手，把一个又冷又硬的东西抵在我脖子后面，左右移动着，用它紧紧压住我的头骨。“你觉得我会伤害你吗？”她用一种陌生的、冷酷的语气问道。她的呼吸变得急促，我的也跟着急促起来。

我没有吭声，于是她压得更狠。我想象那是手枪的枪口；我以前在一个朋友家里亲眼见过手枪，所以我能想象出它的形状。那个朋友的爸爸把枪装在盒子里，放在卧室最高层的架子上，我朋友想办法踩着梳妆台才够到它。不过，我们没有把它从盒子里拿出来，看看它是否装上子弹，我们也没有嘴里喊着“啪”“啪”，把枪口对准彼此的太阳穴，玩开枪杀人的游戏，玩到累了、想死的时候就对着地板开几枪。我们都没有。我用一根手指摸了它一下，就那么一下，我只记得它就是那么硬、那么凉。

想到这里，我本可以祈求她：求求你，别开枪，求求你，别杀我。而她也会停止吓我，爆笑出来。她放下手，里面握着的只不过是一只比克牌打火机。

她摁下火门，腾起一个小火苗，跟她染过的头发颜色正好相配。这两种颜色异常地接近，所以，那一刻她满头的头发看起来都像着了火一般。

“也许会的，”她说，“也许我应该把这栋房子烧了，这样，他们从葬礼回来的时候看到的只有一片灰烬，一片臭烘烘的灰烬，而他们的女儿不见了。”

她把头探向我，眨了眨眼睛，我实在不知道她能不能干得出来。接着，她又眨了眨眼睛，火苗从她脸际退开，我看得出她十分害怕，简直可以说是吓呆了。她把打火机放进装着吊坠的牛仔裤口袋，又拍了拍，确认吊坠还在，然后把视线朝窗外的马路移去。

“他来的时候，你什么也不能对他说，知道吗？”她命令道。

“我什么也不说。”我向她保证。

“你要待在这里，直到你妈妈回来。你不许给任何人打电话，也不许做任何事情。另外，她那么晚出去干吗？”

“出去跳舞。”

她撇嘴嘲笑了一下。她的语气，让我觉得自己在她面前非常小，即便加上她年长我的几岁，我还是十分小。“哦，我知道她去干吗了。我想我知道她在哪里工作。你妈妈出去可不是跳舞。”

“她说……”

“你现在知道你妈妈是干什么的吗？她用她的奶头去贴某个变态的脸。”

我还记得，她的话在我心中形成了一幅怎样奇怪的图景，在我当时的年龄，她所说的事物和动作都是我无法想象的。直到后来，妈妈告诉我她之前在俱乐部工作，后来辞去了那份工作，在中学谋得一份办公室的职位，我才回想起这段往事，也想起自己曾经说过一些冒犯她的话。不过，我从来就没有相信过菲奥娜·伯克，从我认识她的那一天开始。尤其在那天晚上，我就更不会相信了。

而且，那个时候，卡车已经开了过来。开始是一名男子下来使劲砸门，后来又多了一名男子。两名男子，可菲奥娜·伯克开始以为只有一个。第一个又高又壮，块头有两个菲奥娜加起来那么大，另一个则十分矮小，我站起来都有他胡子那么高。作为不速之客的第二名男子，那个矮个的男子，让菲奥娜吓了一跳。

我也吃了一惊。令我吃惊的是他们的年龄。我知道菲奥娜·伯克有17

岁，但我当时还不会估计成人的年龄——只是觉得这两个人好老——我能确信他们肯定不是上高中，他们比高中生老多了。

直到菲奥娜开始往卡车上拿行李，我才意识到这两个人要把她带走——她是主动坚决地要跟他们走——不过他们要带走的不只是她。矮个子从墙上扯下一些油画，而高个子则把立体声音响给拆走了。

他们忙碌的时候，菲奥娜来到我站着的角落。

“如果我妈妈问我为什么要走，告诉她我恨她，”她悄声说道，“告诉她我恨她的愚蠢，我爸爸也是。告诉她我要坐车去洛杉矶，那里有一份工作等着我，这样她就该高兴了吧？告诉她我永远不会回来，永远不会。”

我向她保证，我会把这些话一字不落地传给伯克夫人。

但菲奥娜·伯克还没有说完。这些年来伯克夫妇一直控制着她，她心里憋了太多话。她想要我告诉她的养父母，他们本应把她留在她出生的地方，他们怎么会以为她愿意住在他们闷不透气的老房子里？愿意跟两个无聊的陌生老人住在一起？我想，如果不是被我打断，她还会继续说下去的。

“但是为什么呀？”

我就是那种喜欢提问的小孩，无论小事大事，我都想打破砂锅问到底。可能从那以后，我的这个特点就一直没怎么变过。

菲奥娜·伯克摇摇头，转着眼珠说道：“等你到我这么大，你就会明白的。”她就说了这句话。如此轻蔑，仿佛我永远不会懂她；我只是个孩子。

当时我不理解——但现在我明白了。

矮个子走过来。他已经把房子里想要的东西搜了个遍，现在空出两只手来到餐厅。一看到他，菲奥娜朝后退了几步，似乎知道他空着的两只手能干出什么事来。

他什么话也没说，只是看着。他在看我。

“怎么了？”菲奥娜问道。她并没有站到我前面，用身体挡住我，只是稍微朝我这边斜了下身子，让她的影子遮住我。

“她多大了？”矮个子对她问道，仿佛我听不懂话似的。

“9岁。”我回答道。年龄稍有些夸大。菲奥娜·伯克恐怕根本不知道我有多大。

“她不会告发我们的，”她说道，“她不会跟任何人说的，我让她发过誓。”

“她认识我的脸，”矮个子说道，“她现在正看着我哪。”

“不，她不会的，” 菲奥娜·伯克说道——不过，我的确记住了那张脸。我在墙角转过身，偷偷瞟着他。他的上嘴唇淹没在大胡子当中，本来很小的脑袋上长着一双更小的眼睛。

我看他的时候，他也在看着我。

“也许她得一起走，”矮子用一种异样的声调说道，似乎话音之外还有一层未曾言明的不可告人的复杂意思，他迫不及待地要把它释放出来。他的声音出卖了他。

“但我们该怎么处置她呢？”菲奥娜开玩笑般地问道。

“别担心，”他又用那种声调说道，“我会想办法的。”

她注意到他脸上的某种表情，喉咙里发出的声音显得异常尖细。是那种你一个人在关了门的房间，没有别人能听到的那种声音。我听见了，他也听见了。

这个人笑了一声作为回应。

“她留在这里。” 菲奥娜·伯克说。

我当时并不知道她是在替我说话，是在保护我。有好多事情，是我现在才明白的。

高个子回来了，情势重新变得紧迫起来，有人打电话来，他们必须到某个地方去。矮个子被这些分了心，转过身去，菲奥娜·伯克趁机做了她要做的事。她一把拽住我的胳膊，因为我太迟钝，她抓住了我的两只胳膊，把我从餐厅拖到了大厅。她悄悄在我耳边说，要我别出声，接着她又把我推进大厅的一个衣柜里。

里面又黑又闷，充斥着一股呛人的味道，我后来发现那是羊毛的味道。那是她父母的羊毛大衣，放了几十年的羊毛大衣。里面还有一些带尖的物体，那是她父母的雨伞的骨架。

她从外面给衣柜上了锁，或许她并不知道衣柜的把手一撞就能锁上。我不知道。总之，她把我锁在了衣柜里。

在那个挂满大衣的狭小空间里，我不大能听清外面发生的事情。只知道他们在大门附近，距衣柜仅几步之遥，我能听见矮个子的声音——冷不丁从他身体里爆发出来——这声音透过门缝和层层衣物，把我吓了一大跳。我睡衣下面，冷汗流了一背。

我不能尖叫，否则就会从衣柜里被揪出去；我也不敢再转动衣柜锁，看看它有没有锁好。离他这么近的情况下，我一点声音都不敢发出。等他不找的时候，菲奥娜·伯克会回来把我放出来的。她跟他们一起登上卡车之前，一定会这么做的，她一定会的。

矮个子又问起我。“她去哪儿了？”他说，“我还会怕她跑了不成？快喊她，告诉她我不会害她，让她回来。”

菲奥娜·伯克拒绝了。她一定是站在离衣柜非常近的地方，但她却没有打开它。我们站在一起，中间只隔了块薄薄的木板，如同我们的手掌相碰。我当时不明白他能把我怎么样。我只知道她已经下定决心，不让他找到我。

“她跑了，”我在门后听她说道，“跑到院子里去了，这个傻孩子。她身上只穿了件睡衣，肯定会冻得跑回来的。我们走吧？”

“哦，是吗？她会回到这里来？”矮个子说道，他肯定是朝着后院的方向挪动了几步，因为他的声音变得小了些。就在这时，高个子开了腔——他只说了几个字，但所有人都听见了——他说，他们必须走了。

我继续沉默，脑子里闪过的是菲奥娜·伯克匆忙把我拖出餐厅的时候，她的那双眼睛，在涂着黑色树脂睫毛膏的长睫毛下面，显得好大。她的眼神里充满恐惧，那是因我可能面临的遭遇而起，而我，则因为她的恐惧而恐惧。

有那么一刻，他们离开屋子，驾车而去。有那么一刻，菲奥娜·伯克跟她成长于斯的宅子道别，然后转过身，离开了。

她没有留下任何字条。从某种意义上说，我觉得我自己就是那张字条。

只是，她把我推进衣柜，我太矮，够不着里面的灯绳，而且里面太暗，我根本看不见里面有灯绳。

我不知道，如果我开口，把她跟两名男子出走的事情告诉她父母，告诉警察，告诉我妈妈或是其他人，这样能不能救得了她。

然而，此刻回首这段往事，我只确信一点，那就是：她救了我。

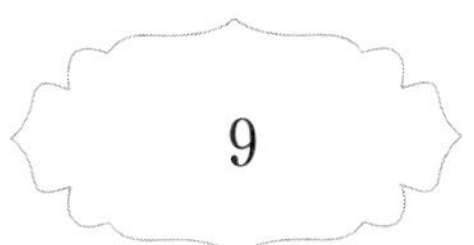

9

在一个狭小黑暗的空间里待了一整夜，对时间失去了概念。每一分钟都像一小时那样漫长。不停地吸进自己呼出的空气，使得里面的空气越来越稀薄，就像在咀嚼自己吐出的痰。于是，恐慌升起，你觉得自己再也出不来了，不会有人听见你的喊叫，因为周围根本没有人，周围全是炙热粗糙厚重的墙壁，它们将永远把你禁锢。当你听见有人大喊你的名字，一开始你根本反应不出她是谁。你无法听出亲生母亲的声音；你无法想象自己现在已经是安全的，你将要被放出来，再没有两个陌生男子和一个头发火红的粗暴女孩在门外徘徊，要把你带走。

10

一道光射进来，我才得以重新呼吸到新鲜空气。我不知道自己在衣柜里面待了多久，只知道自己一定是发出了什么声音，紧接着有人敲柜门，我也跟着使劲敲，那人开始拉柜门，我也在里面推，门被打开，光线扑面而来，妈妈就在外面。

她疯了似的一把上前抱住我。我那件色彩鲜艳的小马图案睡衣，全部被汗水打湿，紧紧贴在我的皮肤上。经过长时间的禁闭，我筋疲力尽，连憋尿的力气也没有了，不知道尿了多少次裤子。此时的我浑身散发着羊膻味和尿臊味，而且被光线刺得睁不开眼睛。

我咕咚咕咚牛饮下一杯水，喝得太急，呛得大半杯水都喷了出来。直到喘过气来，我告诉妈妈，是菲奥娜·伯克把我关在里面的。

“她在哪里？”妈妈强忍着怒火问道，她的双手不自觉地从我身上移开，握紧成拳头。

“走了。”我答道。这就是我能想出的，描述我17岁邻居的唯一一句话：她走了。

“你说什么，走了？”妈妈追问道，语气中的火药味显而易见。我开始没有意识到，她身上还是工作时的打扮，穿着在俱乐部跳舞的全套服装，衣服上的亮片一个不少，贴着她的肌肤闪烁着五彩渐变的光泽。

“走了。”我重复道，没有加任何补充。我的意思是，她从这栋房子里走了，跟两个可怕的陌生男子去别的地方了。不过，妈妈却在屋子里到处查找起来，我想她一定是认为菲奥娜·伯克受伤了，不是从哪个陡一点的楼梯摔了下来，就是（故意）用一根绳子上了吊。

后来具体发生了什么事，我记不太清楚。无非是妈妈好不容易联系到远在巴尔的摩酒店里的伯克夫妇，把发生的事情告诉他们，然后他们报了警，然后菲奥娜·伯克那张正襟危坐、戴珍珠耳环的学生照就出现在各大报纸的新闻上。

伯克夫妇一开始坚信菲奥娜是被诱拐而不是主动选择出走的，而警方则无须任何进一步调查就看清了事实的真相。她把所有物品从房间带走，也没有留下任何告别的字条，他们可以认定她是离家出走的。

菲奥娜·伯克跟我说的最后一句话是："别说话，好吗？"我想，自己是过于教条地执行了她的命令，好像我只要一张嘴提到她的名字，就会有什么事情发生似的。

这些年来，我对她的事情始终缄口不提，如小孩吞下乐高玩具般把这些信息吞到肚里，任它们在腹中滋长，像一颗颗塑料牙齿般嵌入我的内脏，再也无法释放出来。这些年来，我任凭伯克夫妇毫无头绪地苦苦寻找他们失踪的女儿，对于她对他们的评价一无所知，也不知道那两名男子和他们的样子，更不知道菲奥娜曾跟我说，她搭车要去的地方，是洛杉矶。

我把这些都咽进肚里。当我从汽车收音机里听到她的名字，我缄口不言；当女警察给我录口供、伯克夫人亲自询问，甚至我妈妈问我的时候（不止一次），我也只字未提。我什么都没有说。

11

还有一段插曲，从理论上不属于菲奥娜·伯克的故事，但在那时，关于这件事的记忆和另一段回忆交叠在一起，并且再也无法分离。对我而言，这两件事情就是相互关联的。

它大约发生在菲奥娜·伯克失踪几个星期甚至几个月以后，顶多不超过一年。菲奥娜一直杳无音信，我们当时还不知道，她根本就没有尝试过联系自己的父母。我们也不知道，她永远不会从某个付费电话亭打来电话，要父母接收自己的账单；她永远不会打开某个免费的电子邮箱账户，发封匿名邮件表明自己安好；她不会在自己路过的城市，往邮箱里扔一张空白的明信片。她没有只言片语，也没有任何消息。

直到那场大火。

一天夜里，我被烟雾报警器尖锐的嘶鸣惊醒，这是从隔壁的宅子里发出的。一开始，我和妈妈担心烟雾是从我们的屋子里散发出去的，于是找到蜡烛点上，跑去查看炉灶。然而，当我们望向窗外时，发现外面的烟雾更浓，夜幕中，伯克家的大宅子和我们小屋之间的隔离带上，发出刺眼的亮光，上面腾起一道滚滚的烟柱。

救火车在几分钟后赶到，火焰随即被扑灭，受损的只是洗衣房和洗衣房与厨房之间的过道。消防员说，火灾是由电线短路引起的，不是人为纵火。

我知道，事实并非如此。

妈妈和我站在窗口看了好一会儿。两位消防员想方设法进入伯克夫妇的住宅，把瑟瑟发抖的两人拖出门外，拖出宽阔的门廊，然后给他们披上羊毛毯子，并把他们安顿在屋外的草坪上。

伯克夫人穿着拖鞋，伯克先生却光着脚。他的睡裤很短，我注意到，他纤细的腿上一根汗毛都没有，尤其是左腿。我们望着他们，而他们却在望着住宅东侧燃烧的火焰。

这时，一位消防员上前跟他们说了几句话，伯克夫人的脸色唰的一下就变了，我们能够看出，她花了好长时间才反应过来，似乎是在给自己逐句翻译后，才理解了消防员的话。接着，她放声痛哭起来。哭声穿过他家石砌车道和我家石子路之间的隔离带，传到我们耳中。这声音让我想起菲奥娜·伯克。我禁不住猜想，当伯克夫人在巴尔的摩听到女儿失踪的消息时，她是不是也发出了同样的哭声。

我们没有听见伯克先生说话，只是看到他不停摇晃着那条残疾的左腿，那条腿是那样纤细苍白，如同一根牙签。我们眼看着烟柱越来越细，不再有火苗蹿出，高压水龙带也被从湿漉漉的宅子一侧移除。我们眼看着伯克夫人的目光越过隔离带瞄向我们这边，她似乎是无意识的，抑或是想起她家之前发生的一桩灾祸跟我们有关，现在又是一桩。

“我们要过去接他们吗？”我问道，“问他们要不要到我们家来？”

但妈妈永远无法原谅他们的女儿那晚对我的所作所为——把小小的我一个人锁在衣柜里，因而也无法原谅他们。再加上菲奥娜的失踪，妈妈不知道该如何面对他们，因而她只是耿耿于怀。

“他们会没事的，”她说，“火扑灭了，你也该回去睡觉了。”

不过，她并没有回卧室，我也没有。菲奥娜的确曾经把她湿漉漉的嘴巴贴在我耳边，亲口扬言要把父母的房子给烧了。难道这并不是玩笑话？它终于变成了现实。

虽然当时我不知道她大老远是如何做到的，但我相信，到现在也愈加坚信，这件事就是她干的。她试图把父母的房子烧毁，但失败了。

许多年过去，确切地说，是八年，不再有火灾发生，也没有她的任何信件和电话。我和妈妈依然住在那个厢房，因为伯克夫妇从没有涨过房租。他们也没有再收养其他孩子。我已经长大，不再需要保姆。我高中的第一年，是在菲奥娜·伯克曾经就读的学校度过的。我把头发染成黑色，我想，她的头发如果不是染成火红色，一定也会是同样的颜色。我也迈进了17岁的门槛，此时，一个名叫艾比·辛克莱的失踪女孩，把菲奥娜·伯克的鬼魂引回松崖，这个响动，也惊醒了其他的鬼魂。

我感觉到自己内心发出第一声轻微的爆裂，随即蹦出一个名字，紧接着蹦出更多的名字，多到让我瞠目结舌。

这些在17岁的年龄离家出走的女孩，从住在我家附近的，到更广阔的范围，乃至整个美国东海岸，数字一直在不断增加。如果算上那些更加不幸的，那些并非主动出走，并且尸首仍未被发现的女孩，简直不计其数。

这让我吓了一大跳。

认识这样的一个女孩只是第一步，我必须意识到这一点。某种东西促使我在互联网的某一个页面，或者图书馆报纸微缩胶片的某一页前停下来。我的耳朵嗡嗡作响，一个新的声音加强了和弦。接着，我的心变得越来越火热，直到我不得不摘掉石头吊坠或者其他类似的东西，否则它就会将我烧毁，留下一个不对称的近似圆形的痕迹。房间的四周将充斥着游走的身影，这些身影有胳膊有腿，全部张着大嘴。它们有肩膀，有眉毛，有膝盖；它们一个接一个地出现，令我目不暇接；它们在墙角伸长脖子，想要看看对方是谁。

就在此时，我发现了娜塔莉·蒙特萨诺，17岁，来自佛蒙特州的艾治海文郡，七年前失踪。或者，我应当说，是她找到了我。

冰雹致哈沃克山区公路瘫痪

当地一17岁女孩失踪

2006年1月3日——艾治海文郡——上星期五的暴风雪在上星期六转为冰雹，对高海拔山区公路的交通造成严重影响。全郡各地都有断电发生。

另外，星期六晚间在普拉托路发生的一起交通事故中，一名17岁的艾治海文中心高中女学生被报告失踪。

据目击者称，该女生乘坐的一辆轿车与公路护栏相撞，但搜救人员在事发现场的汽车残骸中未能发现她本人。“我们已经无能为力，只能期盼是过路人把她从事故车辆中救了出去。然而，本地各大医院都没有接诊她的记录，她的家人也没有收到任何消息，”谢里夫·阿诺德·F.威尔姆斯在星期一的发布会中说道，“如果她是自行离开轿车……那么她幸存的概率就非常小。”搜救工作仍在继续进行。

如有任何相关信息，请向艾治海文郡警察局报告。在收到进一步通知以前，普拉托路的北段对非紧急车辆仍将处于封闭状态。

这个新的女孩，娜塔莉，长着一双遗传自母亲那方的独特眼睛，眼球的颜色比一般人的都要浅，看上去仿佛蒙着一层厚厚的冰霜，只有撬开这层冰霜，才能看见它们的主人——那个瑟瑟发抖的女孩。

这双眼睛跟她母亲的一模一样。她母亲被判两个连续的无期徒刑，目前仍在距本地四小时车程的一家女子惩教所服刑。在她有生之年，都不再有机会出来。

娜塔莉从未去监狱探视过那个把她带到人世的女人，也从未见过她那和自己一样冷若冰霜的眼睛。即便那双眼睛是在雾蒙蒙的玻璃幕墙后面，幕墙周围还镶嵌着金属栏杆，娜塔莉还是不敢正视它们，她觉得一看就会看到很远的地方，看到自己不愿面对的未来。人们常说，有其母必有其女。他们不加调查就得出了这个结论，可长相有时是有欺骗性的，眼睛亦是如此。

我第一次亲眼见到娜塔莉的眼睛，是在1月一个寒冷的早晨，我正在梳理我那乱如鸡窝的头发。这是新学期的第一天，我得去学校。

我照着镜子，试图用梳子把头发打的结理顺，可是那些发结在梳齿上纠缠不清，我越使劲梳，绕进梳子的发结就越多。

头天晚上，我又做了那个梦。梦里没有见到菲奥娜·伯克，也没有艾比·辛克莱。跟我一起待在那栋烟雾弥漫的楼房里面的，是另一个人。在楼梯上方的角落里，一个身影从其他影子中飘出来，伸出一只手召唤我。

等我醒来的时候，我感觉自己仿佛一晚上都在河里拼命往岸上爬——我的衣服湿透了，浑身肌肉酸痛，被汗水濡湿的头发打满了结——虽然梦境中的环境是相当干燥的，干燥而且炎热，似乎某个地方还在着火。

我最后望了眼镜子里自己凌乱如麻的头发，下决心要给它一个了断。梳子还缠在头发上，我找到了剪刀，那把从未用来裁纸的好剪刀，开始把梳子周围的头发剪断。一剪刀下去，剪得比我预期中的要短，为了剪齐，只能将头发剪得更短。这次DIY的美发显得相当大胆，就在这时，它映入我的眼帘。

一双眼睛。

我吓得往后退了一步。镜子里，我的脸发生了变化，在我的脸之前，投映出第二张脸。她的脸出现了，闪着亮光，仿佛一轮发光的圆月。

我注意到，她的鼻子比我的稍短一些，眉毛比我的要浓，而且眉弓比我的高得多，嘴唇的线条很直，就像画里的人一样。还有眼睛，尤其是眼睛，苍白，闪烁不定，我在报纸里寻找她的寻人启事的时候，一眼就从照片上认出了这双眼睛，冷若冰晶，仿佛能在刹那割断你的咽喉。

我吓得松开握剪刀的手，我们眼睁睁看着剪刀掉进洗手池，刀页摔得分开了，一张嘴也随之张开——那是我的嘴，藏在女孩的后面——一个声音响起，我们俩都吓了一大跳。

我想，我一定是大喊了一声，因为妈妈随即跑过来出现在走廊里，她那条黑色印花紧身裤只穿了一条腿，另一条腿耷拉在屁股下面，像多出来一条萎缩的腿。她穿着平时上班穿的那件纽扣一直扣到底的衬衣，遮住了身上大部分的文身，但纽扣还没来得及扣，露出胸部极度光洁完美的肌肤，那个地方没有文身。穿这件衬衣显得比不穿衣服还性感。

她赶紧扣上纽扣，说道："简直要把我吓出心脏病了，劳伦，我还以为你跌进浴缸里了。"

我摇摇头，等着，等着她看见镜子里的另一张脸，娜塔莉的脸。

可她注意到的，只有我的头发。"哦，"她说，"真是不同凡响啊，想在开学第一天给自己一个新造型，哈？"

我还在等。

她抚摩着我的头发，把它往一侧拍蓬松，啧啧地摇头笑道："我喜欢它。"又说，"那个'杀手'。希望你不会恨这发型。这些头发可要好几年才能长回原来的长度哦。所以你才尖叫的？"

她没有看见那张脸。

"我看到……"我的胳膊已经指着镜子，威胁要出卖我了。我**刚看到**，这是过去时态，但我**现在仍能看见**，另外一张脸。我戴着一副用她的皮肤和样貌做成的面具，而且没法把它摘下来。

“……没事，”我最后说道，“我以为自己看到了什么，结果什么也没有。”

“你还好吧？”妈妈问道。

我把头转向镜子，发现她不见了。这个新的女孩，娜塔莉·蒙特萨诺就像她在现实生活中那样一下子消失了。镜子里面出现的是我自己的脸——而且影像非常清晰，再没有重影。这时我才注意到，自己的样子真是“惊为天人”：我给自己剪了一个超级丑陋的发型。

刚才妈妈问我是否还好，我头一次诚实地回答道：“我不知道。”

妈妈盯着镜子里的我。“怎么了？”她对着镜子里的我问道，仿佛里面的人比现实中有血有肉的我更容易沟通。也许真的是这样吧。也许镜子里的我会告诉她我常做的那个梦，会跟她说我心灵最深处的那个地方还在冒烟，会跟她说那个听起来酷似以前我们认识的那个女孩的声音，可能的话，还会说那个声音不止一次地喊我的名字，并尖声勒令我不许向她透露一个字。那个声音此刻还在低语，听吧。

也许镜子里的我会告诉妈妈，正当我们站在洒满晨光的盥洗室时，一个念头却在我的脑海里蠢蠢欲动，它似乎在告诉我，只要打开浴帘，往浴池里看一眼，我就能看到她们中的一个：不是菲奥娜，就是艾比，要不就是娜塔莉。甚至，更糟糕的是，我可能看见她们三个都在那里，她们的胳膊和腿影影绰绰地纠缠在一起，隐没在梦中房子里炙热的浓烟和令人窒息的黑暗之中。要是我掀开帘子，把这一切展示给妈妈看，惊声尖叫的人就是她了。

当然，我不可能告诉妈妈。一旦你在内心深处挖出一个小口袋，装进一个秘密，你会发现这个口袋能够变大，能容纳一个又一个秘密，直到你把自己装满了秘密。

于是，我赶紧构思借口并且找到了一个好的理由。“杰米跟我，”我说，“恐怕是结束了。”

她从喉咙深处含糊地发出了一个声音，不带有任何感情色彩；我知道她喜欢杰米，不过，她的立场肯定是站在我这一边的，因为我毕竟是她的女儿 。“我猜到了，”她说，“我有好一阵子没看见他了。我知道你在准备好以后会告诉我的。那么，你今天有点紧张，害怕在学校再看见他，是吗？”

我耸耸肩。

“好吧，”她说道，“我们没必要多说，你只需要告诉我一件事。我应该对他发火吗？他有没有对你做什么我不知道的事情？”

“没有，”我承认道，“是我的原因。”

她的脸上仍然不露声色，看不出她对这件事情做何评价。等她毕业拿到心理学学位，成为一名执业心理治疗师或学校辅导员，或是从事其他职业，这个能力倒是无须培训的。她走到我跟前，伸出手抚摩着我的后脖颈，然后揪了揪剪断的几簇头发，问道：“要我帮你把后面稍微修剪一下吗？”

我点点头，表示任她摆布。然而，每当她的手指触碰到我的头皮，她拿的发刷扫到我的脖子，我都会感觉十分别扭。这不是她的原因，而是我自己的关系。这一切全都在于我。我的皮肤有一种被入侵的紧张感，我的身体也跟着打了一个又一个结，这些结永远也无法解开。

妈妈又花了十分钟才把我的头发修剪好，她坚持要把发梢修直，把刘海儿剪齐。她走出盥洗室的时候，我的头发看起来相当时尚，就好像是特意为寒假过后的开学第一天而准备的新发型。然而，头发下面，我头上的皮肤僵硬得如同坚冰一般。最后，我又变成一个人。

我跳到卫生间那头，准备做那件蓄谋已久的事情。就像电影里常看到的，女主人公害怕有人藏在浴帘后面，胆战心惊地把帘子拉到一边……结果，浴缸空空如也，并没有连环杀手拿着明晃晃的菜刀潜伏在里面。于是，女主人公长长地松了一口气，并嘲笑自己想象力过于丰富，大惊小怪。接着她毫发无损地走出盥洗室，这一幕戏到此结束。

然而，我的剧本截然不同：打开浴帘，浴缸并非空空如也，菲奥娜·伯克斜靠在另一侧的墙壁上，叉开双腿坐在水龙头上，湿漉漉的嘴唇上挂着一丝得意的微笑；艾比·辛克莱一只脚光着，上面沾满泥巴，另一只脚上套着一只破烂的夹趾拖鞋；最新出现的娜塔莉·蒙特萨诺则藏在第二道幕帘后面，这道幕帘就是她的长头发。

我盯着她们瞧了好一会儿，整个人呆若木鸡，脑子里仿佛被塞满了丝袜。等我眨了一下眼睛，浴缸突然变空了，这些失踪的女孩也一下子不见了。厨房传来妈妈的喊声，要我过去吃早饭，否则上学就要迟到了。

13

来学校的时候，我看见杰米，不过他没有瞧见我。我第一节课是大学预科的高级英语文学课，可一瞥见身穿墨绿色短呢大衣（是我送他的）、顶着一头蓬松的黑头发的杰米出现在社会研究课教室门口的时候，我赶忙拐下了楼梯。

一看见他，我就被一种感觉扼住了喉咙。这种感觉也许是后悔，也许是迷茫。虽然我已经跟妈妈说我们之间结束了，可我们从来没有正式说过分手——至少杰米不知道我已经正式宣布我们分手了。

为了躲开他，我特意绕到北面的楼梯上楼。一个三年级的学生看见我后说道："劳伦，你的头发怎么搞成这样？"另一个同学说："你的发型好怪啊！"——直到跑进北侧艺术教室走廊的卫生间，把自己锁进隔间里，我才有机会喘口气。

出来洗手的时候，我意识到，自己被跟踪了。本来，女厕所只有我一个人，或者说，我以为只有我一个人，可我却听见有人说道：

我，不，是，故，意，的。

我推测，自己听见的就是这句话。事实上，进入我耳膜的，是一长句含混不清的话：

我不是故意的。

我转过身，挨个儿查看每个隔间，当我来到右边第三个隔间跟前时，只有它的门完全关着。我伸手推门，门却没开：它从里面上了锁。我们学校厕所的隔间大多都不上锁，这扇门一定是里面的人伸出胳膊或者腿抵住的。

这就是我此时的状态：站在厕所一个不可能上锁的隔间门前，试图打开它。

这个隔间是绿色的，就像冰箱抽屉里放过期的长了毛的酸橙那样绿。它很凉。

"你好？"我又说了一遍。

我听见的，是咝咝的声音。不是女孩的呼吸声，我知道，它只不过是墙那边陈旧的暖气管道往外漏热气的声音。

我又试着推了几下门，还是推不开。我弯下腰，没看见里面有脚。

我爬到相邻隔间的马桶上，踮起脚，扶着隔板往里面张望。里面没有藏什么人，不过马桶被纸封住，似乎是停用了。我想，这个隔间大概是因为马桶坏掉而被锁上的。

最后一声铃声响起，这意味着已经开始上课了。这个时候，我本应该坐在座位上，准备关于莎士比亚的论述。我赶紧跳下马桶，抓起放在洗手池上的书包，往外跑去。就要到门口的时候，我又听见了那个声音，这次听得十分清楚，这声音敲击着我的耳膜，并在我的骨髓里回响。

劳伦，等等。

我停了下来。铃声已经停止，我发现自己又站在了右边第三个隔间门口。

“娜塔莉？”我轻声问道，“是你吗？”

这时，她敲了敲门，算是回应。她的指关节快速连续地从里面敲着门。

虽然心里早有准备，但我还是吓了一跳。我后退了几步，差点碰到水池。

她——或者某个东西，就在那个隔间里面。一个看不见双脚的物体，正在试图跟我交流，想让我知道她并不是故意的……不是故意干什么呢?

我能感觉到，待在里面的她，想让我靠近一些。我没有说话，她也没有说话。我朝着她的方向迈出了两步，正好看见一只脚落了下来，落到地面上。脚上穿着一只破旧的雪地靴，靴子本来是浅蓝色，不过已经变脏，沾满黑灰。接着是另一只脚，靴子比第一只还要脏。

时间膨胀为一个漫长的无法打破的瞬间。不知过了多久，女厕所的门突然被推开，啷啷一声撞到墙上，三个高一的新生鱼贯而入，围在我身边。

与此同时，右边第三个隔间的门竟自行缓缓打开，里面什么也没有。没有沾满黑灰的雪地靴，也没有女孩。

三个新生偷笑了一下，然后跟我点点头，但没有眼神交流——新生对高年级学生似乎都是这样，我不知道为什么——接着，其中一个鼓起勇气开了口。她是三人当中最娇小的一个，她小麦色的皮肤熠熠发光，同样闪光的还有她深色的头发，用两个黄色的夹子紧紧别在头上。她说："你把头发都给剪了。"我转过头看着她，她的脸红了一下，不过还是盯着我的头发。

"雷恩！"她的一个朋友小声劝阻她。

"我喜欢它。"雷恩无视朋友的反应，快速地说着，我差点没听清她要说什么。"我感觉它能突显你的眼睛，或者其他部位吧，我也不知道。"

"谢谢。"我说道。这就是那天在图书馆主动跟我说话的那个女孩。可此时，我的眼睛目不转睛地盯着隔间里面，心脏已经跳到了嗓子眼，我的耳畔传来一阵低语。这不是菲奥娜·伯克粗鲁的训斥声，也不是艾比的声音——艾比静静待着，想给这个新来的女孩一个说话的机会。这是娜塔莉·蒙特萨诺，那天早上，她的面孔曾经出现在我眼前。我努力倾听着这个声音，去寻找那幽灵般的双脚。我才不在乎某个新生如何看待我的新发型呢。

"我是雷恩，"她耐心地解释道，"我们曾经坐同一班校车，对吧？你看起来——"

"你该走了。"我几乎是咆哮着说道，我也不知自己怎么会突然发作，感觉自己瞬间成了向低年级学生索要午餐费或者苹果手机的小混混，任意羞辱眼前这个比自己小的女生。可能我今天的发型也正好配合这个角色，不对称的发梢让我的脸形显得棱角分明，而昨夜梦里的挣扎让我的眼睛布满红血丝。当然，我之所以对她这么凶，是因为我内心深处希望其他人赶紧走开，好让那个试图告诉我重要事情的人有机会开口。

“哦，好吧。”雷恩低下头说道。

“艺术教室的水池坏了，我们只是要把这个灌满，”另一个新生说道，我这才注意到她手里拿着一个水桶，“莱特老师要我们到这里来接水。她说……”

“接吧，”我的口气仿佛自己是女厕所和水池的负责人一般，“动作快点。”

她们迅速把水桶接满，然后抬着水桶走到门口，这时，雷恩转过身，用手扶着门，停下来对我说：“你没事吧？你的样子像撞见了鬼或者什么东西似的。”

我第一次认真端详她的眼睛，想看看如果我把隔间里的女孩指给她看，她会不会也能看见。

接着她又说道：“我假期染上了流感，头晕得厉害，吃什么都会吐。你需要我带你去护士那里吗？”

我正要告诉她我没事，让她赶快离开，有一个人却推开她，走进了女厕所，那人说道：“有人说你在这里呢，发型不错啊。”

这人是杰米，他斜靠在远处的水池边。

“你不许进来，”雷恩对他说，“你会有麻烦的。”

杰米瞥了她一眼，然后问我：“这个女孩是谁？”

“谁也不是。”确实如此。她离16岁还远着呢，更别提17岁了。所以我还不必替她担心。我瞪着她，眨着眼睛回想她的名字。

过了半晌，雷恩才觉察到自己该走了。门关上后，杰米旁若无人地朝我走来，可旁边并非没人。如今，他已经没法跟我单独相处了，因为我随时都在被人跟踪。他靠上前来，我却退后两步，我想，现在到了跟他坦白的时候。

“你在楼下看到我了？”他问道。

“是的。”我承认道，现在已经瞒不住了，因为看到他的不止我一个，而是有三个女孩。

“这么说，你是在躲着我？”

我耸耸肩。我感觉是肩膀自己做的动作，我根本控制不了。

“你这是怎么了？”他终于问了出来，“你跟别人好了？是不是？他是谁？”

“没有，不是这个原因。”

“那怎么回事？”我这才意识到，我们现在终于要“摊牌”了，今天我再也躲不过去了。

他退后几步，继续靠在水池上。胳膊交叉在纤瘦的胸膛前面，浓密的黑头发就要盖住一只眼睛，他也不去理会。

我不想让自己一直望着他——我自愿放弃了这项权利——于是，我低下头，考虑该如何跟他解释，目光却捕捉到，瓷砖铺就的地面中间有一个下水孔，这个我之前倒是没有留意到。难道娜塔莉刚才就是从这里进入卫生间的？她也是从这里溜掉的？难道这些女孩能在学校的管道中穿行？难道说，不管我到哪里，不管我想不想见她们，她们都能找到我？

“劳伦，”杰米说道，“你欠我一个答案，你知道，你必须给。尽管说吧，我能接受。”

他是对的：我的确欠他一个答案。不仅仅是因为我们有了身体上的亲密接触，才需要更认真地对待这个问题，正因为我们是认真的，我们才降低了彼此的防线，正因为降低了防线，我们才能够赤裸相对。由此我们发生了关系，而恐惧也随之而来。我们做的是以前从未跟别的任何人做过的事情——至少他嘴上是这么说的，而我知道自己说的是实情——更不用说后来我们在他家或者我家，家中无人，同睡一张床，同盖一床被，分享彼此的知心话和小秘密时的那份亲密无间。

他曾告诉我，小时候爸爸经常打他，直到他13岁那年，他第一次还了手，结果挨了一顿痛揍，嘴巴都被打出了血。我则告诉他，自己3岁那年爸爸就消失了，几年后，我们猜测他在得克萨斯的一家无家可归人员收容所，可我们给他打电话的时候，他却不来接电话。杰米告诉我，他读了许多加缪的书，曾经想到过自杀。我则跟他说，我自己从来没想过自杀，可我知道，妈妈曾经想过，在我出生以前，我知道，我是她活下来并且保持快乐的唯一理由，所以我比谁都更怕死。杰米和我彼此分享过许多类似的话题。既然已经让另一个人走进自己的内心，那么当你不再想见他的时候，至少应该告诉他原因，而你自己也必须知道原因。

我不知道原因，可我试图要跟他解释。

“是我，是我又不是我。主要还是我的原因。还有别的，我不能告诉你，我不能说。有些事情……有些人。”我明显地感觉到自己说得太多了。的确，杰米了解我很多，但并不是我的全部。我从没跟他说过，许多年前有个叫菲奥娜·伯克的女孩离家出走的事情。那时，我欣慰于自己并没有出走。可她不希望杰米知道这些事情呀。

“等等，你是想说我不了解你吗？你是认真的？”他只听到我说的一部分。

“你曾经很了解我，可现在不了。”

“你自相矛盾。”

我同意。我们俩分明是在自说自话，他听见的不是我嘴里说的，我亲口说的他又听不见。

这时，我突然想起那晚我们在松崖女子中学夏令营营地时他接的那个电话。他把这一切都归咎为我的错，我真的错了吗？我们两人到底谁错了？

“或许我应该问你是不是有了别的人，”我说道，“要是有了，你会告诉我吗？”

“不会。”他说道。这个回答像一记耳光扇在我脸上。接着他又澄清道：“没有别人。”他看都不看我，又补充道，“不过听起来你好像很希望我跟别人好。”

我不知道自己希望他做什么，或许，我是希望他张开双臂揽我入怀，跟我说没关系的，就算隔间里面有人，也不要被它吓坏。

可他什么也没有做。瞧，杰米·罗西很棒。他很善良，他真的、真的很在乎我，或者说曾经很在乎我。但他也是个典型的17岁帅哥，你不能从他们身上期望过多。

“不管你要的是什么，”他的眼神变得无情，“我想，我们就算是分手了。”他转身朝门口走去，我以为他就要离开，没想到他又转过身，说道：

“那是我的。你穿的那件帽衫，是我的，把它脱了。”

“你在丌玩笑吧。”

他等在那里，脸上的表情说明了一切，更准确地说，他脸上根本没有表情，他已经把所有感情关在一道铁门的后面，我无力抬起那道铁门，因为不可能再次亲近那些感情。他绝对没有开玩笑。

“快点，”他说道，“你已经害得我上课迟到了，快把它给我，我要走了。”

我把红色帽衫的绳结解开，然后一只袖子接着另一只袖子地脱了下来。我里面只穿了一件T恤衫，而且棉质极薄。现在正是隆冬的1月，我的乳头立即冻得如石头般坚硬，胳膊上也瞬间起满鸡皮疙瘩，当然，他应该能看出我的反应，也应该会让我把这件帽衫再穿一天。

但他没有。

我把它拿起来，在我们中间甩了甩。他一把把它从我手中夺走，然后离开。

娜塔莉一听见门被关上的声音，就立刻把脚从马桶上放下，并从隔间里走了出来。她使得我不停地咳嗽，咳到流出了眼泪，我根本无法正视她，甚至从镜子里也不行，我的喉咙里卡着一大团东西，让我一个字也说不出来。

她并没有触碰我，因为我觉得鬼根本不可能触碰人类。但是，她站在离我非常非常近的地方，她的嘴唇贴着我的耳垂，轻声絮絮地念着。

你不需要他，她说道，我知道她接下来要说什么，*你还有我们*。

14

娜塔莉眼睛的颜色、头发的质地、隆起的鼻梁和丰满的臀部都与她母亲如出一辙，但除了这些多数小孩都会从父母DNA里遗传的生理特征，她还想知道，自己有没有从母亲那里遗传到别的东西。比如，她是不是也遗传了母亲内心深处深藏的、若隐若现的那一团火？那团火使得母亲去厨房拿起餐刀，然后回到卧室，不声不响地把刀子插进自己床上躺着的那个鼾声如雷的男子的胸膛里。

也许，这种有预谋的爆发，也是基因里固有的特质。娜塔莉很可能像继承母亲的其他特质一样，也继承了这一特质。

你有你妈妈的眼睛。

你有你妈妈拿餐刀的能力。

娜塔莉担心，有一天，这能力会缠上她，像暴风雪般把她压垮，这就是她的宿命。它将蒙蔽她的双眼，绕紧她的舌头，渗入她的指甲，将她变成异样的颜色，驱使她做出可怕的事情。

我并没有感觉到她有这种倾向。不过，如果她让我进入她的思想，体验她的欲求和渴望、痛哭和悔恨，我想我应该能感觉得到。我将像试穿一条借来的裙子一样，一点点体验她的意识。那条裙子本身没有任何问题，虽然对我来说，它并不是太合身。

我想，她是不会伤害我的，她所需要的，只是谈谈。

她想向我倾诉。

她把自己失踪前发生的一切都告诉我了。

那场事故之前，我还能体验到她的所见和所感，并且反复琢磨。在事故当中，轿车在结了冰的路面上转圈打滑，然后撞上边道的护栏，这一切来得太快太突然——我只能在记忆里慢速播放，时不时暂停倒带回放，努力去调查。尽管如此，我还是没法从中找出蛛丝马迹，没法猜测出事故的缘由。

也许，这是因为她也很难正视这段现实。

她告诉我莱拉的事情。莱拉在父亲刚刚竣工的地下室里搞了场派对。她说，要不是莱拉的这个派对，所有这一切根本不会发生。而娜塔莉其实并没有受邀参加派对，因为她跟莱拉根本算不上朋友。她去派对凑热闹，完全是因为一个男孩。那时，她每个星期有两天在莫里斯餐厅做服务员，如果她没有在餐厅遇见他，如果他没有在她经过的时候一把抓住她的手腕，然后故意把餐巾纸扔在她面前的地上，那她此刻也不会在女厕所缠着我，并在我耳边呢喃着她的故事。她说，他在那张餐巾纸上，用男孩特有的潦草笔迹写下："宝贝，你很热辣，待会儿下班后一起去派对好吗？让我知道你的答案。"——然后署了他的名字"保罗"。如果不是这一切，她就会活着回到家里，而我，也不可能认识她。

她希望我知道，她活着的时候发生了什么事情；对于这些，她是如何无能为力。而在这里，尤其是冬季，如果没钱去滑雪，生活是多么无聊啊。所以，在体育课的更衣室里，当她听见莱拉趁着老师不在的时候，说她跟她的变态母亲一样，也是个变态的时候，她对莱拉十分鄙视，但她也由此知道，有着一位变态母亲的小变态在别人眼中张牙舞爪的可怕形象。

然而，她还是去参加了莱拉的派对，除此以外，她还能去哪儿呢？

上山的车程并不顺利。他们刚开始沿着山路上行的时候，还没有开始下雪。可当他们爬上山顶，寻找通往莱拉父母家的便道标志的时候，头顶的天空已经变成一张厚厚的苍白色被单，低低地压了下来。

开车的就是邀请她去派对的那个男孩——他开着一辆老式65款福特野马跑车，在夜色中发出漆黑的油光——而她坐在副驾驶的位置上，看不见后面他的朋友们在传递眼神。他们跟她在同一座城市里长大，对她母亲的故事都有所耳闻。

然而，正在开车的来自外地的保罗，对这个故事则一无所知。

这个派对没有什么特殊的主题，只是因为莱拉的爸爸允许他们使用刚刚竣工的地下室，大家就聚到了一起。虽然明知会有暴风雪，可大家还是把车开到了普拉托路最高的地方。而莱拉的家在山的最顶上，从主路分岔出去一条又脏又难走的便道，就通向她的家。所以，年轻人只能自己把车停在外面的公路上，那些穿球鞋的人只能溜着冰来到莱拉家门前。莱拉家新竣工的地下室里，倒是有贮备丰富的酒吧和一张台球桌。通往地面的楼梯上方的门隔音很好，而且被年轻人从里面反锁上，所以，天亮之前，莱拉的父母都没法下来查看年轻人们到底消耗掉多少酒。

是小混混蒂姆带来了毒品，也是蒂姆执意要的橙汁，说是这样可以促进维生素C的吸收。是珍妮特说附近公路半道上有一家商店。是保罗毛遂自荐要充当司机。

就这样，保罗、蒂姆、珍妮特和娜塔莉一起出去，准备驱车前往那家商店。就这样，娜塔莉滑倒在冰面上，她抓到的第一个坚实的东西，就是汽车的引擎盖，就这样，她外套的拉链把引擎盖上的漆剐掉了一块。

保罗让娜塔莉上了车，不过这次是坐在后面。

毒品起作用的时候，他们正行驶在靠近山崖一侧的狭窄的单行道上，铺天盖地的大雪阻挡住视线。车子的风挡玻璃、引擎盖全部变成白茫茫的一片，一直延伸到白茫茫的天空。整个世界全成了白色。

你不会知道，药物作用到神经系统需要多长时间，蒂姆告诉他们，肯定不会是立即生效，头半个小时，一切还是老样子，接着，它开始慢慢渗入，缓慢到你无法察觉，直到——

珍妮特微笑着说，她感觉到了，见鬼，她感觉到了。

接着，是保罗，他的车开得越来越慢，像在爬行一般。他扭过头对坐在身后的娜塔莉说话，全然忘记了自己车上的漆刚被她剐掉一块。他问道："哇，你感觉到了吗？"仿佛两人拥有同一具躯体，因而有同样的感觉和知觉似的。

她告诉他，她感觉到了。她告诉车里的每一个人，她感觉到了。事实上，她体验到的是另一种感觉。是寒冷，因为保罗开车时根本没有先让车子预热，加之车窗的一块玻璃破裂了，使得车内愈加寒冷。同时，她还感到自己的头越来越疼，可能是车子超负荷行驶散发出汽油味的缘故。她都怀疑车子的油箱是不是漏油了。

这些跟毒品一点关系也没有，她处于极度清醒的状态。

大家都不知道，娜塔莉并没有把蒂姆给她的药丸吞下，而是放进了口袋里。所以，在这样一个天地苍茫的冬夜，坐在行驶的汽车里，她并不知道，而且永远也不会知道，蒂姆所谓的“摇摆”是一种什么感觉。

大家都没发现娜塔莉的伪装。珍妮特觉得雪很滑稽，娜塔莉也假装说雪很滑稽。蒂姆像被汽车的座位催了眠，觉得它好柔软、好漂亮，而娜塔莉也跟着咕哝了好一阵子，说座位好光滑、好贴身。

保罗一直在看着她，而不是前面的公路。娜塔莉好想提醒他，雪大路滑，要小心别撞上其他车子，碰到急转弯，得特别小心，否则就会连人带车摔下山崖。

而且，她还想问，他们是不是已经开得够远了？不是说商店就在路边吗？

可是，如果她这样做了，就只会暴露自己没有吞下药丸，只会暴露自己说了谎。

她之所以这么做，只是因为不想失控，不想失去分辨现实和非现实的能力，失去分辨虚假快乐和真实快乐的能力。蒂姆曾告诉过这些从来没有尝试过毒品的少男少女，说毒品的化学物质进入血管以后，感觉会有多high（亢奋），但事实也许并非如此。

蒂姆描述的每一件事，都是娜塔莉最不愿意做的，况且，娜塔莉也从不与蒂姆这类人为伍。

失去对自己的控制？

分辨不清什么是真、什么是假？

这跟让娜塔莉低下头，眼睁睁地看着自己的双手变成母亲的双手有什么区别？自从母亲连续两个无期徒刑的判决下来，娜塔莉每天对着镜子，都会看见一个女人的眼睛，这个女人往一个男人的肚子里捅了四十七刀，然后，把他跟他的运动袜和网球拍一起，装在一个大袋子里，扔在他妻子家门前，而她自己，则若无其事地出去购买《周日晨报》。

拥有这样一位母亲，娜塔莉不知道自己会做出怎样的惊人之举，于是，她从来不像其他年轻人那样放纵自己。所以，刚才，在地下室的吧台前，她不会让自己喝得烂醉，也不会像莱拉那样随便对别人投怀送抱。

而且，在清醒的情况下，娜塔莉说服自己跟他们一起，坐着保罗的野马跑车出去转转。开车以后，坐在后座上的珍妮特才像刚注意到她的存在一般，扭过头来问她："娜塔莉·蒙特萨诺，你就是那个娜塔莉吗？"她圆睁的眼珠，宛如两枚黑色的硬币，在眸子里闪动。珍妮特看起来不是在侮辱她，而是不知道该如何利用自己的嘴巴。"等等，"珍妮特看起来有些疑惑，"等等，我们为什么不喜欢你？"

这时候，良好的感觉、开放的心态、同意一起在风雪夜驱车外出的冒险感，所有这一切，统统从娜塔莉身上消失殆尽，不亦快哉。取而代之的是鄙视，夹杂着愤怒，还有仇恨。

也许，她母亲终究还是在她内心深处留下了一些痕迹。它们并没有促使她抓起一个尖利的物体，朝着这辆车上三个胸膛中最近的一个刺去。在娜塔莉的内心，它们总是更加隐蔽、更加微妙，最终变成漠不关心，既不关心自己，也不关心其他人。

她不关心今晚他们四个会不会全部葬身在这条公路上。

她这样做，既可以说是不假思索，也可以说是多年来蓄谋已久的行为。她把胳膊搭在前面的驾驶座上，说道：“小心那辆车！”

路上并没有其他汽车，只有他们四人坐的这辆。刹车踩下，车身颤抖着侧滑起来。很快，这辆破旧的野马跑车，既没有径直向前，也没有侧向一边，而是踉踉跄跄地横穿结冰的路面。公路边上有防护栏，护栏后面就是山崖，下面是万丈深渊。

就在汽车撞倒护栏前的一刹那，娜塔莉看到了即将发生的一切，她忽然有点意识到，自己其实并不知道，生活是可以被理解的。

接着，她看见车子的保险杠向他们冲来——接下来，是裂开的山崖——她禁不住尖叫起来。那个男人的妻子，发现装着尸体的袋子的时候，发出的也是这种尖叫；一个疯狂的女子，撬开谎言坚硬的外壳，发现自己的男人竟然脚踏两只船的时候，发出的也是这种尖叫。在她的尖叫声中，汽车颠簸着停了下来。

她向我演示了当时的尖叫声，这声音在我耳边回响了好多天。

15

娜塔莉的故事并没有随着车祸的发生而终结，接下来的情形是这样的。

任何在山里看过那辆撞坏的黑色野马跑车的人，透过风挡玻璃瞥见娜塔莉所在的后座的位置，都会奇怪究竟发生了什么状况。难道汽车里坐的其他人就没有一个回来救她吗？为什么他们离开车子的时候没有先把她叫醒？

车祸发生后，雪继续下了一整夜，此时，凛冽的寒风将雪片变成冰雹，从乌黑的天幕呼啸着倾泻而下。我们跟娜塔莉一样，原本都希望她能保持完全清醒的状态，希望同车的人不会就这样放弃她。那个叫珍妮特的女孩，的确说过他们会回来救她。

你好好待着。

要好好的，好吗？

坚持一下，他们会回来的。

然而，保罗没有回来，蒂姆没有回来，声称他们会回来的珍妮特，也没有回来。他们爬出还未摔碎的汽车，在漫天冰雪中徒步走回莱拉的家，在那里是能够寻求到帮助的。

或许他们是用最快的速度赶了回去。或许在当时那种情况下，由于毒品的作用，加上手机没有信号，把她留下是唯一的选择。或许他们根本就不在意，根本没有尝试救她。或许由于某种无法逾越的阻碍，他们不得不离开，也使得这起事故在很长一段时间里未被报道。

我只知道，她昏迷了很长一段时间。接着，等她醒来的时候，她完全不知所措了。

她只觉得自己像是从一场深度睡眠中醒来，之后发现自己浑身扎进了不少碎玻璃。接着，她爬出破碎的风挡玻璃，在空无一人的公路上呼救，这才发现，四周一个人也没有。她一站起来，冷风就灌进她的头发里；她一开始走路，冰碴儿就钻进她的鞋子里。而此后，就什么也没有了。没有脚印，没有任何痕迹，也没有女孩。

我梦里的那座宅子满是风的哀嚎。大风穿过破碎的玻璃窗，掀起老旧的窗帘，一遍遍拍打在布满灰尘的墙壁上。

我开始意识到一些东西，比如时间。比如，我知道，在我醒着的生活里，正是隆冬的1月，所以，我想，在梦里，现在也应该是1月吧。也许，这个梦跟我如影随形，映照出我所在的季节和假期。随着我的生活向前推移，梦里的情节也在向前推进。

然而，如果真是这样，那梦里那团火的余烬，现在早该烧完了。

如果梦里的时间也向前推进，那菲奥娜·伯克的年龄应该更大才对。所有的女孩都是如此。根据我在报纸上读到的故事，娜塔莉·蒙特萨诺现在应该有24岁了。

还没等我找到娜塔莉，她就先一步找到了我。她在二层，披散着长发，一双苍白的眼睛从烧焦的楼梯栏杆后面望着我。她希望我上去，我则想让她下来，于是，我们在中间会合。

如果在梦里，我还保留着一点智慧的话，我应该问问她，她为什么要一直跟着我。难道是她需要我为她做什么事情，所以才三番五次地来造访我？

可惜，梦里的我脑子里一团糨糊，只知道靠近她，好听清她在说什么。

我不是故意的，她说道。**我不是故意的**，她又重复道。她一遍遍地呢喃着，我都不知道她说了多少遍。

宅子里面没有电，我们只是在黑暗而且摇摇欲坠的楼梯上逡巡。娜塔莉说："他们没有找到我，是不是？"

她的脸上像蒙着一层风霜、一层厚厚的黑色烟雾，让我觉得她也没指望他们找她，从来都没有。

"没有。"我说，"你需要我为你——你想让我……打个电话，或是做些什么吗？"

她微微抬起头，我感觉到她冷漠的眼神越发黯淡。"你能做什么呢？"她反问道。我根本就不应该问这个愚蠢的问题。

她只是希望，如果自己还能许一个愿的话，这个愿望能够被带出这个黑暗的地狱，好让外面的人知道，她并不是有意制造这起事故的，她很抱歉，如果时间重来，她一定不会这么做。

就在这时，梦里的烟雾渐渐散去，她的长发从中间分开，自她出现在我家洗手间的镜子里以来，我终于第一次看清了她的脸。我在这里看到的，跟之前有一些不同，因为在这里，在这栋宅子里，是她真正的自我。她的脸颊上还扎着风挡玻璃的碎碴儿，有的地方在流血，有的地方闪闪发光。这使得她看起来既可爱，又恐怖。

她转过身，踏着台阶走回楼上。昏暗的光线中，我努力眨着眼睛，才看清，她的头发长得不可思议，就像这辈子从来没有用剪刀修剪过一般，而且很直很平顺地从中间分开。这一刻，黑暗中的她只剩下那一头长长的秀发，而黑暗另一边的我，什么也帮不了她。

她幻化成一片乌云。

*太迟了，她说，对我来说，太迟了。*乌云又亮了一下，她脸上的玻璃碴儿闪着幽光，然而，她眼里放出的寒光像两根钢针般把这幽光刺破了。*但是对她来说，还不算太迟。*

17

对她来说不算太迟，直觉告诉我，这个她，指的就是艾比盖尔·辛克莱。

在这栋宅子里，我曾看见过菲奥娜·伯克，现在又看见了娜塔莉。在这个梦像一缕青烟般消失不见之前，我一次次穿梭于意识和无意识之间，偶尔也曾瞥见过其他的身影。她只是背朝着灰色的墙壁，直挺挺地站着，如雕塑一般。

不是，不是艾比——无论她的故事多么撩拨我、吸引我、让我无法释怀，希望跟我分享经历的女孩毕竟不止她一个。很快我就发现，这样的女孩有很多，非常多。

失踪的女孩比我想象中要多得多，现在，她们也知道在哪里能找到我。她们攒动的阴影发出一阵阵低语，声音比歌唱喧闹得多。

第三部分

夏恩，以及……

我又变成独自一人，我细细感觉，但自己耳边一丝气息也没有。

夏恩到底想要我做什么呢？难道只是想向我倾诉她的故事吗？

寻 人 启 事

夏恩·约翰斯顿

案件类型：危险性出走

出生日期：1994年11月10日

失踪日期：2012年1月30日

目前年龄：18岁

性　　别：女

种　　族：非洲裔美国人

头　　发：黑色

眼　　睛：棕色

身　　高：约168厘米

体　　重：约69公斤

失踪地点：美国新泽西州纽瓦克市

基本情况：人们最后一次见到夏恩，是在2012年1月30日，当时她17岁。她右眼下方有一个出水痘留下的疤痕。据推测，她应该并没有离开此地。

如有任何关于此人的消息，请联系：
纽瓦克警察局（新泽西州）1-973-555-8297

1

他们给她起各种各样的外号，难听的外号、愚蠢的外号、最不礼貌的外号，很多很多。用哪个外号来称呼夏恩其实无关紧要——这其中没有任何道理。比如，整个夏天，她的体重增加了一些，他们就叫她“大块头”，后来她又瘦了下来，可他们还叫她“大块头”。他们实在是缺乏想象力。

到了17岁，夏恩·约翰斯顿每得到一个新外号，她就伪造一张假的身份证，去城里那些脏兮兮的小酒吧，冒充成人买酒喝。不过，她连啤酒都没有尝过，这或许是因为她不喜欢啤酒。她本可以离开。她本可以搜集到足够多的护照，够她环游世界十多次。她可以远走高飞，再也不必回到居住的这个社区，不用念完高中，不用去参加毕业典礼，也不用把自己的物品从父母那里搬出来，运到一个新的地方。她多希望自己能实现这一切，然而，她却不得不待在这里，跟社区这些讨厌的孩子待在一起。她恨这些孩子，而这些孩子也恨她。

这些孩子常像苍蝇一般跟着她，跟着她上学、放学，跟着她过马路、走人行道。她从图书馆的台阶下来，或者腋下夹着一袋食物从商店出来的时候，他们就随便从包里掏出什么东西，朝她砸过来。他们是魔鬼，活生生地把她的生活变成一场噩梦。

有时候，当她早上起来对着镜子，想到他们眼中的自己，脑海里也会浮现出一串难听的外号，这实在是在所难免。

她比谁都要相信那些污言秽语。她把那些话都记住，任它们在自己脑子里生根发芽，肆意扩张。虽然她父母专门去找了学校负责制止恐吓行为的辅导员，探讨她第四个学期的情况，而且告诉她那些孩子说的都不是真的，还鼓励她要相信自己、要勇于反击，但她还是渐渐相信，自己再也无法摆脱那些恶语了。

胡说八道，夏恩心想。她觉得自己也许应该用爸爸藏在黄色光碟中的那把手枪，把他们的脸崩成碎片。然而，她讨厌手枪，而且，她也不想去翻动爸爸的私人物品。于是，她采用了自己所知的最非暴力的形式来反击——逃避。她离家出走了。

就在我第一次在报纸上读到夏恩的故事后不久，她就找到了我，证明了她也是那些失踪女孩中的一员。

一开始，我只是通过手机里她的声音得到她的信息。我听到她身体发出呼呼的跑动声，夹杂着她的尖叫，*走开，快住手，住手！*

信息来自一个无法识别的呼叫者，只显示是来自新泽西州。短信里面没有文字，只有一个视频附件。

那是在星期一的午餐时间，我正在咖啡厅里。这条信息从我手机里跳出，我一看是视频，便立刻生出一种预感——有一个女孩试图跟我联系。我站起身，把手机贴近自己，确保别人不会看见屏幕上的内容。“你不能拿出来，会被没收的。”我听见一个朋友说道。

我赶紧往外冲，路上差点把一个男生撞倒，害他把手里的托盘也打翻在地。我跑到房间边上，推开双层大门，来到大厅，终于得以在只有自己的情况下，摁下“播放”键。

快走开，我一开始听见的，是手机扬声器里发出的声音。**住手，快住手，住手。**

图像摇摆得很厉害，画面是颠倒的。我根本看不清说话的是谁，只能听出那是个女孩。接着，画面里出现了覆盖着脏雪的地面和两只奔跑的脚丫。图像聚焦于一瞬：那是一双穿着帆布鞋的脚在雪地里跑。帆布鞋的鞋带是黄色的，看起来有点不对劲，颜色太鲜亮了。一只鞋的鞋带已经松开，拖在地上。

这时，图像被放大，视频里发出刺耳的笑声。那是一群图像之外的人发出的哄笑，他们在我看不见的地方。

他们一边嘲笑她，一边喊着她的外号。我能看见她整个人，画面也比之前清楚了一些。她披散着头发，在城市布满冰雪的人行道上奔跑，试图逃走。人行道边的脏雪地上，有几个扔过来的破书包。她跌跌撞撞地跑着，险些被松开的鞋带绊倒。

镜头垂下了几秒，对着地面，似乎手机的主人——喊得最起劲的一个小子，是要拿起手机确认它仍在录像。画面翻转，里面的世界变得颠倒扭曲，坑坑洼洼的人行道仿佛成了天空，紧接着，画面又一晃动，图像又正了回来。他也开始跑，拿着手机跑了起来，等他停下来，画面也停下来，经过一下抖动，图像恢复了正常，显示出一面砖墙。

一个女孩靠墙站着，脸在图像之外。她就是夏恩。

最后的几秒，画面在她脸上定格，而且是放大的，我终于看清了她：黑色的皮肤，但眼睛很亮，头发被掷来的冰雪弄成了白色。

就在画面即将结束的时候，她突然飞了起来，离开倚靠的砖墙，旋转着消失在镜头之外。接着，视频就戛然而止。

她把这段视频发给我说明她遇到的问题，这样就不用付诸文字。可这又是为什么呢？

一位女老师从我身边经过，我没反应过来，来不及把手机给藏起来。“伍德曼小姐，你要去哪儿呀？”问完，她才注意到手机，“上学时间不能把手机拿出来，这你是知道的。”接着，她伸出手，修长而骨感的手指抓住手机，一把从我手中抢了过去。

“嘿，我有要紧事，”我伸手去要，可她摇摇手，要我赶紧回到现在应该去的地方，这才是要紧事。

我盯着她瞪了好一会儿。我同时身处两个世界已经有好几个星期了。这个老师，我不知道她是教什么的，估计是生理卫生之类的无关紧要的课程。她根本不知道，对我来说什么才是要紧事，根本不知道，我最需要去到哪里。

最后一节课上完，当我从副校长那里取回手机的时候，那段夏恩·约翰斯顿的视频已经不见了。我的手机接收到她第一次联络我的电荷以及那段视频出现过的唯一证据，就是一条闪烁着的短信息，上写：错误，无法下载。

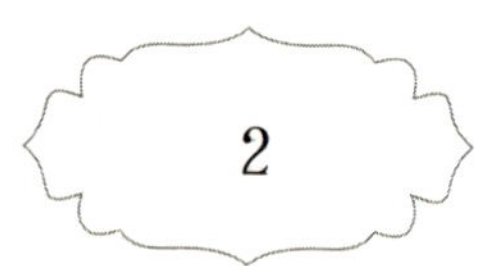

2

1月，哈得孙河谷迎来了十年以来最多的降雪。而我，也迎来了更多的梦。

这些梦跟降雪一点关系也没有。梦里的世界一点也不冷，而是很热，里面充满了灸热的浓烟，熏呛着我的肺，炙烤着我的皮肤。有一天晚上，梦里的情境非常热、非常真实，以至于我喘着粗气惊醒过来，双臂还在大幅度挥舞着要驱散烟雾。这时，我突然意识到，妈妈在说我梦游，她叹了口气说：“回你的床上去吧，宝贝。”似乎这种情况以前曾经发生过。

我回到自己的房间去找她，去找夏恩·约翰斯顿。这一次，我发现的不是手机屏幕的闪烁，也不是一条提示错误的短信，而是一个真的她。

尽管我已预料到她会来，但此时还是非常震惊，不过我总算没有尖叫出来。

我等着，直到再也听不见妈妈的动静。我站在门边，手握住门把手不放，这个球形门把手上挂满了我的胸罩。我摩挲着睡衣，静静地等妈妈回到房间，就这样过了好一会儿。这期间，她一直在快速地呼气和吸气，似乎比我还要害怕。

我不知道她在那里坐了多久，是从我睡觉时就在那儿了？还是几分钟前跟我一起从梦里跑出来的？

我就着床边坐了下来，正好跟她面对面。对于房间里不可思议的这一幕，我本能地感到恐慌，心脏怦怦地跳，像是跳到了嗓子眼。当然，我的脑海里也充满了问题，各种各样的问题，最终，还是问题打败恐慌，占据了上风。

“是你吗？”我鼓足勇气问道，“到我的手机上？”

她浅蓝色的嘴唇间挤出一丝惨淡的微笑，我认为这就代表默认。

艾比和娜塔莉都是直截了当地让我进入她们的思想，菲奥娜·伯克则毫不客气地控制我的思想。但夏恩一开始并不完全信任我。她也许觉得我会拿自己看到的她开玩笑，会跟那些坏孩子一样给她起外号。

你见过我吗？她问道。**我看见过你。**

我知道，她指的并不是这里，并不是我书桌旁的那把椅子上，椅子上的她坐在昏暗的光线里，椅背上搭着我的浴袍，书桌上摊满了我的课程论文。她指的是别的地方，是我发现自己梦游之前待过的地方，是我反复出现的梦境里那个烧成灰烬的地方——她目前跟其他女孩一起藏身其中的那栋大宅子。她不得不待在里面。

我承认自己看见过她。那人一定是她，靠墙站着，在梦里，在视频里，都是如此。

“你为什么来这里？你需要我为你做什么？”我问道。可还没等我听到她的回答，我妈妈就回来了，并不停地敲我的门，想知道我在跟谁说话，想知道我是不是在打电话。我把头从书桌前的椅子、从黑暗中那个女孩的身影那里转向别处，隔着门对妈妈说，我没事。妈妈问我是不是在跟杰米通话，我说是的，因为把他作为借口再合适不过了。我只是不希望她打开门。

“可是你们俩……我记得你说过，不是分手了吗？”妈妈隔着门说道。

“我们只是聊聊，妈妈。”

妈妈却一把推开门。我相信，在最初的几秒钟里，她真的看到了它，那个鬼魂，那个女孩。接着她就会知道这些事情。

她把头探进来，我注意到她盯着我的手机，而它是关机的，一直搁在房间另一头的梳妆台上，我刚才不可能在用它打电话。她看见了，但她并没有看见夏恩。“你没事吧？”她问道。

“我没事。”

如果她察觉到蛛丝马迹，如果她感到有什么地方不对劲，她就会留下来。但她只是又道了声晚安，然后关上房门离开了。

我回过头，书桌前的椅子上只有我的睡袍，上面黑乎乎的，我定睛又看了看，似乎又勾勒出那个女孩的影子。不过，她已经消失不见了，她跑了，她离开了。她被我妈妈吓跑了。

我又变成独自一人，我细细感觉，但自己耳边一丝气息也没有。

夏恩到底想要我做什么呢？难道只是想向我倾诉她的故事吗？

3

大约一年前，夏恩的父母在1月底刊登了她的寻人启事，说她是离家出走的。启事的标题是“少女在社区遭恐吓逃逸”。电视上还有一则题为“遭恐吓少女仍未寻获”的报道，找来几位研究恐吓问题的“专家”，他们热衷于浓妆艳抹地参加各种电视脱口秀节目。专家们抨击该问题在学校像流行病一样四处蔓延，而社交网络和带照相功能的手机这样的新技术，只能是让这个问题愈演愈烈。

节目还采访了夏恩所在学校的校长和几位老师。有一个女孩在镜头前讲话，她似乎对夏恩的遭遇一无所知。“真不知道那个女孩是怎么了，”她对四频道和十一频道的记者说，“没有人去招惹她，她为什么无缘无故地离家出走呢？”接着，她摆出了自己精心设计的微笑，我好想把胳膊伸进屏幕，对着她的脸抽一个耳光。

除了我，没有人知道夏恩身上发生的事情。

如果设计得更周密一些，夏恩是不会选择冬天离开的。1月下旬的新泽西寒风肆虐，那风能把裤子从你腿上剥下来，能把眼泪从你眼里吹出来。城里的雪一落下来就迅速变成灰色，也可能它们还在天上时就变成了灰色，也可能只有别的城市和故事里面的雪，才是白色的，也可能只有在节日电影里，它们才会像棉花糖那样蓬松洁白。在这里，雪只是人行道旁一堆灰色的污物，并且很快化成冰，让路面巨滑无比，任何试图在上面奔跑的人都会滑倒。

如果天气再暖和一点——如果夏恩能够挺过冬天，能够保持头脑清醒，能够让自己不要那么在意别人的风言风语——她会选择春天来了再走，等到这个城市暖和起来，却还没有被酷暑闷热控制的时候再走。她们社区的联排公寓的后面有很多废弃的空地，如果没钱乘火车离开这里，她还能在这些地方生存下来而不被人发现；如果她足够聪明，能想到这一切的话。

那里的灌木篱笆长得很茂密，树木也高大得足以遮阴。除了偶尔去那里藏匿物品的小商小贩，或者去那里过夜的乞丐，根本没有其他人会进去——但她可以在那个地方找到一处栖身之所，用松木、胶合板、轮胎和渔网建一座树屋，把自己跟地面上的人完全隔绝起来。

当然，也许偶尔会有附近社区的小情侣越过篱笆到那里野合，但他们会很快完事走人。警察是不会去那里的。没有项圈的野狗和流浪猫有可能跑过来，试图往她的树上爬，可她只需要把它们踢跑就行了。

她只会在晚上离开她的树屋，去下面讨些食物吃。而当她在自己隐匿于城市中的树屋上睡觉的时候，只要一睁开眼睛，就能看见漫天星斗。没有人能把这美景夺走，苍穹之上，是整个宇宙，每天晚上，它都会向她证明，除了这个星球，一定还有生命存在于别处。

如果她能再等等的话，她应该到春天再走。

可她等不及了。

夏恩的确有自己的原因，而她也不打算保密，于是她给父母留下一张字条：

再也忍不下去了！

但愿能让你们听见！

我再也不要回到那个学校去！

然而，这张字条被她的小弟弟塞进了玩具翻斗车里，直到她出走四天半以后才被发现。那是一个偶然的机会，玩具车被翻倒。车斗里的东西撒了出来，夏恩的妈妈一下子认出夏恩的笔迹，然后打开字条，才终于看见女儿的留言。

实际上，夏恩从后院离家出走之前，朝着自家的窗户张望了好几个小时。院子的尽头堆放着几只垃圾桶，还有一个从未使用过的棚子。夏恩离家的第一个晚上就是在棚子里度过的。她把棚子挡得严严实实，只留一个小洞用于往外张望。每隔一小会儿，她就站起来，从小洞窥察二楼她父母房间的窗户。他们无论如何也想不到她就近在咫尺。要是她妈妈探出窗子来喊她的名字，她肯定会吓一跳，并且下意识地答应："哎，我在这儿呢。"

出走的第二个晚上，她离开了棚子。因为那里离家太近了，她已经在里面待了一整晚，她很害怕自己返回家中所产生的后果。虽然也产生过回家的念头，但当她走到那些垃圾桶跟前时，她听见了自己熟悉的声音，那些住在附近的坏小孩的声音。她想象着他们会朝她扔什么东西，是像以前那样扔瓶子、扔垃圾，还是用玩具枪射出彩色的弹丸糖果？这些小糖果比冰雹还要坚硬。而当糖果被攥在他们脏兮兮热烘烘的小拳头里，表面的糖衣会被汗水浸润而脱落，打在她的衣服上，就像一个个颜料球：橘色、棕色、蓝色、绿色、红色……他们掷得越狠，染上的颜色就越深。

她本来准备出来，可一听见那些声音，她就知道，如果自己离开这个藏身之所，如果自己返回家庭和学校，他们一定会朝她扔更糟糕的东西，糟糕几百倍。到时候，她就死定了。他们肯定会把能想到的东西都投向她，包括垃圾桶里的所有垃圾，而她只能躺在那里，任自己被垃圾埋葬。这对夏恩来说，就是死定了。

所以，她再也没有回来。

夏恩的第一夜在自家的棚子里度过，第二夜则是在一个破旧的仓库里度过。第三夜，夏恩来到一所被查封的房子，门上的挂锁从门框上脱落，所以谁都能进去。之前，她曾幻想自己18岁前的最后一个月能在野外空地里度过，幻想自己能在一株高大橡树上过夜，谁也不能打扰她。然而，当寒冷袭来，这个幻想迅速化为碎片。

这栋房子里一片漆黑，由于政府已经掐断了水电，里面冷得要命，她一直在打哆嗦。她试图通过活动来保持热度，可寒冷的冬夜是那样漫长，比她想象中要长得多。她不知道自己还能挺过几个夜晚。

她最后回想起的，是梦里的一些东西。她闭上眼睛，寒冷已经侵入骨髓，她感觉到自己听见整个城市都在谈论她。不过，这一次，他们并不是在奚落她——而是在夸奖她。要是他们不这么做，市长会把他们关起来的。

老师们一个接一个地走到麦克风前，开始表扬她。华莱士先生说，自己以前曾因为她课桌下面掉了些糖果而批评她，还给她记了上课吃东西的处分，这是错误的。负责体育课前高强度热身运动的泰勒小姐当场保证说，即使她再比大家跑慢一圈，也不用额外做仰卧起坐了。而那个讨厌的英语老师阿特金斯小姐，也当众宣布她将收回夏恩所有的不及格F判分，给予她A的好成绩。

还有很多诸如此类的事情。接着，她父母表示，这些表扬来得太微不足道，也太迟了，他们将把她带回家去学习，直到她毕业。他们将给她买一辆轿车，等她一到家，就能看见它——一辆闪着亮光的蓝色轿车，像广告里那样，还打着一个蝴蝶结。

她实在太冷，已经无法移动身体站起来，看看这一切是不是真的，但她能想象自己这样做了。她看见自己钻进那辆亮闪闪的蓝色轿车——她的，完全属于她自己的——开着它到很远、很远的地方去。

4

我仔细查阅报纸，确认他们仍然没有找到夏恩的尸体——至少报纸里面没有任何关于她的葬礼声明，也没有提到搜救团体搜查过城里的空地，或是特别关注过一些秘密的藏身之所，或者爬上高高的树枝去寻找。他们还没有找到她，如同没有找到两个州之外山路上的娜塔莉；如同没有查明菲奥娜乘车走的是哪条公路，然后又在下车之后来到我车里。我在荒宅里看到的这些女孩都没有被找到。

我要讲述的故事还有很多。还有很多女孩，她们的声音被我听见，她们的寻人启事进入我的收藏。如今，我的记忆已经扩展，能够把她们的名字全部记住。

5

伊莎贝斯

伊莎贝斯进了轿车。她不知道，女孩子孤身一人走在路上，陌生的汽车在身边停下，里面的男子问她是否需要搭车，她回答说不，而他仍然尾随着她，不停地问她，这种情况下，千万不能上车。

她其实是知道的。

如果换了别的日子，她无论如何也不会上车的。然而，她想让自己的家人和朋友知道，她只希望他们能够理解，在那样一个大雨天，她从家里步行去学校，简直都要被雨浇晕了。那雨来得毫无征兆，天空就像顷刻间拧开了淋浴花洒，她被浇透了。在这种情况下，那辆轿车停在了她的身边。

一开始她假装看不见。接着他又把车开近一些，她无意中瞥了一眼——接着稍微松了一口气——这似乎是她认识的人。是的，似乎认识。这名男子的脸看起来有些眼熟，他是附近社区的，好像是认识她的父亲，或者哥哥？他在城里一家商店工作，或者是她常去的那家教堂的教友？不管怎么样，她以前在什么地方见过他。

“我搭你一段吧？”这个理论上不是陌生人的男子问道。

她迟疑着。

“来吧，进来避避雨。”他说道。

伊莎贝斯点点头，很快，她就把课本扔在汽车后座上，自己坐到了前面副驾驶的位置，然后关上车门。

这时，她忽然想，自己没有做错吧，是不是？自己真的认识这名男子吗？是不是应该先问问他的名字确认一下？这样会显得不礼貌吗？会的，太不礼貌了，而她不想显得不礼貌。正在她思前想后之际，她忽然发现，车门已经被自动上了锁。

在过去的十七年里，大人叫伊莎贝斯做什么，她就做什么：她努力学习，她餐后自己洗碗，她坐的时候永远并拢双腿，她晚上10点以后绝不上网。她每个星期日跟家人一起去教堂，她吃素，她有那么一两次帮助过老太太过马路。她甚至从来没有掀起校服的裙子露出双腿。

她做过那么多正确的事，而只做了一件错事，她本来不应该上那辆汽车的。

伊莎贝斯·瓦尔德斯：2010年在纽约州宾厄姆顿市失踪，时年17岁。

麦迪逊

麦迪逊打算成为一名模特儿。她一直被人告知适合当模特儿，比如去商场买一件新衣服的时候，比如在咖啡厅啜饮着一杯加冰加脱脂奶的无糖印度茶拿铁咖啡的时候，或者只是走在大街上的时候。她觉得这只是时间问题，早晚有一天，会有人让她从目前这种默默无闻的生活中脱颖而出，成为广告牌上经常看见的那种大人物。她估计，前往纽约只是让她的明星梦更快实现罢了。

她在网上遇到了那位摄影师，或许是跟他聊了几句。他说，他可以免费为她拍摄写真，他的公寓里有灯光布景和全套设备。

于是，麦迪逊驾车整整行驶了六个小时，去实现她把照片贴上公交车窗户的梦想。她的表情经过精心设计，尽可能显得无懈可击：有那么点严肃，有那么点甜美，嘴唇微翘，眉毛略微上扬，脸颊的苹果肌高高提起。她知道摄影师一定会喜欢的。

麦迪逊·沃勒：2013年在新罕布什尔州的基涅市失踪，时年17岁。

艾登

艾登只是想要一个墨西哥玉米卷饼。她是那种不管到哪里，见了路边柱子上贴的食物广告，就忍不住请朋友们停下来，一起驻足流连，或者第一个冲下车子去看的人。天色渐暗，野餐的人们纷纷散去，她满脑子想的，就是路边柱子上贴着的墨西哥卷饼广告，她好想吃一个。野餐桌上方的简易凉棚上贴满了类似的手绘广告。一个写着“草莓”，另一个写着“蓝莓”，还有一个最大的写着“珠宝/馅饼/手工地毯/香烟”。尽管这家小店准备打烊，但艾登还是说服店主，给她和她的朋友们准备了一些夹奶酪、酸奶油和酱料的墨西哥玉米卷饼。可是，当她和朋友享用完这顿美餐之后，这家小店已经打烊，卫生间无法使用，回公路之前，艾登只好在路边草丛里解决了事。

艾登离开野餐桌，独自踏着草往黑暗中走去，朋友们听到她说的最后一句话是：“撒泡尿，马上回来。”

艾登·德马科：2011年于俄亥俄州菲尔伯恩市失踪，时年17岁。

尹美和毛拉

尹美说，她依然记得自己迈进体育馆、参加啦啦队预备练习的情景。她知道，这是她在啦啦队里的最后一节体育课。她记得同学们朝着训练的地方散开，准备做躲避球练习。她记得自己站起来学习新的动作。她记得球径直朝自己的脸飞过来产生的撞击。她记得自己向后倒下，躺在地板上，盯着体育馆的天花板，觉得它高得不可思议，上面的一根柱子上还绑着一只银色的气球，那是上个月正式比赛时留下的。那次她跟一个男生一起跳操。不过，内心深处，她悄悄地喜欢着女孩子。她预感到，今天会有重大的事情发生。

这种感觉渐渐成形，变成眼前出现的一双眼睛、一张嘴，接着是整个脸，变成这个女孩，一个低年级的师妹。

“太对不起了！”毛拉跑过来说道，“我不是故意要打你的脸的。”

接着，更多人围过来——体育老师、上最后一节体育课的低年级学生及啦啦队的女孩，围成一圈，全是脑袋和手——可是尹美谁都看不清。

毛拉·莫里斯，去年才从加拿大转到这所学校。

她未来的女朋友刚刚在躲避球训练中被击中了脸部。

然而，毛拉来上体育课的时候，对这一切一无所知，哪怕是她以一记快球，击中那个美丽的啦啦队女孩脸部的时候。毛拉完全不知道，这个长着一双黑色大眼睛的女孩尹美，过不了几天就会成为她的第一个女朋友。

然而，最神奇的并不是她们一见钟情的方式和如此快的发展速度，而是她们的关系公开后发生的事情。家人的反对和同学异样的眼光，使得毛拉提议，两人干脆一起离家出走，去加拿大开始一段新的生活。不过，她只是随口说说，只不过是一个良好的愿望和傻傻的梦想。她万万没想到，当天晚上，尹美就提着大包小包出现在她家门口，对她说道：“咱们走吧。”

尹美和毛拉·莫里斯：2007年于宾夕法尼亚州米尔福德市。两人年龄均为17岁。

肯德拉

肯德拉跑到悬崖边，朝她的朋友挥着手。“嘿，你们看啊！”她喊道，“我要跳啦，你们看着！”

肯德拉以前曾经见过有人跳下悬崖——有一个男孩奔跑着越过岩石的缝隙，纵身跳入崖下碧蓝的水潭当中，溅起一片美丽水花。他跳下去以后，大家的心都怦怦地跳，不知道他会发生什么。他深深地落入水潭当中，根本不见踪迹。就在有些怕事的人准备拨打911急救电话的时候，湖水出现了波动。

跳水者浮出水面，大声欢呼着，勾得另一个男孩蠢蠢欲动，也准备来跳出更大的水花。

肯德拉的朋友们，都没有从湖上这个最高的悬崖跳下去过，她觉得他们都太胆小了。她想成为他们中的神话。

她奔跑的时候用上了全身的力气，然后奋力一跃，身体腾空。接着，在重力的作用下，身体下坠，空气在耳边呼啸着，吟唱着她的名字。

落水的时候，她没想到会那么疼。她是侧着身子入水的，巨大的冲击力令她始料未及，冰凉的水温也令她猝不及防。她下沉得很快，沉得比想象中要深得多。周围全是水花的泡沫，它们形成一条隧道，仿佛要将她淹没在地球潮湿而又充满泡沫的中心。

她努力向上看，看呀看，蓝色湖水最上端，投射到水中的那道金光的巅峰处，就是太阳。她必须一直往上游，游上去拥抱阳光。

这段旅程有多远呢？

肯德拉·霍华德：2012年失踪于康涅狄格州格林威治市。时年17岁。

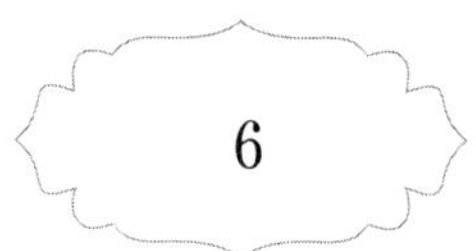

如今，我似乎每天晚上都会出现在那条崎岖不平的人行道上，往荒宅的大门走去，喉咙被里面飘出的烟雾呛得生疼。我踏上台阶，顾不得按门铃，就直接朝里面走去，似乎回到一个类似家一样的地方，根本就不需要按门铃。我每次都会进去。

宅子里面更亮了，因为火舌舔到了窗帘，在穹隆般的天花板上愉快地飞舞。

我不知道，这究竟是菲奥娜·伯克用打火机点燃的新的火苗，还是前几天夜里我看到的余烬随着时间的发酵又重新燃烧起来。

不过，这火焰依然没有伤害到我们。我们与它们相安无事，如同平常人家屋子里的很多现象一样，比如，在我家，地板上的一根钉子松了，经常剐到我和妈妈的袜子和裤脚，但我们一直懒得去修理它。

随着每一个新人的加入，宅子里开始变得越来越拥挤。走廊和楼梯间回响着说话声，似乎她们都在重复着同样的内容。

我在屋外的台阶上跟她们相遇，看她们互相手拉着手。

“这里是什么地方呀？”尹美望着门外的我问道。她戴着一顶大帽子，把一头长发全部藏在里面，看起来脸上似乎只剩一双大眼睛。

“我们为什么会在这里？”

“这就是你们现在居住的地方。”梦里的我一边用手扶着门让她们通过，一边回答道。每通过一个，我就会把门关上一下。我心里想：她们该不会出去吧？既然她们都来到这里了，而且彼此好得如胶似漆，我就没办法干涉。

她们应该从我脸上的表情，读出了这座宅子蕴含的诅咒。她们应该认为是我一手造成了她们的结局，是我变出了这座宅子，把她们关在里面。我希望她们来打我，来抓住我的胳膊，把门撞开，冲到布满烟灰的街道上去，但到目前为止，她们没有表现出任何不快，因为她们都老老实实地待在门的内侧。

不过，倒是有一个女孩，无法接受这一切——无法接受宅子里预设的自己的命运。因为她显然打算出去。

每次我看到麦迪逊，都见她在设法出去。这栋房子有许多窗户，有些窗户的窗框上没有玻璃，所以，要翻过窗户，跳到外面的人行道上，然后逃走，应该不是难事，不过，这些女孩从来没有翻出去过，甚至连大门都没有跨出半步。即便她们能到达屋顶，或者能飞过断裂的楼梯到达底层，还是会有东西阻挡她们。

即便如此，麦迪逊还是把每种逃出去的方法都尝试了个遍。她逢人就说，她要去见一个人，那个摄影师。真的，她时刻念叨的就是这些——她必须离开，到他那里去，他们还没有给她的写真集拍完照片呢。

令麦迪逊愤愤不平的是，我能在这里来去自如，而她却不能。于是，她试图堵在门口，要我带上她。她跟我说，这太不公平了，又没有人要给我拍摄照片，我的头发乱糟糟的，脚上穿的男士皮靴好丑，虽然长相还算凑合，但实在是平凡至极。

她两腿交叉，背靠窗框站在那里，身材显得格外高挑儿，双腿显得格外修长。她有意把一条腿高高跷起，让我没法从上面跨过去，而另一条腿压得很低，我也没法从下面爬过去。她就这样挡在那里，一动也不动。

劳伦，你想想，你为什么会一次次地回到这里来？她问道。虽然是装作出于好奇而问，但从她脸上的表情可以看出，她其实另有深意。

她希望我留在这里，今天晚上，明天晚上。她希望我每天晚上都待在这里，这倒不是因为她需要我的陪伴，而是因为既然她不得不待在这里，那我也必须待着。

迟早有一天，你回来以后，就再也不能出去了。她说道。

她的话语里蕴含着威胁的意味，虽然这一点并未言明。这里所有的女孩看见我之后，眼睛里都会出现这个不言自明的信号。我又何尝不是处于危险之中呢？否则，我怎么会知道这个地方？怎么会跟她们一样待在这里呢？

在梦里，麦迪逊的头发一片金黄，比网上她简介照片上的颜色更黄。它就像一团仍在燃烧的火焰，也像一个跳动在她头顶的火球。

总有一天，你也会出不去的。她重复道。接着，她挪了挪腿，把它放低了一点，说时迟那时快，我一个箭步从她的小腿上方跨了过去，冲到门口。当我跑下门口的台阶冲上街道的时候，她在我背后喊道，他要拍照的人是我，不是你。

每次我都能跑出来，但她们的声音，还有她们说过的那些话（肯德拉的“你应该看我跳下去，哥们儿，你应该看到的”，或者是伊莎贝斯更安静的“我本来要走路去的，只是因为下雨。我本应该走回家的”）。这些话有时像催眠曲在我耳边回响，有时又像洪亮的铙钹在我脑中炸开。

这些女孩都在宅子里，无法出去——不管我多么不愿意承认，这也意味着，她们都已经死了。

然而，还有一个女孩目前尚未驻足其中。我四处张望，但还没有看见她。她来找过我，但并不是为了让我了解她的经历，不是要在无人倾听的情况下把它录给我听，不是要我倾听她的自白、她的悔恨，也不是让我理解她，因为外面的世界没有人能做到。她找我不是因为这些原因，而是另有原因。

她跟其他人都不一样，不是吗？我能够阻止她最终走向这座死亡之宅，甚至能够拯救她。

7

2013年1月17日，星期四，上午10：03，Cassidy Delrio（Cassidy.Delrio@wnju.edu）写道：

劳伦：

抱歉过了一段时间才给你回信。是的，如果你就在学校附近，想一起喝杯咖啡之类的，请告知。我的经济学课2：40结束，人类学课4：10开始，所以，我们是不是可以在3点左右见面？我为你的朋友感到遗憾，她很甜美。我实在不明白她为什么要出走，我们辅导员也都不明白。你没有她的任何消息，这真糟糕，真的。不过，如果你不介意，如果你还愿意过来聊聊，这也很好。我有一个小时的时间。

卡斯

数学课上，这条来自艾比夏令营辅导员的信息出现在我的手机上。这意味着我必须离开，马上离开。我脑子里再也装不进正弦余弦以及能否找到三角形的弦这些问题。我只知道，只有尽快离开学校，开车去那里，我才能在今天跟她碰面。

我举起手，托雷斯小姐问我，为什么不能等到下课铃响后再出去？我说我实在等不及了，我很快就回来。虽然我其实没法做到，但这又有什么关系？在你失踪后，三角学又有什么意义呢？

杰米坐在我后面几排的位置上，他目送我走到教室门口。我关上门，透过轩窗往里面最后瞥了一眼，发现他仍在盯着我这边看，更确切地说，是瞪着我这边。他知道，我根本没打算回来，但他也没有要阻止我的意思。

我从自己的储物柜里取出大衣，然后朝大厅最近的出口跑去。这条走廊里的储物柜都是红色的，加上黑白方格的地板，使得通往楼门口的走廊显得分外狭长。我仿佛已经看见走廊尽头的阳光下，无人看守的南停车场里，我车子的风挡玻璃正在闪闪发光。关于艾比，我必须了解更多，我迫不及待地想跟这个叫卡西迪（卡斯）的女孩、跟这个与艾比共度夏天的人谈谈。肯定还有更多的事情，有待我去发现……

如果我能走出这栋教学楼的话。

“卫生间在那个方向，”一个声音说道，“我想，你是不是要去大厅的那个卫生间呀？”

我停在空荡荡的大厅，回头张望。角落里，一排靠墙摆放的蓝绿色储物柜前，站着一个高高的女孩，一个真实的女孩。

我一时间想不起她的名字，似乎自己不太认识她，不过，很快又想了起来：蒂娜·道格拉斯。那个戴着假睫毛、嗓音沙哑的蒂娜，男朋友比她年长六岁。她睡觉时习惯嘬手指，醒来却不承认，即便当时手指还在嘴里，而且上面沾满黏糊糊的唾液。我记得，蒂娜是高三的学生，如果回顾高速公路邂逅艾比之前我的生活，拉开一段距离去审视那段时光，蒂娜几乎算是我最好的朋友了。

近些日子，我压根就没有想起蒂娜，因为也没有这个必要。而且，她比我大，她很快就要18岁了，这些事情跟她沾不上边。我远远看见，她身上没有挂着压膜的通行卡，因此她应该并不急于赶去上课。我都想不起来自己上一次跟她讲话是在什么时候了。

她一定也在想同样的问题，因为她眼看就要自问自答地跟我展开一场对话了。“你好吗，蒂娜？好极了，谢谢你的关心。很抱歉，我都忘了，你的生日就在这个星期是吗？哦，别担心，劳伦，我知道你是爱我的。你跟卡尔还好吗？哦，是的，谢谢关心，我知道你对他永远都不感冒。嘿，提到这儿，听说你把杰米给踹了。到底怎么回事？”

她终于停止了喋喋不休的念叨，扬起眉毛等待我的回答。

“蒂娜，我现在没法谈这些了，很抱歉，我得……我得赶快去见一个人。”

“杰米是对的，”她说道，“你变了，改变的不仅仅是发型。”

造成我俩关系尴尬的原因不全是她男朋友卡尔，虽然这可以成为一个好听的借口。事实上，问题全在于我，是我把她推开的。把别人拒之千里，是相当容易的事情。我都没法指出自己到底是什么时候推开她的——但我想，一定是在我发现艾比海报的那段时间。我跟蒂娜的友谊也要被抛到九霄云外了，而我却浑然不觉。

“那你会不会来参加我的生日派对呢？在卡尔家，还记得吗？或者，让我猜猜，你打算推辞吧？”

“我说了我会去的。”我跟她说道，虽然自己早已把她的生日计划忘得一干二净，什么在卡尔家开派对，什么我要提前赶去帮她布置之类。

我正打算问，却猛然瞥见她在远处走廊尽头的门口处闪了一下。不，那不是蒂娜，蒂娜跟这些一点关系也没有。在走廊黑白色格子地板尽头的，是艾比，艾比手扶着敞开的门，站在阳光下。或者，这只是艾比的影子，鬼魂是不可能开门的。

难道她知道我跟松崖女子中学夏令营的人接洽上了？她知道我现在正要去见卡斯？难道这就是她此刻现身的原因？

艾比还是以前的那副打扮，我也从没见过她穿别的衣服：上身穿着松崖女子中学夏令营的T恤衫，胸口处印着“实习辅导员”字样——衣服上布满了泥点，紧紧粘在她的皮肤上；下身是带条纹的运动短裤。她头上沾满了碎叶和枯枝，从我的角度看去，倒像是带着头饰，仿佛她是在模仿《时尚》杂志最新的一款“撞车女”的造型。我看不见她的脚，所以也不知道她有没有穿那双夹趾拖鞋。

“你在看什么呢？”蒂娜问道，“弗洛里斯先生会一直休假到年底——我听说他得了中风。所以我们不会有事的。”

我把目光从扶着门的艾比处转回到蒂娜身上，她离我近得多。我曾经真的很喜欢她，很喜欢跟她做朋友。我在不经意间想起了这一点，如同记起很久以前，大概是5岁的时候，我喜欢往操场新挖的洞里填沙子。而现在，我却得摆脱她。

“你逃课了，是吗？”我问道。

她自豪地抬起脸颊：“西班牙语。”

我拿出通行证：“需要这个吗？万一你被截住。”

我们都知道，要是没有通行证，上课期间在大厅被抓住，可要受到监禁的处分。要是被大厅的监察老师发现你逃课，就会受到留校察看的处分。我不知道，这样会不会意味着我永远不能回来。我有可能永远回不来吗?

她耸耸肩，我把通行证递给她。就在我们的手指触碰到塑料压膜的时候，我感到有一股生命的电荷从她传给了我。蒂娜将一直活着，看到自己的生日，以及以后的日子。我不知道她以后的生活会是什么样——也许那个讨厌的卡尔，有一天会让她生出个小卡尔，让她高兴。也说不定他们会放弃生育，直接过上靠抢劫烟酒商店为生的日子。不过，无论她做出怎样的选择，不管她犯下怎样的错误，她都会活着，生活都会继续。失踪，并不是蒂娜·道格拉斯的命运。

我抽回手，同时把刚才的胡思乱想甩开。从拐角那边，传来两个老师一边说话一边走近的声音。

蒂娜抖擞起来，她最喜欢戏弄老师了。她小声说道：“你走吧，跑快点。我故意大声说话来转移她们的注意力。她们不会发现你的。”

她冲我使了个眼色，然后跺着脚朝老师们走去，边走边拍着两边的储物柜。她拐过弯去，我看不见她，却能听见她的声音。我到走廊尽头，还能听见她的声音，那里并没有艾比的影子，只有一扇用煤块挡住的敞开的门，在冬日白色的阳光下熠熠生辉。

我到达的南停车场，笼罩在一片类似人工灯光的亮光之下。凡是从教学楼南侧窗户往外看的人，都能够看到我。当我开车驶向校门口的时候，我看到了站在教室前面的三角学老师，在中间一排同学当中，正好在杰米的脑袋后面。托雷斯小姐在白板上写了一道题，就在我开车路过教室窗口的一刹那，她抬起头，径直看到我，然后写出了答案。

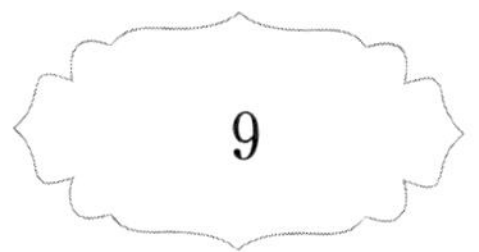

这个女孩，曾经在艾比·辛克莱当实习辅导员的那个夏令营里，担任辅导员。她按照约定，在课间出现在咖啡厅里。她不知道，我花了多长时间，才开车来到她这所大学的校园里；她不知道，我其实并不是像之前说的“就在附近”。事实上，我这辈子从没去过新泽西州之内这么远的地方。

卡西迪·德尔里奥——她似乎希望我叫她卡斯——今年大二，也是女生联谊会成员。她的每件衣服上都有带希腊字母的纹章，甚至连袜子也不例外。一听到艾比这个名字，她的脸色沉了下来。

一开始，我以为，这是因为她也感觉到了——艾比骑车沿着那条松林中的公路盘旋而下，这意味着她将迎来怎样的命运。我最后一次在学校走廊看见艾比之后，就再没见到过她，或许卡斯能看见，也许我并不是唯一知道这些女孩命运的活人，而艾比，在接受永远待在那里的命运之前，说不定还能被救回来。

然而，事实并非如此。卡斯的脸色变暗，是由于两个原因：其一，咖啡厅的服务员并没有按照她的特殊要求，往她的摩卡咖啡里加酱油；其二，艾比让她面子上挂不住。在松崖女子中学夏令营的历史上，还没有其他辅导员能让自己的实习生在夜里溜走。卡斯对这一点耿耿于怀，因为她本是家族的骄傲。德尔里奥家族有三代人都曾在那片松林露营，在那片湖中泛舟。更不用说，她自己从9岁起就一直参加松崖女子中学夏令营了。而由于艾比对她的所作所为，她明年夏天不会被那里雇用了。

“听着，”卡斯说道，“艾比的事情其实非常简单。”她靠过来，我感觉自己屏住了呼吸。我注意到，她的头发光滑笔直得无可挑剔，她的眼神却十分冷漠。我很好奇，这几个月来，她心里到底藏着什么样的秘密。“艾比想要回家，于是她回家了，”卡斯说道，“她恨夏令营，于是就离开了。”

她等着我的回应。

“这就是你的猜测？”我问道。（虽然我承认她部分是正确的：艾比的确看不上这个地方，无论她坐在哪里，身上都会觉得痒痒的；还有，这里总有一股如同刚被洪水冲刷过的潮乎乎的味道；还有它的位置，离那些有趣的地方都如此遥远。的确是这样，直到她遇见卢克。）

“见鬼，我能做什么呢？”卡斯说，“跟着她，求她留下来？跟她说求求你了？”

“可你知道，她并没有回家……”我说道，“对不对？”

“嗯，是的，我是现在才知道的。但我当时并不知道呀。”

她开始啜饮她的摩卡咖啡，虽然里面加的是牛奶。看着这些棕色的泡沫在她涂了唇膏的嘴角聚集，我几乎忍不住要让她拿块毛巾把它们擦掉——不过，我还是没有这么做。我要的是普通的咖啡，加普通的糖和奶精，我也喝了一小口。

“什么？我错了吗？”她问道。

“我认为她并不是离家出走，”我说，“这就是我来这里的原因。”

“这么说，她其实并没有给你打过电话、发过邮件或者短信之类的？她的朋友也没有过？”

我摇摇头——我把自己算作艾比的朋友之一，这一点卡斯还没有质疑。

“我觉得这有点奇怪，”她承认道，“艾比总是不停地念叨她那些朋友的事。”

我很想细问那些人的名字——以便日后逐一寻访——但随后她就开始摇头，我感觉到，一个转折点即将到来。随后，她自己也到达了那个点。

“但是？”我帮着她转过来。

“是的，但是，”她说，“我的意思是，她并没有拎上她的行李。”

“看看，她把所有行李都留下了，对吧？如果真是出走，她怎么会不把所有物品带上呢？”

她点点头，接着又耸耸肩：“会不会是她还没等到出走的时机，比如，她想来个出其不意，想搭车走。这是我猜测的。我的意思是，她其实也并不是什么都没带。她带了钱包——那个奇丑无比的紫色塑料包，里面塞着照片还有其他的破玩意儿。这钱包挺大的，她需要用一只手提包才能装下。所以，如果她带了钱包，那很可能也带了手提包。有了这些，干吗还要回来拿那些笨重的行李呢？”

“我不知道……”我说道。

直到这时，她眼里才流露出某种伤心的神情，才显露出些许温情。这些日子，她一直把它们压抑起来。这时，她问了一个关于艾比的问题，我猜，这是她之前从未启齿过的话题。

“你觉得是他杀了她吗？”她突然问道，这比我预想的要糟糕得多。

现在，她有19或者20岁。她就那么袖手旁观。我恨她这样，尤其是听到她说这句话之后，恨她毫无知觉、毫不关心，什么都不做。

难怪艾比要来找我。

“他，谁？”我从齿缝间挤出这句话。

“他，不管是谁，不管是哪个在森林里找到她或者谋杀她的人。”

“等等，你这是什么意思？你在林子里看见什么人了？”

“没有，当然没有，我只是设想。”

这并不是我设想的结果。我最近在宅子里看到的一些女孩，在迈入大门之前，的确遭遇了非常悲惨的命运——这从她们的眼神、从她们麻木的身体、从她们不习惯再用双腿走路的样子，都能看得出来；从她们都没有头巾、任烟雾无情地像变戏法般吹进内脏的悲惨情形，都能窥见一斑。

她们无法言明的结局，都藏在我们略过的层层叠叠的故事当中。伊莎贝斯、艾登、夏恩，我同情她们。

但是，我怎么能想到，这些女孩当中，会有人像艾比一样，经历过这样的遭遇？

“那个电影叫什么来着，他们把女孩的头颅装进盒子？”卡斯说道，“你知道我在说什么，对吗？那部电影，人们发现一只盒子，往里一看，发现了她的脑袋。”

我不知道这部电影，我希望自己永远都不要知道。我匆匆离开卡斯，比计划中要快得多，尤其在好不容易大老远开车赶到这里的情况下。

跟艾比夏令营的辅导员的这次谈话一无所获，比一无所获更糟糕的是：她描述的那幅栩栩如生的画面，感觉比事实还要真实。我不想再去想她说的任何内容，不想再去想象。

这次咖啡店之行把我带到了新泽西州的最南端，不过，在该州的最北端，我还得去尝试另一个地方。我有地址，还有很多问题。虽然我不知道这有什么意义，但我就是无法让自己相信她已经死了。

“她跑了，”艾比的祖母听了我的问题后说道，“就是这样。故事就是这样。你大老远开车过来，就为了听这个。”

她说这些话的时候，表情并没有变得难过，这倒是出乎我的意料。我发现自己盯着她的上嘴唇，上面有黑色绒毛生长的痕迹，她说话的时候，这些绒毛像触须般跟着一动一动的。她是把艾比抚养大的人，是艾比的法定监护人。就在几分钟内，我已经看出，她并不是那种会向你热情地张开双臂，会把香烟从自己嘴里拿开，跟你说好听的话，给你小饼干吃的那种祖母。不过，她还是让我进入了她家，她至少是让我进去了。

“你也跟艾比一起参加夏令营了？”她祖母问了三遍了。

“是的，”我说，“我在那里。她从来没有提起过任何关于出走的事。我知道她身上带着钱包，我估计也带了手提包，但是，你知道，她把其他行李都留在了那里。”

“我们知道，”她说，“他们把它给我们寄回来了。我们当然知道。”

她祖母的嘴唇含着烟蒂，用她的老肺吐出最后一口烟雾。她在家里吸烟，门窗紧闭，这等于是在缓慢地谋杀接近她的人。随着她一点点掸落烟灰，我忽然看到这间淹没在塑料袋里的房间跟我梦中的那些房间的相似之处，就是里面的空气、里面的烟雾，那种薄如轻雾的、令人焦炙的青紫色烟雾。

“这是个以前离家出走过的孩子，”她祖母说道，“这是一个趁人午睡打盹的时候，从自己的亲爷爷的钱包里偷钱的孩子，就在那把椅子上。”她指着我坐的这把中间已经凹陷下去的扶手椅说道。我开始以为它会很软，但坐下去根本分辨不出来，因为坐垫已经被紧紧裹在一层层塑料袋下面了。

“不。”我说。这听起来不像我所认识的艾比。

“亲爱的，”她说，“你在夏令营里遇到的女孩，跟她平时在家、跟我们在一起时，可不是一个样子，我向你保证。”

我开始感觉到，艾比还有一些事情没有告诉我。她的故事中一些重要的、麻烦的部分，被她完全省略了。她以前什么时候离家出走过？为什么她没跟我提起这事？还有什么是我不知道的？

艾比祖母的眼睛瞟向沙发后面的一张边桌，我也跟着向那里看去。那上面摆放着一个相框，是那种二合一式的相框。两个相框在中间象征性地连接在一起。

仿佛她的凝视是对我的许可，我发现自己已经伸出双手，拿起了相框。

我一眼就认出，左侧相框里是艾比的照片。这是一张学生照，跟她的寻人启事用的是同一张照片，但我倒是第一次看到彩色的版本。她的皮肤有一种她之后再未有过的粉红色光泽，她的牙齿也特别白。拍摄这张照片之前，一定是有人对着她说了“茄子”，一定有人让她微笑，所以露出牙齿，因为即便我合上相框，也能看出她的嘴张得有多大、露出的牙齿有多么显眼，仿佛有一只看不见的手，抵住她的后颈，威胁她要使劲笑，否则就会要她的命。

右侧相框里，是一名女子，怀里搂着一个扎小辫的女孩。这是艾比的母亲和小艾比。

艾比从没有跟我说过她母亲的事，现在我也变得好奇起来。因为她母亲并不在这座房子里，对吗？她母亲并不在她的生活中，不在这里。

她祖母感觉到了我的疑惑："我相信，艾比肯定没跟你讲过科琳的事。"

"说过一点。"我说。

"艾比盖尔跟她一模一样，我早就该想到的。科琳跑了，艾比盖尔把这件事记在心里，之后也跑了。"

"她多大，科琳，艾比的妈妈？她……是什么时候出走的？"

"够大了，应该足够懂事了。23岁。"

这么说，科琳并不是她们中的一员。"这太可怕了，我的意思是，对艾比来说。"

"毒品，"她小声说道，"伍德曼小姐。劳伦，我能叫你劳伦吗？你有妈妈吗？"

我愣了半晌才点头。我当然有妈妈。

"你妈妈，仍然跟你在一起吗？"

我又点点头。

我以为她会说，*你多幸运*，这样，我就会说（如果我敢说的话）：有妈妈也不能阻止她出走，而没有妈妈的女孩也不见得会出走；长着黑头发黄头发染绿的头发甚至剃光头，也不能把一个女孩留在这里、留在这个世界上，如果她注定要走的话。无论每天待在家里还是每晚出去，无论是吸毒还是不吸毒，无论是穿这件衣服还是那件衣服，无论是跟陌生人说话还是不说，无论是跟男孩鬼混在一起还是只跟女孩玩，或是只跟那个“她”交往，这些都无从知晓，如果一个女孩注定要走，那她就会走。我相信这一点。

艾比的祖母捻灭香烟。“艾比总是想效仿科琳。我们还以为她是觉得好玩。”她呼出一口气，最后一个烟圈直冲着我的脸飘来。我忍不住咳嗽起来。我能看出很久以前她就确定了艾比的经历，所以艾比消失一个多月之后，她也依然没有报警。

但我在那里，我在那里是有原因的，现在，是到该说这事的时候了。

“辛克莱夫人，”我说道，“我必须告诉你，她并不是出走的。艾比，我知道她妈妈是离家出走，但她不是。她碰到了一些事情，然后消失了，你必须继续寻找，请相信我，求求你了。”

说完这些，我的脸像着火一般涨得通红，呼吸也变得粗重起来，甚至喘不上气来。可她却只是摇摇头。接着，她伸出双手，似乎是要什么东西，我愣了半晌才反应过来，她是要我手里的相框。

“把它放这儿。”她说。

在放下之前，我又最后瞥了一眼，我看的不是小艾比和她失踪的妈妈，而是最近的艾比。这张照片里的艾比，也就16岁，或者刚刚17岁。她拼命挤出笑容，露出所有的牙齿。照片里，她的脖子上似乎戴着什么东西，可我只是匆匆地瞥了眼她衬衣领子的开口处，她祖母就起身一把把相框从我手里夺了过去，然后把它啪的一声合上。

我并没有看清，因为自己只是快速瞥了一眼，不过，我想，她佩戴的那个吊坠是一块内部环绕着一个烟圈的石头、一块圆形的灰色石头。

“如果是她叫你来帮她取东西，那我们就到此为止，”她祖母说道，“我是不会让你上去，不会让你进她的房间的。”

“她……”我刚准备否认，又感到自己确实想上去，想去看看她的房间。

“不行，”她祖母说，“绝对不可以。我知道你是冲着那些耳环来的。她觉得她能让你过来拿走，然后把它们卖掉？不可以，劳伦，你该走了。”

艾比的祖母把我领到门口，等我跨过门槛，她才对我说道：“你看到她，跟她说，我们以为她不会回来了。告诉她，我可不会像等她妈妈那样，等她那么多年。”

“您等她妈妈等了多少年？她妈妈没有回来吗？”

“哦，她回来了。她被装在一个盒子里回来了。”

11

门外的车道上，艾比的祖父正在铲雪。他一直背对着我，弓着背干活，所以不知道他有没有看见我，有没有听见我们的谈话，以及我被请出家门后，门被无情关上的声音。

不过，我还是意识到，他的铲子越来越接近我行走的地方。他沿着白雪中一条假想的直线，径直朝我靠近过来，如果他一直这么铲下去，我们的路线将很快相交。

果然，他的铲子停在我脚前的地面上，我听见他问："她怎么样？"他的声音很小，我能勉强听清，他的妻子是听不见的。

他继续背对着房子，低着头。尽管他弓着背铲雪，眼睛却没有看地面，而是抬起来看着我的脸。

"你见过她了，"他说道——却不是提问，"她怎么样？一切都好吗？"

我实在不知该怎么回答。她身体是完整的，有胳膊有腿，头发长在头上，没有明显的伤口，至少我是没看出来。

但除此之外，她过得怎么样呢？

每次我见到她，她脸上的表情，都跟她祖母相框里的学生照以及寻人启事海报上的照片截然不同，即使是假装的也不像。她从未笑得露出牙齿，相反，她的脸上似乎总是挂着一个淡淡的问号，等着我用彩色的数字去填充。

我只能感应到她的回声，那是悲伤的声音，那是渴望回家的声音，那是乞求得到一个花生黄油三明治的声音。

有时，她会在我面前现身，但她此刻为什么不现身呢？就在这里，让挚爱她的祖父，让理解她渴求她回家的祖父，也看看她的样子。她可以借清风传来低语，或者只是透过我车子的窗户冲他挥挥手。可是，她什么也不做，甚至再也不愿踏进这栋房子一步。

她祖父问她过得怎么样、一切好不好，我并不想描述得很残酷，但自己内心深处，的确有很大的冲动，想让他警醒一下。她祖母根本不听，也许她祖父能听。我故意不看他的眼睛，把自己全身的重量都集中到要说的话上，说道：“我觉得她过得不是很好。”

我期望他追问下去，但他却没有。铲子继续往前，他沿着那条线继续铲雪，跟我重新拉开距离。我忽然好想像个小孩一样，跳进这样的雪堆，抓起满满一把白雪，把它抛向空中，让它四散落下，把我埋在里面，然后站起来，抖抖身上的雪，跳出雪堆。这是谁的记忆？我的？艾比的？这或许是我们两人都会有的回忆。

我感觉到他妻子就站在窗前，监视着他，但我还是冲他大声喊道：“是您把寻人启事贴到电话亭上的吗？”

“北边的电话亭，”他说，“几乎每个都贴了。”

“我看到过一张，”我说，“在松崖那边。”

他点点头：“可大家无所作为。我让我老婆去报告失踪，但是警察说，他们没有时间去寻找每个失踪的人，所以……”

我必须再试一次，虽然第一次失败了。现在，我成为那个主动靠近他的人，我走到他铲雪的道路中间，说道：“她并不是像你们想的那样自己出走的。”

他抬头望着我，瞳孔外溢满晶莹的泪水。“她跟你说的？”他问道。

“不完全是，”我坦白道，“但您应该给警察局打电话，求求您了。给警察打电话。要他们继续调查。查查她到底发生什么事了。”

他停了半晌，最后说了一句话。我不知道，他刚才究竟有没有听见我的话。他说：“你必须让她们明白，你想她们，所以我才到处贴海报。即使她们从来没有想过要回来，你也必须让她们知道，她们随时可以回来。”

当天晚上，我从新泽西赶回来的时候，妈妈正在车库里等我。我一把推开车库的大门，看见她已经发现了我藏在割草机后面的东西。之前，我在自行车店把那辆自行车的轮胎包了起来，她已经把包装拆开，手里把玩着车把上面的铃铛。我把车子开进车库，关闭发动机，第一个听见的就是“丁零零”的车铃声。

“你回来了。”妈妈轻轻地说道，尽管这几个字后面其实还有更多、更沉重的话语。她就要质问我，为什么不告诉她晚上去了哪里，而我也必须想出一个借口，不能泄露自己开车去了别的州，去打听一个素未谋面的离家出走者的消息。

但是，妈妈只说了句：“我感觉好像再也见不到你了。”

你会习惯的。

我听见了。这难道是我自己头脑中所想的？还是一个熟悉的声音，挣扎着要成为我脑海中的最强音？菲奥娜·伯克也听见我的车子开了进来，于是她跑出来跟我说话。她希望我妈妈离开车库，但妈妈不会的。

也许，我们应该给我妈妈一个警讯，现在我跟她们一样，也17岁了。妈妈过不了多久，就要开始准备设计我的寻人海报。但愿她能为我准备一款吸引眼球的海报，它设计巧妙，令人艳羡，在我消失后很久还被人称道。

这就是菲奥娜·伯克希望我跟自己妈妈说的话。

“你从哪儿弄来的这个旧玩意儿？”妈妈用胳膊肘碰了碰艾比借来的自行车问道，“挺复古的，很可爱嘛。”这时，她已经跨坐在那辆施文自行车上，要试试它的轮胎有没有气。

“你不该碰它。我是帮别人保管的，一个朋友。”

她松开车把，下了车，眼看车子就要倒向墙壁，我赶紧一把扶住它。

“哪个朋友？蒂娜？”

我摇摇头。

“发生什么事了，劳伦？有什么比上学还重要的？”看见我一脸不解的表情，她扬起眉毛，“你们学校打电话来。我跟他们说，你约了牙医看病。”

“谢谢你帮我打掩护。”

“小意思。现在告诉我，你到底去哪儿了？”

“新泽西。”我趁着没被阻止前抢先说道。

“你说什么？”

“我开车去了新泽西，然后又开回来了。”

“新泽西？”她与其说是在问我，不如说是在问她自己，“我们在新泽西有认识的人吗？”

我本可以说有，也可以说没有，但我的嘴巴不想再张开，我的身体想离开。没等我反应过来，我就已经抓住自行车的车把，把它骑到了车库中央。

“你才到家，又要去哪儿？”

她并没有说我不能走。她从来不说禁止我做什么事。她从来没有限制我，或者命令我几点以后不能外出。学校打电话来说我逃课，她替我打掩护。她信任我——或者她希望我懂得，她是信任我的。

如果世界上还有一位母亲，有权利参与进来了解一切，那一定是我眼前的这个女人。就是这里的这个女人。

“我想试试车，”我说，“我就沿着铁道骑到大桥，然后就骑回来。”

“外面太冷了。”

我耸耸肩，然后拉下羊毛帽子，盖住耳朵。

“另外，你上次骑自行车是什么时候？大概是10岁吧，你从路基滑了出去，把两个膝盖都磕破了。”

“我希望你没有忘了怎么骑车。”我听见她在身后喊道。

“他们说……”她踉跄着追上两步。她不知道该怎么管束我，因为她以前从没有这样做过。

我蹬着踏板，试了试刹车，又感觉了一下车轮的弹性，它似乎不比新车差。公路上的积雪已经被清扫干净，我就不必担心路面冰滑了。前方不到两英里远的山脚下，一条铁路沿着小河由北向南延伸。我可以沿着铁路骑上好几天。这条铁路一直通向加拿大的蒙特利尔。

如果我把真相告诉妈妈，她又能做什么呢？每晚把我拴在床柱上面？或者锁在地下室，每天从通风孔送食物下来？她能救我，能救艾比吗？她能在时隔多年以后，拯救菲奥娜·伯克吗？

一旦你注定要消失，要加入那些人的行列，你就会觉得自己不可能得救。

妈妈温柔地呼唤着我的名字，她伸出手来，好像要抚摩我的头发，我往后退了一下，她放下胳膊。

“等你回来以后，我们谈谈吧，”她似乎是预见到了我们的未来，“你要跟我说到底发生了什么事，你为什么要去新泽西。”

我悄悄地答道："好的。"仿佛是害怕被菲奥娜·伯克听见。

"我就是想让你知道，在你想跟我说的时候，你随时可以说，"妈妈耐着性子说道，我能觉出她的耐心快要到达极限了，"在你想说的时候，我一直都在。我能看出有些不对劲，劳伦。我只是还不知道它是什么。"

有那么一瞬，我都怀疑妈妈是不是也能看见。难道说，一旦你造出一个人，你就能透过你缔造的皮肤，看见里面受的伤，而根本不用那个人亲口跟你说"看，是这里"？

我站起来，手里扶着自行车，径直站在妈妈的视线之内。这就是我：女孩，17岁的女孩，不再长发飘飘，却有着颀长的双腿和跟妈妈一样挺拔的鼻子；身穿黑色短靴、黑色牛仔裤，脖子上挂着一个吊坠，照片里的艾比曾戴着它，菲奥娜离家出走的那夜也戴着它。事实上，我也一直没有把它摘下来过。

戴着这个吊坠，也就是戴着一个闪光的标志，说明我处于困境当中。堵车的时候，把它高高地挂在脖子上，在距离很远的车上，也能够看到它。让它大声喊出我心里的话，也许有人听见后，能让这一切停下来。

女孩，一个尚未失踪的女孩。

这样一个女孩，站在外面，很容易成为下一个目标。

但妈妈只是说了句："你什么时候回来？我们到时谈谈。"她上过的那些心理学课程并没有告诉她，什么时候应该抓紧，什么时候应该放手。她曾经如此接近成功，却又如此轻易地放了手。

"你没有作业吗？"我问道，"我们明天再谈吧——不是什么急事。"

骗子，菲奥娜·伯克说道。

妈妈看起来松了一口气："我的确有篇论文要写，但是劳伦，我们明天可以把这一切都谈清楚。"

我踩着踏板骑上车座，车子平衡得很好，并没有东倒西歪。目前看来，我还没有忘记任何见过的东西，尤其是怎么骑自行车。

我使劲蹬着踏板，直到再也看不见伯克家的房子。我放开车把，松开踏板，让轮胎自己旋转向前。这时，我想起了艾比，当时，她骑着同一辆自行车，赶去跟卢克约会。接着，在那个炎热的夏夜，艾比步行离开了卢克的家，公路、松林，除此以外，我猜一定还有我不知道的东西。头顶黑色的苍穹中，星星闪烁着无数的问题，她也是其中的一颗。我一直觉得，如果自己使劲仰望，或许能从这些星座中找出她那颗星。

不过，我更有可能始终将它们混为一谈，就像我永远也找不到北斗星，虽然它一直在那里，在我头顶的天空，发出耀眼的光芒。

接着，我把故事做了点修改。我想象那天晚上，艾比骑车去跟卢克约会，但她一直没有停下来，一直没有去他家，而是绕了一个大圈子之后，又平安地回到营地。

我想象她依然活着。

我用力踩下踏板，加速往前骑去。我路过一个又一个邮筒，越过一个又一个小坡，还成功绕开几处结冰的路面。我骑得好快，简直都不知道该怎么让车子停下来。

到达铁路的时候，我看见远处的灯光，依稀听见轰隆隆的响声：一列火车正在驶来。随着它呼啸着靠近，我才看清，这是一辆货运列车，似乎不会再有美国铁路公司通勤列车在松崖车站停靠。我使劲蹬了一下踏板，让自行车离开铁轨，沿着狭窄的公路行驶。我跑在列车前面，不过我能感到它很快就会赶超过来。在这个庞大的怪物面前，我显得如此渺小、如此微不足道、如此不堪一击。

火车在我后面，迅速赶上，接着，有那么一刹那，它跟我平行，车头几乎碰到了我车子的前轮。

接着，它飞速驶过，轰隆隆地跑到我前面，把我远远地甩在后面。

13

她在我卧室等我，静静地看着我抖动双腿。用力地骑了那么长时间，我的肌肉简直要燃烧起来。

她的目光紧锁着我，仿佛是把全身的重量都压在我身上，然后糊上一层厚厚的泥巴，掺上芒刺和细枝，刮去棱角，加起来有一麻袋砖那么重。

“我尽力了。”我说。

她继续瞪着我。

我坐在床头，看着空镜子里的她。这样比直视她要容易一些。跟她的影子说话，更容易一些。

“我跟他们说了，”我说，“我跟他们说，你并没有出走。这是你希望我说的，对吗？但是，艾比，我不知道他们会不会相信我。还有夏令营里那个叫卡西迪的女孩，别问我她说过什么。我去了那儿，跟他们说了……我也不知道还能做些什么。”

我努力压低嗓门，以防妈妈听见。但艾比怎么不说话呢？什么也不说？她为什么不眨眨眼，或是点点头，或是给出任何信号？

如果她告诉我下一步该做什么——要去哪里，去查什么——这一切到了早晨就能了结。这些女孩中的任何一个，都可以对我提出类似的要求。我的意思是，如果她们联系上我，就是为了要我做些事情，她们为什么不用这种最快捷、最直接的方式提出来呢？这使得我禁不住要问她们，也要问我自己，这一切到底是怎么回事。还有我的梦和梦里那栋囚禁她们的房子，到底是怎么一回事？我到底是应该待在外面去帮助她们，还是要走进去加入她们，并且永远不再出来？在这两个选项之间的黑色细钢丝上，我坚持不了多久了。

当然，艾比，艾比是不同的。是她把她的秘密展示给我，让我去揭开谜底的。可这会儿，她为什么要这样瞪着我呢？

镜子里可以很清楚地看到，泥点和沥青已经跟她的皮肤融为一体，她喉咙中间有一个小洞，闪着微弱的光芒，看起来好像她拿走了我的吊坠并把它吞了下去。她的嘴唇是一道冷色的细线，把空气和话语关在里面。

就在我注视的过程中，她的身体在一点点地转动，直到从镜子里完全转过脸去，留给我一个背影。

我还没有完成她要我做的事情。我的确去拜访过她的祖父母——我是去过——但或许我说得还不够多，或许我是个胆小鬼，或许我应该告诉她祖母，她外孙女出体的灵魂正在通过我，一个完全陌生的人，通过此岸世界和彼岸世界的某个开放的出口，跟他们交流。我不知道这意味着她此刻在哪里，也不知道这意味着她未来能在哪里被找到。我不知道该如何解读这些信息。

真的，如果这样，一切或许能顺利一些。

正当我要说这些的时候，艾比暗示要写点东西。她有意转过身，我能看见她眼前的东西：我书桌上有一本摊开的笔记本，一支钢笔正好指着那页翻开的纸。我在书桌前坐了下来，她也靠近过来，等我拿起笔，她就来到我的胳膊肘前面，呼出的灰色烟雾烧灼着我的皮肤。

我无法模仿她的笔迹，这并不是所谓的自动书写，并不是我只要闭上眼睛，静下心来，在她幽灵之手的触摸导引下，就能写出她的字体。我只是替她把她想说的写下来，因为她不能握笔亲自来写。

我用了多赛特路的那个地址作为回复地址。我从楼下厨房母亲的书桌里找来一个信封和一枚邮票，接着，又把信带回楼上的房间，准备明天一大早从邮局的公用信箱投递出去。

但是，当我盖上被子准备睡觉的时候，我感觉到她还待在我的房间，似乎我还有更多的事要做，似乎我得重新开车回到那条公路，把她的海报贴到每个电话亭上，每天造访警察局，直到他们把她的案子列为可能误判的案件。我想到菲奥娜·伯克，我清晰地感觉到，她此刻肯定在暗处的某个地方监视我的一举一动。我想到，寒假以前，我肯定没法搞清当年她究竟发生了什么事。在真相未被揭示之前，就将一个女孩遗忘并埋葬，这是多么无情。

现在，我不会再让同样的事情发生，不会让悲剧再在艾比·辛克莱身上重演。

14

星期五，是蒂娜在她男朋友家举行生日派对的日子。那个夜晚，我让这一切全面失控了。当然，之前我也从未掌控过它。

首先是噪声。这次不是在我的脑海里——而是在我周围。这是蒂娜期望中的闹哄哄的派对。周围的喧闹不仅没有淹没我头脑中抵触的低语，反而被它盖过，使得它变本加厉。我坐在一张下陷的彩色格子沙发上，手里的高脚杯中盛满蔓越莓汁，周围发生着各种各样的事情，我就在它们当中，却对这一切视而不见，跟一件家具没有丝毫区别。

我忘了大家都能看见我，见了我的样子都会往后退两步。不过，还是有两个同校的女生上前来，问我是不是还在跟杰米谈恋爱。

“等等，杰米来了吗？”我问道，“你们看见他了？”

她们说他就在某个地方，或者我觉得她们是这样说的，但是还没等我问为什么，她们就已经走了，而且拿走了我的酒杯。那个酒杯刚才还放在我的膝盖中间，我一次又一次地把它举到嘴边。

这时，派对开始变得跟我毫无关系。我变得完全跟它隔绝开来，仿佛有一把剪刀，把我从这一页画面上剪了下来，然后拿走。

我只能意识到两件事：其一，蒂娜给我的那杯蔓越莓汁里无疑掺杂了不少伏特加；其二，如果我消失不见，这些人里没有一个会注意到。

一闪念间，我不见了，他们继续开派对。

就在此时此刻，在这个派对上，完全可能在我身上发生：沙发上我坐着的地方曾经坐着一个女孩，下陷的座位在一两分钟内没有人坐，接着，很快就有人过来坐下。这就是我最后出现的画面。

我打量着自己，看看我的寻人启事上将刊登怎样的照片：黑色皮靴；黑色工装裤；丑陋的法兰绒衬衣（我都忘了自己竟然穿着它）；里面是一件V领灰色T恤，肩膀上还有一道口子；最里面是一件黑色背心。如果有人问起，会有任何人能说出这些细节吗？

这时，我才注意到，那个吊坠并没有像平时我喜欢的那样，藏在层层衣服的最里面。它被拿了出来，我之前完全没有注意到。它挂在我的胸口，发出一种乳白色炫目的光芒。

我站了起来，一把抓起外套。当然，没有人阻止我。我朝门口跨出一步，一切都显得理所当然。

我推开众人，来到门口，跨出门廊，来到停车的地方。这时，那些影子，我注意到它们都在房间的一侧，有些在地板的暖气旁边，有些在天花板和墙壁交界的地方。那些影子蜷缩成细细的卷须，像一根根手指。那些手指越变越长，蔓延成长长的蛇形手臂，向我伸来。我知道，如果自己靠近一点，它们就能把我抓走。

也许，大限到来之前，每个女孩都会看见这样的情景。这时，一个影子径直飞到我头顶，它随时可能下来，随时可能下来把我打走。

其他人都看不见它们。派对上的每个人对此都毫无察觉：他们忙着在酒桶边推杯换盏；忙着在角落里吞云吐雾；忙着在旧地毯上胡蹦乱跳，完全不顾音乐的节拍。他们靠墙四处张望，他们在窗边推推搡搡。在这个平淡无奇的夜晚，做着平淡无奇的事情——还有，生日快乐，蒂娜，你做到了——与此同时，可怕的事情却在向我逼近，即将把我吞没，让我消失于世。

我的大限不会就这么到来吧？还有人在等着我帮忙呢，那些女孩，等着我去追踪揭露她们的真相，那些女孩，需要我从这里出去，不是吗？我必须离开这所房子。我知道这些黑影伸出的火焰之手有多炙热，它们能把我的法兰绒衬衣、我的纯棉T恤衫，甚至我的背心，全部烧穿，最后灼烧我的皮肤。

一旦它们触碰到你，你就会为它们所有。

15

我面朝下趴在雪里，眼前插着一只靴子。我的嘴里有些湿湿的东西，但那不是舌头，而是我的手套外一根被吮得湿漉漉的手指。我想，一定是我自己把它吮成这个样子的。

我取出手指，吐出一些棉线，抬头往上看。那是一只带有红色条纹的靴子，蕾丝花边上沾满冰雪。这只靴子旁边，还有一只一模一样的靴子，在两只靴子远远的上方，是一副肩膀，再往上，是一个脑袋。脑袋大笑着摇来摇去。

接着，他伸来一只手，近到足以抓住我的手。“来吧，让我扶你站起来。”

这不是杰米，而是一个我认识的男孩。真的，是我最近刚刚交谈过的一个男孩，要不是那些女孩，我根本不会认识这个男孩。

“你喝多了。”卢克·卡斯特罗说道——就是艾比·辛克莱的那个卢克。他说话的时候咧嘴笑着，我看不清他的脸，无法分辨他究竟是在开玩笑，还是真的关心我。

“不，”我咕哝着，“不是这样的。”不是因为它，不是因为那杯蔓越莓汁，让我跑出了卡尔家——即使是因为它，也只是部分原因。我记得那些影子，那些冲我快速俯冲下来的影子。

“当然，”他讽刺道，“你清醒极了，当然。”

“我没事，”我边说边甩开他的手，自己站了起来。我根本站不稳，却又不想被他发现，“你是卡尔的朋友？还是其他什么人？”

“你已经问过我了。”他说道。

等等，我问过？

“那就再说一遍，”我说，“再说一次，你没有对她做任何事情。”我又回到了我们的第一次对话，问起了艾比·辛克莱的事。他花了好一会儿才反应过来，虽然喝醉的人是我而不是他。

“我没有，做任何事情，对她。”他说道。

我们来到房子侧面，远离窗户，看起来是有意溜到这里来的。难道是我？难道是我从什么地方找到卢克，并把他带到这里来的？我做了什么尴尬的事吗？我说了什么傻话吗？难道他伤害了艾比而我却全然不知？有人看见我们在这里吗？我到底大声说出了多少类似的事情？

房子侧面的照明是移动传感器控制的，我开始没有注意到它，直到灯忽然熄灭，将我们置于黑暗之中，我才意识到它的存在。我看不见他嘴里呼出的气息，却能感觉到它，因为他的脸贴得很近。他的气息，闻起来跟我记忆中、跟艾比记忆中的味道一样——或者说，跟我几星期前去他家时闻到的一样。艾比的记忆镶嵌在我的记忆中，此刻，它又莫明地浮现，让我迷惑。

她以为我把她忽视了。或许我的确是。这也是因为她们实在太多了，充斥我的头脑，如同这个昏暗的充斥着烟雾的房子，只不过我的脑袋里充斥的是女孩。这也包括我自己——因为我也是一个17岁的女孩，而且可能跟她们一样，处于危险当中。

这时，一个晃动的阴影使得我把视线投向树林。她在那里，至少是她的黑影，摇着头跟我说不。

“不？”我大声说道。

卢克说了句什么，我没听清，我脑袋里的一个声音说道，*不是他*。

“你确定吗？”我向树林问道。

是的，她悲伤地答道。*不是他，不是他*。

她是说他并没有伤害她，我以前也并没有真的觉得他就是凶手，只是他让她如此心动。听见她的声音，我便知道，这会儿，她们都已经不在我体内，她们都不在。

我能看见一个女孩，接着又有两个，然后又一个，又一个。有些我认识，有些不认识。还有那么多女孩等着跟我见面。

在附近的松树林中，这些失踪女孩的眼睛闪动着点点光芒。我们距离艾比失踪的地方有多远？我这才意识到，其实很近，非常近。

如果卢克能看见她们，一定会像我刚开始那样被吓一大跳。我扭过头，试着以他的眼光去看这些女孩：一个女孩的脸颊里插着一块风挡玻璃的碎片；一个女孩的嘴唇冻成青紫色；一个女孩浑身上下的衣服全部湿透；还有两个女孩交缠在一起，仿佛她们身体内部的组织都长在了一起，就像连体人那样，肌肉粘连，一个人的肩膀长在另一个人的肺和肝里，屁股也从侧面长在一起。

那两个女孩不停活动以引起我的注意，她们冲我招手，要我停下来，要我离开他，回到车子上，尽快离开。我本应该听从的，但目光却不自觉地被她们吸引，因为她们看起来有三只手。除了每人有一只手外，还有一只共用的手，比那两只手要大得多。

“你在看什么？那里有什么东西吗？”卢克问道。

“没有。”我说。

“你见到我不高兴吗？两分钟以前，你可不是这样。”

“是的，没错。”我懒得跟他争论。我听见了那些女孩竭力要告诉我的话，手在工装裤的口袋里不停地摸索，无奈裤子的口袋太多。我又翻了翻外套的口袋，接着，我又蹲下身子，在卢克脚边的雪地里寻找，看看自己刚才神志不清的时候，是不是把汽车钥匙给弄掉了。刚才，我很可能是醉了，而且又见了鬼。我把可能的地方找了个遍，钥匙似乎是丢了。

我的活动使得移动传感器控制下的后门廊灯光又亮了起来，光柱径直从我的头顶落下。

卢克再次大笑起来，我这才意识到，自己在他看来有多滑稽。我跪在地上，几乎要贴着他的拉链了。“你变成了另外一个人，是吗？”他说道。我实在不明白，艾比过去乃至现在，到底是怎么看这个小子的，怎么会对他如此着迷，以至于大晚上骑车去看他，让自己的心无端被他践踏。

可接着，我再也没法抬头看他了。房子侧面的门打开了，一个人站在门口，把门关上。

“嘿，哥们儿，”卢克冷冷地说道，因为他看出那人是杰米，“怎么了？”

这就是那两个女孩警告我的原因。现在我终于明白了。谁都不想让杰米产生误会。

“我在找你。”杰米对我，而不是对卢克说道。他的语气很平静，我猜不出他此刻的心情。他的头发像平时那样垂到眼睛上。

“哦，她是我的了。”卢克说，他一边狡黠地说着，一边把手重重地搭在我胳膊上，同时向我凑过来，把我拽得更近。

我把他推开，自己挣脱出来，晃晃悠悠的，但至少是不必借助他站着。“没有，”我告诉杰米，“不是这样……不是，完全不是这样。什么？”我迅速转向另一个方向，那些女孩在跟我说话，她们试图告诉我该怎样说来弥补这一切，可是我心里慌乱至极，加上刺骨的寒风，我完全听不清她们在说什么。

“她之前可不是这么说的。”卢克说道。

我转过来，看见杰米正在往后退。是的，他宁可相信那个骗子，也不相信我。他以为我们分手以后，我那么快就跟那个无赖走到了一起。他看着我，眼神中充满陌生和敌意。但他并没有离开。

卢克爆笑出来：“我是开玩笑的，哥们儿。小子，不过是个玩笑。她是你的。我进去喝杯啤酒。”

杰米侧身让他进去，但是杰米也没有到我站着的光柱下面来。

“我……这并不是像你看见的那样。”我跟他说。

他一言不发。

“我跟他说话，只是因为她要我这么做。”

“她，谁？”

“她……呃。”我顿住了。我不能大声说出来。我不能跟任何人说关于她和她们的事。这个时候，对他，更不能说。“没什么，我不能说。”

他动了一下，几乎是后退了一步，仿佛是被我的话吓到。

我发现自己极度渴望那个移动传感器能转到院子的另一边，把她们照给他看。那里有艾比，一只脚穿着夹趾拖鞋，另一只脚光着，快速地穿过雪地。那里有娜塔莉，长发遮面，只露出脸上的玻璃碴儿，闪着幽光。那里有夏恩，藏在树枝后面，已经完全适应了大自然中的生活。还有麦迪逊，她肯定会第一个开口，要我们抓紧时间，因为她还要赶着去一个地方。还有伊莎贝斯，她眼里蕴含着最多的关切，因为她明白失去所爱的人是一种什么样的感觉，于是她让麦迪逊安静点。艾登对这一切则漠不关心，她只希望我赶紧找到车钥匙，这样我们就能一起回家了。肯德拉则希望“扑通”一声跳出去，然后跑掉。尹美和毛拉则在使劲地摇头，她们试图警告我，试图让我离开这里。

还有其他人？我实在不忍心去估算黑暗中的树林究竟掩藏了多少这样的女孩。

然后，还会有菲奥娜·伯克本人。她其实不算她们中的一员，但她至少比我跟她们更像一些。她已经失踪，而我依然在这里。她已经变成一个鬼，而我，不管命运还让我活多久，但我至少还活着。她努力劝我离开他。她一定会说，*我们不需要他，快走开，劳伦，走开。*

然而，这些女孩都没有出来，也没有人在黑暗中说句话。于是，杰米还是不相信我。

我只能自己解释：“我把车钥匙给丢了，只是因为我弄丢了钥匙。”我继续四处查看，但是一无所获。

“去你的，”杰米对着天空，或者是对着某个人，或者是我看不见的某个东西说道。他说的时候极力抬头，想要看到最远的地方。他的身体绷得很直，我以为他要踢什么东西。接着，他长长舒了一口气，然后说：“外面他妈的太冷了。来吧，我送你回家。你喝醉了，绝对不能自己开车。”

他挽起我的胳膊。这么多天来，这是他第一次触碰我。

16

回家的路上，我们都沉默不语。我一直在责怪自己弄丢了车钥匙，旁边的他或许也在责怪自己临时变卦又对我好。

到家门口，杰米转过来对我说道："劳伦，你快要把我逼疯了。我觉得你突然变成了另外一个人。要么只是因为你昏了头。是不是？你是不是真的只是喝多了？"

我向他靠过去。此时，倾泻而出的不是艾比的回忆，也不是其他任何女孩的回忆——也不是她们的想法，而是我自己的想法。我想再把嘴唇贴在他的脖子上，或者让他的脖子压住我的嘴唇。我想重温我们以前的时光，哪怕只有一两秒，那些未被阴影扰乱的时光。我想知道，他的嘴里是不是还有肉桂的味道。

但他一把把我推开。"我们分手了，"他说道，"你忘了？"

在漆黑的车里，有那么一瞬，我是忘记了。然而，这一刻转瞬即逝，我清醒过来。

"我必须问你一件事，"他说道，"是关于这个？"

他从口袋里取出一份寻人启事，无须摊开给我看，我就知道，上面印的一定是艾比的照片。

"你落下的，"他说道，"在我的帽衫里。"

我点点头。海报在他手里，而我无疑必须把它拿回来。

“这个叫艾比盖尔的女孩怎么了？说真的，你就是因为她才跟卢克·卡斯特罗在一起的？”

“艾比，”我更正道，“但我没跟他在一起。我跟你说过，我把车钥匙弄丢了。”

“你根本不认识这个女孩……是吗？”

我从他手中夺过海报，把它紧紧护住。“杰米……如果我跟你说一件我无法解释的事情，你不许问我为什么，也不许问我是怎么知道的，好吗？如果我告诉你，艾比现在就在车里，跟我们在一起呢？如果我说，我能看见她就坐在你身后的座位上，她正挥手要我住口，但是，我要说，我要告诉你。如果是这样呢，杰米？如果我把这一切都告诉你呢？”

他闭上眼睛，一直没有睁开。在他身后，就在他正后方的车座上，艾比·辛克莱瞪着我。无须扭头，我也能从后视镜里，看到她脏兮兮的映象。

最后，杰米终于开口说道：“我说你真的昏了头，你得回家去，喝上一杯水，早点上床睡觉。”

“好的，”我说道，“我很高兴我没有告诉你。”

当我啪的一声关上车门，径直沿着小路走进家门，他脸上呈现出惊愕的表情。

还没等我脱下外套，妈妈已经看出我喝醉了。她不会因此惩罚我，但她还是会说，她会问我是怎么回家的，问我如果找不到丢失的车钥匙，该怎么为车子搞一把备用钥匙，她并没有说我喝这么多酒会头痛。她说最后一句话的时候，眼睛里流露出不悦的神色。

就在她问到我关于派对的事情，她说有一件事需要我亲口回答的时候，房门悄悄打开，里面传出说话的声音。那不是寻常的窃窃私语，没有先后次序，听起来也不友好。我看不见她们，但能听到她们，全都在房间里，她们的声音显得尖锐而嘶哑，都带着火药味，而尖叫声越大，声音就越嘶哑。

你还打算去找她吗?

你妈妈。她知道。

你还没跟我打招呼呢。你没看见我吗?

你这个讨厌鬼。你傻透了。

你撒谎。你撒谎。你撒谎。

我到底还要在这里待多久?

你没剩几天了。

你说过你要去找她的。可你现在根本没去。

嘿。我在说嘿。你看见我了吗? 嘿。

你没剩几天了。

嘿。

这些女孩的声音在我头脑里嗡嗡作响，我数不清究竟有多少，也辨不清是否认识她们，这证明还有许多女孩是我尚未遇见的，我也想象不到她们就在树林里。我闭上眼睛，仿佛这样就能屏蔽她们，有那么一瞬，声音暂时停止了。但很快，它们来得更加猛烈，声音一浪接着一浪，故事一个接着一个，前面的故事迅速被后来的故事所淹没。

新的声音中，有个叫珍娜的女孩想要告诉我一个名叫卡洛斯的男孩的故事——她本来打算去跟他约会，但未能如愿就离开人世，她说他拥有一双最深邃的棕色眼睛。另一个叫海蕾的女孩说她做过一些不光彩的事情，可我又有什么资格来评判呢？还有一个叫特里娜的女孩，憎恨每一个把目光投向她的人，也恨这里的所有女孩，尤其憎恨我。

海蕾以前曾经离家出走过。第一次出走时碰掉一颗牙齿，第二次则剐伤了肚脐，第三次得到了一次卖淫的记录，但这一次，也就是第四次，她是失踪，而非离家出走。珍娜爱着卡洛斯，她离家出走是为了跟他生活在一起——或者是她打算跟他在一起，但后来被家人抓住，受到了惩罚。特里娜出走是因为根本没有人看她，她出走仅仅是因为她能做到。谢天谢地，她总算摆脱了这一切。

你觉得他会等我吗？

他们以为他们知道，其实他们根本不知道。没有人知道。

走，走，走。你现在喜欢我吗，嗯？你现在喜欢我吗？

你在听吗？你为什么不听？

你认为他会等我吗？

你听不见我吗？嘿，嘿。

她出去了，傻子。

把她叫醒，把她叫醒。快来人，把她叫醒。

接着，就在这些声音的空当中，传来她的声音。比别人的声音都大、都更接近，而且更紧迫。

救命！

我认识这个声音。这是艾比·辛克莱的声音。

18

睁开眼睛，我发现自己躺在房间的沙发上，我家的猫比莉，静静趴在前面的咖啡桌上。猫咪紧张地盯着我脑袋后面的地方。妈妈在我面前，显得很焦虑。她握住我的两只手。我的脑袋有个地方很痛，似乎是撞了一下，我猜是被拳头打的。她喉咙里发出温柔的声音，听着它，我感到自己宽慰了一些，脑海里的噪声和内心的恐慌，都减轻不少。那些女孩也被打动，很快，我们就都安静下来，听着母亲无旋律的吟唱。

见我平静下来，她松开我的手，在我身旁坐了下来。“告诉我。”她简明地说道。说话时的眼神，我只在很小的时候见过，那时，我们俩相依为命，彼此都是对方生命中的唯一。我凝视着她的一个文身，她脖子上那些飞翔的小鸟。我一边数着这些小鸟，一边让自己得到安慰，就像9岁时那样。一共有几只？九只，或者是十只？我都把她后脖颈上的第十只小鸟给忘了，此刻，它们正藏在她的耳朵后面。

跟过去数的一样，是十只小鸟。十只鸟，跟我记忆中的一样。

想完这些，我终于能够开口向她讲述了。

“有这么一个女孩，”我说道，“我发现了她的寻人启事，然后又在网上看到她更多的信息。她不是我们这里的，却是在我们附近的一个地方失踪的。人们说她是离家出走，但她不是。发生了一些事情，她需要帮助，我知道她需要帮助。可是都没有人去找她，根本没有人关心她的事。”

妈妈的脸上没有露出任何表情，但她皮肤下面抽动了一下，这非同寻常。她的脖筋紧张起来，上面的小鸟跟着振了振翅膀，我目不转睛地看着它们，继续自己的讲述。

我把艾比的事情都说了出来，只是省略了自己跟她对话的部分。我能看见她的样子，能听见她的声音，我曾跟她非常接近，近到可以伸手去触碰她，但这些，我都没有说。我没有说我一直没有碰她，因为我觉得她是一个鬼魂。但我也禁不住怀疑，是不是当你陷入困境，当你困在某个地方再也出不来的时候，你还是有办法接触到别人。也许，在你睡着的时候可以做到。你投射出自己的映象，所有人都能看见，于是也被我看见了。对于在自己的汽车和卧室里看到一个失踪但或许依然活着的人，我也没法给出理性和科学的解释，因此，我也不知道该怎么向妈妈说明这部分情况。于是，我只能把它跳过。

但是，我把其他部分都告诉了她：

我承认，我跟艾比当时赶去赴约的那个男孩说过话，我还去了松崖警察局，但他们拒绝提供帮助，我甚至还跟夏令营的一位辅导员还有艾比的祖父母谈过话，我就是因为他们而开车去新泽西州的。我还保留着艾比留下的那辆自行车，就是放在车库里的那辆。（我还保存着她的吊坠，不过这一点我倒没有说。）

当我停下来，妈妈垂下眼睛，仔细思量着我跟她说的一切。比莉用它那亮闪闪的眼睛盯着我，眨都不眨一下，让我很不自在，难道它也在考虑如何答复吗？它镇静地坐在咖啡桌上，毛茸茸的尾巴微微地颤动。

妈妈小心地选择着措辞："你说你知道？你是怎么知道的？"

"我就是……知道。"

"怎么知道的，劳伦？解释给我听。"

"我有一种感觉。"她脸上的表情没有变化，但她脖子上的小鸟跳动起来。"我做了一个梦。"

"到底是做了个梦，还是一种感觉？是不是还有什么事情你没有告诉我？"

"没有。"是，"我既做过梦，又有感觉。她的情况不好，一定有什么事情发生。我知道的。"

"你还想再给警察打电话吗？你想让我帮你打电话吗？"她相信我，妈妈相信我说的是实情。

说完后，我浑身充斥着一种如释重负的感觉，我好想躺下来，让这个晚上就此结束，但我也想继续讲下去，既然已经开了头，为什么不把更多事情告诉妈妈呢？关于那个梦，关于那些女孩，关于我知道和不该知道的所有事情，以及她们跟我分享的所有回忆。

这时，妈妈那个给警察局打电话的提议突然让我想起一件事情。"也许这次我们应该问问希尼警官，就是我跟杰米去营地遇见的那个警察。当时他在那里——发现了我们。你知道的，他要求我们离开，理由是我们非法进入私人领地。他还知道那辆自行车。我们应该给他打电话。在警察局，我没能跟他说上话。”

“好的。”她拿起一个笔记本，在上面写下：希尼？西尼？悉尼？我们还不确定他的名字到底是哪两个字。

我还是看不出她的表情。“不过，先给我看看这个女孩，”她说道，“这个艾比·辛克莱。”

我从外套口袋里找出折起的海报，把它摊平开来给她看。艾比的脸已经被磨得褪成一片白色，感觉她可以是任何女孩，一个有待填空的面孔，周围是一圈黑色的头发。拿出她的海报，就好像是把自己中学的日记给人看，那是一种掺杂着隐秘、矫情、郑重和害羞的感觉。

“看不清，”妈妈说，“这是网上的吗？”

此刻的她似乎又不那么相信我，我的耳垂敏锐地捕捉到一丝怀疑，带着这种怀疑，它等着听她下面的话。难道她觉得我从电脑上下载这幅海报，只是因为好玩？我臆造出一个女孩的名字、家乡，还有她最后出现时的衣着打扮？

“实在是看不清。”妈妈说道，她似乎看出了我的心思。

“网上也有，”我说，“我给你看。”

当我们来到厨房，耳边女孩们的声音忽然全部消失，四周静得让人害怕。墙上也没有了舞动的阴影。她们一定是被我惹火了。如果晚上我再被梦境带到那里，她们一定不会让我进入那栋宅子——但如果我找到艾比，她们会原谅我吗？这样做就够了吗？还是我必须一个接一个地把她们全救出来？

我用妈妈的笔记本电脑打开寻人的页面：证明艾比是现实中的女孩，而不是我臆想的产物。这不是我的想象，这个女孩的确失踪了。

她仔细地阅读启事，还点击鼠标把照片放大，以便更仔细地端详她的脸。艾比盖尔·辛克莱，17岁，来自新泽西州的奥兰治联排公寓。吊坠在她脖子上形成一个灰色的阴影，她的眼睛宛若一座黑色的深潭，里面盛满秘密，很多我都不知道。

我不禁说道："就是她。"

"你梦到了这个女孩。"妈妈说道，她似乎打算直奔主题。

梦里怎么会有清醒的意识呢？我好想问她。如果有，那我的确是梦见了她，而且一直在做梦，不仅是她，还有所有那些女孩，我也一直在梦见她们。不仅睡着的时候在梦，清醒的时候也在梦。我发现，当我们坐在餐桌前对着笔记本电脑的时候，比莉不知什么时候也跟着溜进来，翘着它那毛茸茸的尾巴，目不转睛地盯着我。这样的夜晚，这样的房间，跟妈妈的对话，或许才是梦境。而浓雾中，斑驳街道上的那栋荒宅，还有里面的女孩，才是现实。我跟那些女孩一样，被囚禁在那个地狱当中，永远见不到天日，永远找不到出来的路。那条街道是一条死路，我们只能跟那栋宅子一起燃烧同归于尽，这或许才是现实。我早已在劫难逃。

"还有呢？"她问道，"那些女孩……跟你说过话吗？在你的……梦里？"

她说这些话的时候，语气中透露出某种不屑，仿佛要为她精心选择的词句加上引号，仿佛这些话是她从某本教科书上引用来的。或许医生询问精神病人就是这种语气。"*要让患者认为你相信她。不要去肯定她的臆想，但也不要让她感觉受到冒犯。*"她这样对我，仿佛我得了精神病。

我直视她的眼睛。"是的。"我说道。

直视，我的目光从她的身上挪到厨房水池上方的窗户，从那扇小窗正好可以看见隔壁伯克家的大房子，看到洗衣房旁边的房子的侧面。在许多年前，那里曾经着过火。我知道，外面此刻正在下雪，气温在零摄氏度左右徘徊，但这扇窗户并没有像厨房其他窗户那样，结上一层霜。

那扇窗户中央有一块圆形的区域被雾气覆盖，看上去宛若两片嘴唇的形状，仿佛有人把大嘴巴贴在窗户玻璃上，哈了一口气。

妈妈拿出手机，按照艾比寻人启事上的信息，拨了松崖警察局的电话。如之前所说，她要帮我打这个电话，这是出于对我足够的信任。

她对接电话的人说，她想了解关于此地一失踪者的更多信息，这是一个未满18岁的女孩，名叫艾比盖尔·辛克莱。她想知道这起案件是否依然处于调查当中，因为据她了解的信息，这个女孩并不是像警方怀疑的那样离家出走。问了几个问题后，对方要她等到夜班警察上班那天早晨再打电话过去，接着，母亲又问，她是否能给一位警察留个口信，他应该对这起案件更为了解，就是希尼警官。

她在听筒这边停顿了一下。

“是的，”她说，“希尼。我想是H-E-A-N-E-Y，或者是H-E-E-N-Y？你们警察局不大，你应该知道我指的是谁吧？”

接着，她沉默了，电话那端的人说了句什么，使她陷入完全的沉默，我离得不够近，听不清对方说的是什么。

“怎么了？”我问道。她挥手示意我等一下。“他来接电话了吗？他在吗？”

“没有，”她对着听筒说道，“不，我想没有。”

“你不能给他留个口信吗？”我问道。她没有回答。

“我明白了，”她最后说道，“好的，好吧，是的，谢谢你。”她留下她的名字和电话号码，也就是此刻往外呼叫的这个手机号。

打完电话，她沉默了好一阵，才把目光转向我。

她在电话里跟警察局说的话，表明她完全相信我，不带有丝毫的怀疑，甚至可以在必要的时候为我据理力争。但现在，她却满腹狐疑。他们给了她重重的一击，给她投下了比脖子上的文身小鸟更深更重的阴影。

“你现在醉得厉害吗？”她问道。

“一点点。”我知道我在哪里，也知道发生了什么事，知道我在跟谁说话，“他们说什么了？告诉我。”

“除去今晚，”她说，“除去今晚你不得不喝酒之外，劳伦，你近些日子感觉怎么样？”

“很好啊。”我愈加感到不解。

“你确定吗？”

“有什么不对吗？”

这个问题悬在空中，她没有回答。

“好吧，”妈妈说道，“我只是确认一下。我告诉你他们刚才说什么，他们准备展开调查。”

我松了一口气。

“不过不是因为我打电话，”她迅速补充道，“不是因为我们。这个案子其实刚刚被重新启动，就在今天早晨。因为她的法定监护人打了电话，他们说是她祖父打的。他们说，她祖父突然打电话说，她家人有理由相信她并不是离家出走，并希望这个案子能够被重新定性。”

我内心涌上一股暖流，这并不是吊坠加热的结果，而是因为得知她祖父终于听取了我的意见。他照我的话做了。而且，因为这一举动，终于有人打算开始寻找她了。他们并没有放弃。

“但是。”妈妈迟疑着说道，仿佛不知道该如何收尾。

“但是什么？”

“但是松崖警察局根本没有希尼警官这个人，劳伦。我不知道你那天晚上遇见的是谁，但他们说，根本没有叫这个名字或者类似名字的人在那里上班。你确定他是松崖警察局的？”

“是的。”我说。

“你确定没记错他的名字？”

我点点头：“他说他叫希尼，他说他是松崖警察局的。我很确定。他还说，因为我们非法进入私人领地，他准备拘捕我们。”

她耸耸肩。接着，她说，她可是认真的：“你确定你当晚真的跟人说过话吗？你确定你没有……记错吗？”她的脸上浮现出阴影，表明她对我的怀疑。现在，估计她认为我是想象着自己跟权力部门的人对话，然后撒谎编造了一个貌似可信的故事。

“当时杰米跟我在一起，他也见过那个人。他还跟他说了话。希尼警官，穿着制服。他……我记得他是穿着警服，深色的。”

“好吧，”她说，“没关系的，他们已经展开调查，所以，如果她还在外面需要帮助，他们会找到她的。好吗？”

我感觉不好。

没有什么事情是好的。

是的，我确实希望他们去寻找艾比，但这样还不够。问题是，我根本不知道该不该信任自己的亲妈。

就在这时，我在她胸脯上看到了它，若隐若现的一道红色，鲜艳的火红色，如同火焰。

妈妈身上又有了新的颜色。这是在我出去参加派对的时候她文上的新文身吗？因为她锁骨下方的这道鲜艳的红色我以前可从没见过。她的衬衫开到第三颗纽扣上方的位置，之前我一直没有注意到这个陌生的花纹，可现在，除了它我再也没心思看别的东西。这个文身在她的心脏上方，像一颗火红的心。

“妈妈，”我小心地说道，“你没告诉我，你文了个新文身。”

“什么？”她说道，“我没有呀。”

“你都文好了，我能看看吗？”

“什么？什么时候？我没有啊。你在说什么呀？”就在这时，我看见妈妈抬起手放在胸口，盖住了她的新文身，不仅我看见了，我想，那些阴影也都看见了。

此时，我专注地观察她，发现她的脸上有了变化。这变化很细微，要不是我聚精会神，很可能是不会注意到它的。陪伴我从小到大的妈妈，左脸颊上有一颗美丽的痣，就在嘴唇旁边，黑中带蓝。我一直希望自己也长一颗。小时候，她用眼线笔给我画了一颗，说我跟她长得真像，到了晚上洗澡的时候，我才把这颗画上的痣洗掉。

而这个妈妈，这个在凌晨陪我坐在餐桌前的妈妈，却在右脸颊上有一颗美丽的黑痣。

同样的黑点，同样的颜色，同样的形状，但位置却不同。

她见我一直盯着她，用手擦拭着脸颊问道：“我脸上有饭粒之类的东西吗？”

“没有，”我说，“什么也没有。我累了，我想睡觉了。”

但事实并非如此。

先是多了个神秘的文身，现在又是颗错位的黑痣？这让我对她的一切产生怀疑，使得我怀疑自己是否应该把艾比的事情告诉她。

我根本就不该请她帮忙的，是吗？我不应该信任她。我应该自己来做，我自己，还有那些女孩。

寻　人　启　事

珍娜·阿芙萨娜·丁

案件类型：危险性出走

出生日期：1995年4月4日

失踪日期：2013年1月2日

目前年龄：17岁

性　　别：女

种　　族：中东裔

头　　发：棕色

眼　　睛：棕色

身　　高：约163厘米

体　　重：约62公斤

失踪地点：美国马萨诸塞州克拉克斯通市

基本情况：1月2日拂晓时分，马萨诸塞州克拉克斯通市一个加油站的监控录像中曾出现珍娜的影像。她可能本来要会见一个人，但在那人到达前先行离开。她当时身穿白色外套和蓝色牛仔裤，头戴一顶芝加哥白袜队的棒球帽。珍娜还戴有隐形眼镜。

如有任何关于此人的消息，请联系：
克拉克斯通市警察局（马萨诸塞州）1-617-555-4592

你见过这个女孩吗?

请帮我找找我姐姐海蕾·彼柏林。

她来过这里，或者是她过去常来这里。

如果你看见这张海报，或者有任何相关的信息，请给我发电子邮件！！你可以不使用真名！我不会给警察打电话。我只想知道她在哪里！！

helpmefindhailey@fastmail.com

（特里娜·格拉特：未报告失踪）

不管世事如何变化，那栋房子还是一如既往地在那里等着我。女孩们聚在一起，一个新来的名叫特里娜的女孩站在中央。她手里舞动的东西反射出火光，似乎是某个……尖锐的银色物体，是一把刀。

没有人知道，她是如何把刀子“走私”到这里的，但每个人都争着想得到它。她说，只有不把刀子弄脏的人才可能拿到刀子，大家方才停止哄抢。

特里娜告诉我们，她的故事就是从得到这把刀开始的。在它进入她的生活之前，她感到很无助，她感觉自己像个“女孩”。她恶狠狠地说出“女孩”这个词，仿佛这是世界上最糟糕的词汇，因为我们都是女孩，她无疑冒犯了我们所有人。

刀子本身是钛制的，刀尖和握柄处镀了一层银。这是一把可折叠的蝶形小刀，正好能握在手掌里。

这把刀子是特里娜从她的一个男朋友那里偷来的，而那人又是从一家销售海军物资的商店把它偷出来的。她也不知道自己为什么要趁他睡觉的时候从他口袋里摸出这把小刀——还不如直接把他的钱包偷出来——反正她是打算从他那里拿走点东西，给他找点麻烦。拿就拿他很在意而且一旦失去就无法再弄来的东西。她本来打算在一个星期之后把东西还给他，可当时她却发现自己已经离不开它了。这把刀子十分袖珍，可以轻易装进牛仔裤前面的口袋，到晚上，把它压在被子底下，也能让她感到很安全，可以踏踏实实地睡一觉。

等她踹了他以后——好吧，她承认，是她被他踹了之后——她意识到，这把小刀将永远属于自己。她发现自己无时无刻不在玩弄它，无论是在学校还是在家。有一天，她妈妈的男朋友坐在沙发上，看见她把玩这把小刀。有什么能阻止她把这个刀子插进一个试图非礼她的人的身体里呢?没有。这倒不是说她真的这么做了。只是让那人知道她从此有了武器，知道她随时可以用它来自卫，这就足够了。

事实上，严格来说，她从来没有用过这把刀子。她只是用它在妈妈的沙发扶手上划了些小口子，还用它从活页纸上裁下雪花形状，给她同母异父的小妹玩。这些应该都不算数。

她从来没把这把刀子用在人身上。

这是她最大的遗憾。她本应该干很多次的！她讲到这段故事的时候，突然跳了起来，吓得其他女孩纷纷后退。虽然在这栋烟雾缭绕的宅子里，没有人能够伤害她们，我每次来都发现，燃烧的火苗更有威胁，这栋宅子只是让她们紧密而安全地待在一起，但是，她们都还记得自己过去被伤害的经历。

也许，正是这次关于刀子的谈论，把菲奥娜·伯克带了出来。她从窗帘后面闪出来，还没等大家反应过来，她就伸出胳膊，一把从新来的女孩手中抢过刀子。但她也没拿稳，刀子哐当一声掉在房间另一头，摔在黑色的木地板上，大家都够不着。

不要紧的，菲奥娜·伯克对特里娜·格拉特说，仿佛屋子里面就她们两人。*你知道这不要紧的，对吧?*

要紧，特里娜低声吼道，*把它还给我。*

你不能把它带到这里，菲奥娜·伯克说道，在这里，我们都不能带任何私人物品。

就在我听到她说这话的时候，又有状况发生了。

另一个女孩，艾登，在好奇心的驱使下，要取回刀子——虽然看不出她是打算把刀子给菲奥娜还是特里娜，还是要把它留作自用——她的手指还没触碰到刀子，菲奥娜就一脚把刀子踩在脚下，谁也够不着。特里娜也加入进来，叉开腿一脚踢向菲奥娜纤细的长腿。可等她踢出去，却发现菲奥娜脚下并没有刀子。只有黑色的地板，还有菲奥娜在烟灰上留下的脚印。就是没有刀子。

菲奥娜·伯克想给女孩们上一课。

你不能把你特别喜爱的东西带过来——除非你是尹美和毛拉，她们彼此相爱，并一起过来。

在这栋着了火的宅子里，你不能保有任何纪念品。你所拥有的只是身上穿的衣服，而即便是它们，也不过是幻象，因为那只是你记忆中自己最后穿的衣服。（当她说这些事时，我扫视着人群，在这烟雾弥漫的夜里，大家赤裸裸的，浑身布满诡异的烟灰。接着，越过一个又一个女孩，我低头看看自己，梦中的自己还穿着睡衣。）

菲奥娜·伯克继续她的训诫，这些女孩无奈地听着。她知道的比这些人都多，她也是第一次跟大家分享这些信息。

你以前拥有什么、你以前是什么人，或者你在来这里前正在做什么，这都无关紧要。无论你当时是奋力挣扎，是放手任命，还是眼睁睁看着一切发生，无论是你自己主动走上这条黑暗之路，还是被人领上这条路，这都不重要。

因为当你看谁不顺眼的时候，你可以用你男朋友偷来的弹簧刀刺向任何人，但你最终也无法逃脱到这里来的结局。

你可以安安静静地过来，也可以张牙舞爪地过来。你可以一来就大睡一个星期，也可以一来就设法出去，但你绝对不可能走下楼梯或者跨出大门。你可以一来就充满好奇，你可以一来就满是问题。你可能在17岁当天过来，也可能未满17岁就过来。你可以在三百六十五天中的任何一天过来。

只是，等你过了18岁生日，你就再也不能来这里了。这里的女孩都不超过18岁。

这就是菲奥娜·伯克跟我们说的。

接着，她最后说道，出现在这里，就意味着你再也无法出去。她用手指把大家点了个遍，最后目光落在我身上。这让我很诧异。来到这里，意味着你已经死了——或者即将死去。我们大家——你们，还有你，明白了吗？

20

特里娜的小刀，落到了我这里。在宅子之外，此刻，它就在我手上。

也可能，我手里的是一把跟它一模一样的小刀，外表镀了一层银，刀锋折叠在刀鞘里面，需要的时候可以迅速出鞘，因为你事先不会知道自己什么时候需要它。

晚上，我打开卫生间里的药柜，发现这把蝶形小刀就在里面。当时已经很晚，接近拂晓时分，我从梦中惊醒，怎么也没法重新入睡，就来卫生间找指甲刀。就在这么偶然的情况下，我发现最下面那层架子上放指甲刀的位置，多了这把小刀。一开始，我拍了拍它，以确认自己没看错。接着，我把它从药柜里取出来，放在手掌上仔细查看。接着，我关上柜门，看着镜子里的自己，和自己手上的东西：

是的，的确是一把小刀。它比指甲刀重得多、大得多，当然，也重要得多。

我不得不承认，柜子里那两个普通的指甲刀，不知怎么就变成了特里娜·格拉特最珍贵的财产，一份被禁止带进那栋宅子的财产。我最后看见它，是在菲奥娜·伯克的靴子下面。

刀锋自己滑出来，仿佛在祈求我伸出手指摸摸它，哪怕只是碰碰，感觉一下它有多么锋利。

是的，它曾经很锋利。

可是，刀子突然从我手中滑落，时间放缓，我能看见即将发生的事情。

我的手指突然松开，刀子被抛在空中，刀锋朝下，直冲着我的胳膊飞来。锐利的刀尖垂直划过我的胳膊，划破我的手腕。一开始，我并没感到疼，直到看见血喷涌而出。

接着，疼痛也顺着手腕下方那道伤口，排山倒海地辐射开来，甚至没被刀尖划到的地方，也疼得钻心。

我本来不应该流那么多血——只是被划了一个小伤口。用冷水冲洗一下，疼痛就会变得麻木。我把受伤的胳膊举过头顶，记得听人说过，要是被割伤，只有让伤口高过头顶，才能止血。血液在重力的作用下流向双脚，高举的时间足够长，流血状况就能得到缓解。

但是，这一次，重力却没能让血止住。

血顺着我的胳膊汩汩流下，溅到白色的洗手池内。

镜子里的我阴气逼人，如果那些女孩再看，就一定很熟悉这样的形象。

我一定是发出了什么声音，或者是妈妈此刻恰好也从睡梦中醒来，准备上洗手间。反正，就在我最需要她的时候，我感到自己内心深处发出了无声的呼救，同时有人在很远的地方应答，接着，一切倒转过来，我似乎根本就没有求救。

因为当妈妈冲进卫生间的时候，我把胳膊垂下来藏在背后，忘记了洗手池里全都是血。

不要让她误会——菲奥娜·伯克的命令，我的左耳里忽然出现这个特殊的声音，但很快，它便淹没在妈妈的尖叫声里。

没等她把我受伤的胳膊从我背后拉出来，没等鲜血如注、如小溪般涌向瓷砖地面，没等妈妈看见刀子和洗手池里的血，没等她转向我越来越靠近，我就想到了她可能想到的事情。所以，我已经猜到她要说什么了：

“劳伦！亲爱的，干吗——哦，我的上帝，宝贝。你对自己做了什么？”

在妈妈的世界里，一个女孩、一只血流如注的胳膊和一把沾满血污的刀子，除了自残，这还能意味着什么呢？对她而言，无意中撞见我这一幕，还有楼上卫生间的这把蝶形小刀，只能意味着这件事情。

这种事情她在书里看过太多。她一下想起自己做案例分析和写作论文时谈到的青少年抑郁现象，她在这方面的研究都取得了A的好成绩，于是，她赶紧在脑海里搜索自己曾经忽略的各种迹象。

我本可以为自己辩驳，我本可以做出解释，虽然我不能把这把小刀真正的主人——那个失踪的女孩透露给她。

但是，我低头看向洗手池，看见了泡在血里的指甲刀。是的，水池里只有两把指甲刀。接着，我发现，卫生间里面到处都是碎玻璃碴儿，水池上、地板上、架子上，甚至马桶和浴缸上都是。这些尖锐的带血的玻璃碴儿，让我想起了娜塔莉·蒙特萨诺，她的脸上一直嵌着风挡玻璃的碎碴儿。

哦。

哦，不，镜子，它碎了。看起来似乎是我自己打破了镜子，然后用碎玻璃划伤了自己。真是这样吗？

我又瞟了眼自己的胳膊，发现的确如此。

一想到这里，我的身体里立刻从下往上升起一股热流。皮肤灼热，眼睛也开始变红。我从里到外变得通红，周围的一切也变成红色。

妈妈惊呆了，所以当我伸出手，做出下一个举动，她都没有阻止我。我撕开她的睡衣，扯掉纽扣，将她的胸部完全暴露出来。我要看看那个神秘的文身，那个她并未事先告诉我就把它永久地文上身体的新图案。我不知道自己会看到什么：难道是我自己的寻人启事，用深红色哥特字体撰写的，我的身高体重数据和眼睛的颜色全世界都能看见？还是我的那件小马睡衣，鲜艳的亮粉色像一个燃烧的火炉？还是一颗卡通的心脏，大小和形状都跟妈妈真实的心脏一模一样？

然而，妈妈的新文身，全然不是以上这些内容。令我惊恐的是，那里根本就没有新的文身。

有的只是皮肤，她的皮肤，在被我的血污溅到之前，光洁得如同瓷器一般。

她把我推开，合上被撕开的衣服，接着再次靠近过来，伸开双臂，想要抱住我，我猜测，她也可能是要阻止我做出更激烈的举动。

热流涌上我的头脑。

它们在我脑海中嗡嗡作响，我很快就要失去自己的信号，宛如一群黄蜂四散开来，冲撞着我的脑壁，并在那些尚未被思想占据的角落钻起洞来，把我叮得体无完肤。这让我想起有一次，我被后院的黄蜂叮了，妈妈就像现在这样，用胳膊环抱着我，并把一包冷冻豌豆敷在被叮处，那些豆子果然让疼痛减轻了不少，现在，每次吃冷冻蔬菜，我都会从内心感到一种深深的安慰和爱意，因为这让我想起妈妈。但是，这个时候，我怎么会想起冷冻豌豆呢？另外，这里为什么会有这么多血呢？为什么我感觉——

如此头晕。

我需要坐下。

妈妈使劲摇晃着我，说道："保持清醒，宝贝，醒醒。"那些失踪的女孩选择保持沉默，并且拒绝出来。

在沉默中，房间变得一片漆黑。

我想，她们此时也会继续沉默，因为接下来即将发生的事情，正是她们所害怕的。因为我们都害怕。

21

对一个用镜子的玻璃碴儿划伤自己手腕的女孩，你能怎么办呢？她把玻璃碴儿垂直划过手腕，像是知道自己在做什么，她难道是故意要寻死吗？对一个耳边常听到秘密低语的女孩，你能怎么办呢？对一个认为自己被鬼影跟踪，认为自己跟一群失踪女孩的鬼魂有着某种非自然、无法解释联系的女孩，你能怎么办呢?

问问我的妈妈吧。我知道她会说什么，因为，当我在救护车闪烁的红蓝灯光下醒来的时候，那些可怕的血红色全都不见了，我听见她对急救员说，你们把这个女孩带走。

你们把她带走。

接下来

22

我花了一些时间，才明白他们大声说出的这几个字对我意味着什么。

“我们在这里会好好照顾你的，劳拉，亲爱的。好好休息。”

“我想她的名字是劳伦。”

“对不起，劳伦。你妈妈把你交给我们，你还记得吗？你记得过去发生的事情吗？你记得自己做过什么吗？”

“你之前曾经试图自残吗，劳伦？劳伦？”

“那么好吧，我看你是想睡觉了。坐起来把这个药片吞了吧。”

“她坐不起来。”

“那就帮帮她，那里，让她扶着你的胳膊。那里，劳伦，你能过去的。这能让你舒服一点。好的。吞下去吧。”

“你刚才在跟谁说话，劳伦？”

“她说话了？我没听见。”

“她又在跟那些女孩说话了……是哪个女孩，劳伦？我没看见有任何女孩。”

“我们走吧，别鼓励她胡思乱想。让她睡觉吧。”

两个护士走出门外，她们刻意没有关门——那扇门似乎永远也不会关上——接着，她们很快就会回来，每隔一会儿，她们就要来查看，看我有没有睡觉。很快，刚才吞下的药片发挥了效力，使得我无法再假装睡着。药片让我真的睡了过去。

四周一片沉寂，我的脑袋很沉。那些前来探望我的女孩藏到了床下，或者是别的什么地方，窗帘后面之类，阴影就在那里聚集——我只知道，我再也看不见她们，也听不见她们的声音了。

下一次我闭上眼睛，就再也无法把眼睛睁开。

这就是医院的精神病区，我不知道在里面待了多少天。

23

我没有做梦，没有起来咳嗽，也没有闻到烟味。

我昏迷不醒，在医院的青少年精神病区，大概有一个星期，也可能更短，也可能更长，我不确定。太阳透过窗户照进来，灰蒙蒙的，感觉是下午的太阳，被早晨撇下好远，或者是一个大阴天的早晨。我在一间窄窄的、长长的屋子里，躺在一张靠墙的、窄窄的、长长的床上。对面的那张床空着，我的脑子也是空的。

我的心不再被不属于自己的声音萦绕——在经过这么多事情之后，这倒是稀有和罕见的现象。在这里，他们给我服下的药片让我昏睡不醒，并把那些梦和那些声音通通赶走。我被清扫得干干净净，又回到了以前的那个我，那个尚未在公路上邂逅艾比·辛克莱的我。

除了左臂上缠绕的一圈圈绷带。

我不想解开绷带，看看自己做过什么。我静静地躺在床上等着。我的腿很重，似乎也做不了什么事情。当然，如果等的时间足够长，总会有一个女孩来拜访我。

一定会有人来的。

但是，失踪的女孩一个都没有来，没有人想办法进入我安静的大脑，也没有人凑到我耳边低语。

我需要下床，需要离开这里。我想看看有没有人能给妈妈打个电话。如果有机会跟她说，她一定会相信我的。她会立刻过来，把我带回家。

在回家的路上，我们会把这一切一笑置之。我们相信，我以后对着镜子和指甲刀会加倍小心。如果我耽误的课程太多，她会像以前那样替我打掩护。也许我们可以说，我染上了流感。

没有人会知道发生的一切。

妈妈似乎不敢看我，但她所能做的也只是看着我，所以她的头嗖的一下转过来，又嗖的一下转过去，就这样不停地转来转去。她的手就更别提了，不是帮我捋脸上的头发，就是抓住我的手指使劲捏，要不就是在我背后的伤口之上不停画圈。但是，此时此刻，我宁可她不要碰我。

她清了清嗓子。“他们打算让你一直待到周末，劳伦，”她说道，“然后，我们会……我们会在星期一再做决定。”

我张开嘴，出来的虽然是自己的声音，语速却比平常慢得多，这让我觉得自己的耳朵大概是出了毛病。他们给我的药，跟女孩们的声音一样，都作用于我的神经系统，只不过药是以一种悄无声息的方式来起作用的。“星期一？”我说，“我想我星期一有个大考试。我不能一直待到星期一。”

“我会把你的课本带来，其他你需要的我也都从家带来，如果你真的需要的话。但你确定吗？我可不想让你为上学发愁，经过……经过了……”

她没法说下去。

“我没有打算自杀，妈妈。这是一场事故。我跟你说过。”

“你还记得你说过什么吗？”她试探着问道，“关于菲奥娜·伯克。”

我尖声答道：“不。关于菲奥娜，我说什么了？”

“你……听起来好像你认为你正在跟菲奥娜说话。”

我摇摇头：“我完全不记得了。”

她改变了话题：“现在感觉怎么样了？”

“头晕。”

“这里……”她指着我的胳膊。

“疼吗？”我替她问道。

她点点头。

“其实不疼，连划伤都算不上。我不能跟你一起回家吗？这个星期我还要上班呢。”

“不，你不能。我已经替你打过电话了。而且，这不是划伤，劳伦。”

现在，她完全不看我的眼睛。看起来她好像要哭出来了。她在椅子上别过脸去，打量着这公共病区，这个为伤心人准备的伤心之地。窗帘把阳光遮挡得所剩无几，布满血迹和呕吐物污痕的沙发与满是划痕的椅子彼此离得挺远，使得这个房间一次可以坐下十几个人，而且互相不必有所交流，这种家具的摆设真不失为一个奇迹。一个身形庞大的妇女从一间毗邻的办公室监控着整个病区。在她的书桌和房间其他部分之间装有一扇可封闭的百叶窗，如果这里发生骚乱，她可以随时躲进去把自己关在里面不出来。

一个男孩拖着脚从公共病区走过，妈妈正好看到他——他的双臂全部缠着绷带，跟我的左前臂一样——他的双腿移动得很慢，双脚几乎没法从走廊的瓷砖地上抬起来。这副走路的架势，像是浑身被灌满了水泥。也许，这就是他们让我们吞下的那些药片的效力。我小心地抬起胳膊，想看看它有多重，我把它放回腿上，只听哐的一声闷响，就像一袋水泥落了下来。

妈妈把脸转到我这边，一缕阳光透过窗帘缝隙恰好照到她脸上。光线让她的脸明亮起来，仿佛有人特意从云层中拿着探照灯照下来，好让我看到某种重要的东西。

注意看，它说道。

我再次看见妈妈美丽的文身。就跟那天晚上一样，它出现在脸上相反的一边，我迷惑不解。我难道是在镜子里看她的吗？难道是我的记忆混淆了吗？或者，这个女人——这个黑痣长在相反一侧脸颊上的美丽女人，这个一直紧张地抚摩我的女人，这个把我关在里面还号称是为我好的女人，真的是我妈妈吗？

我想让她说话，我想听听她的声音，接着我就能知道答案。

她叹了口气，说道："对不起，劳伦，我让你觉得你好像是不能跟我一起回家，是吗？"

有那么一刻，我觉得她在叫我劳拉，我发誓，刚入院的那天晚上，我听见护士也是这么叫我的。但是，不可能，不可能，她怎么会不知道我的名字，她绝对不会犯这种低级错误。绝不可能。

我于是再次怀疑起我自己来。现在，我没法确定她到底是谁：是我一直了解的那个妈妈，还是一个假扮妈妈的人，企图要欺骗我？我决定再仔细审视她的文身，但她穿了一件毛衣，毛衣的袖子特别长，把文身全都遮挡了起来，厚厚的翻领让我甚至都没法瞧见文身中的藤蔓。至于她脖子上的小鸟，我只能依稀看见两只，就是靠近她耳朵处的最后两只。

我应该让她脱掉毛衣吗？让她脱了衣服证明给我看？

接着，我想起那天晚上，在卫生间，我是如何扯开她的睡衣的。她看起来被我吓了一跳，仿佛我要用尖锐的爪子和锋利的牙齿袭击她，把她的皮肤撕开一般。我记得当时看见她的胸部、她的乳房、她的肋骨和她的肚子。我惭愧地低下头。

“怎么了？”她问道，“告诉我你在想什么，亲爱的。”

“你或许应该走了，”我说，“我现在又有了古怪的想法。”

“什么古怪的想法？”

“我不能告诉你。”

“她们跟你说该怎么想了吗？”她探过身子来，对我耳语着，仿佛怕被别人窃听，“是她们要你别告诉我的吗？”

我开始以为她提到的“她们”是那些医生，但随即我便反应过来。她又在生搬硬套教科书上的案例分析了。过去，为了准备考试，她曾要我为她大声读出问题，让她说答案。通过这种问题，你可以把病人的所有症状提取出来并加以归类，这样，最显著的症状就会不言自明地显现出来。要是我告诉妈妈，有银河系来的吸血鬼控制了我的思想，告诉我应该想什么、应该做什么、应该说什么，那她肯定能获得电冰箱奖了。

我微微摇摇头，这是我此刻能给的唯一回答。

“哦，劳伦。”她说，声音里带着一丝遗憾的意味。她努起嘴巴，想让我看看这令她多么失望。她问我需要从家捎什么东西，我回答说，希望她带给我这几样东西：我的课本，为星期一的测验用；一些打发时间用的书，任何书都可以；我的封面有涂鸦的灰色笔记本，我想，它在我的写字台上；我的眼线笔和其他化妆品；还有几双袜子。

接着，我鼓足勇气问道：“他们打电话了吗？警察局那边。关于艾比。”

根据我待在家里的最后一晚——还有我上一次造访那栋宅子，在特里娜把刀子给我以前得到的信息表明，艾比可能仍在外面的某个地方。这是可能的。我不能放弃希望。

她迟疑着，于是，我真的感到，真相，故事的真正结局，就要揭开。

在这里，她们会允许我为我的朋友而难过吗？她们会允许我有这种感情吗？她们还会允许我称她们为朋友吗？

然而，母亲还是摇头说道：“没什么新消息。”她只说了这句话。

“你想打电话问问他们吗？为我。”

我以为她会同意，没想到她却转换话题，说起别的事来：“我给杰米打了电话，我想他应该知道。”

“关于艾比？”我不解地问道。

“关于你，”她说，“我打电话告诉他你在这里。”

我真正的妈妈也会给杰米打电话的。这是她必然会做的事情，这就是她，不是吗？这就是我的妈妈，而那个疯狂的女孩是我。

“他从派对那里帮你把车开走了，他说他找到了你的车钥匙。”

“请帮我谢谢他。”我说。

“他可能会来看你，我希望你不会介意。”

我可不想让杰米看到这样的我，他知道这事就已经够糟糕了。我不知道妈妈跟他说了多少，所以我也不确定他知道多少。也许全都知道，那些可怕的事情。现在，他也许会庆幸我们已经分手，他可能会庆幸能够一直置身事外，能够远离我。

很快便到了告别的时间。接着是拥抱，无休止的拥抱，让我觉得喘不上气来，还有妈妈头发上熟悉的香味，把我带回了童年时光，我又无意中想起被马蜂叮咬和冷冻豌豆的旧事，同时为自己怀疑她而感到惭愧。我不知道自己到底怎么了，不知道自己的脑子到底出了什么问题。

我看着她离去，自己并没有起身。我的两条腿比刚才又重了一倍，左胳膊也无力到抬不起来，只有右胳膊能动弹一点。我一直冲她招手，直到她消失在走廊尽头。

等她走后，我想把右胳膊举到喉咙的位置。我触摸着锁骨处的皮肤，并用手指沿着脖子下方画了一个圈，仿佛自己是一名刽子手。接着，我又用手触摸了更靠下的地方，吊坠不在那里。

我不记得自己在这里、在医院，见到过那个吊坠。卧床这些天来，我也不记得自己的皮肤曾经感觉到它。他们送我来医院的时候，它在我身上吗？它本来应该在我的脖子上，会不会是他们抬我上担架的时候掉了？或者是碰到某个东西上摔坏了？我得追上妈妈，要她在家里帮我找找。

我站了起来。

我竭力回忆刚才妈妈是沿着大厅的哪个方向离开的。

过了好一会儿，我才看到出口——当然，她只能是向着那个出口走去。在这个病区再没有其他出口。

我朝它走去，但此时，对我而言，行走是一件极为困难的事。我感觉自己走得比想象中要快，只是脚下的瓷砖推移得太慢，而身边的窗户也一直是墙上的同一扇窗户。

我走了好长时间，才走了不到四分之一的路程，就在这时，我听到了有人说话的声音。这里有一扇敞开的门，无人看守，声音从里面传到走廊。第一个声音，我是认识的，这是妈妈的声音，而另一个声音，则不怎么熟悉，可能是医生的。她们谈话的内容，一开始令我很困惑：她们在谈论我的爸爸。我最后一次见到他，是在3岁的时候，不过我主要是为了说明，我对他根本没有任何印象。而此时，妈妈却在跟不知哪个医生谈论着他。

“他根本不接电话，”她说，“我到处打听，也没法弄清他到底在哪里。我的意思是，我根本不知道。他很可能又流落街头了。他可能睡在一座大桥下面，很有可能。我不知道。似乎没有人能告诉我他的下落。”

“有没有任何的诊断结果？他跟你说过吗？”

“没有。”她叹了口气，很长时间都没有说话。

我在门外，想着她会不会察觉到我在这里。接着，她又开始诉说，诉说着一些她从来不屑于跟我——她自己的亲女儿说的事情。都是关于我爸爸的。

“他从来没有跟我说过类似的事情。但我认识他的时候，他就在吃一种药。他离开的时候，在家里留下一个旧的药瓶，我是后来找到的。记得看到标签的时候，我就想，这是治什么的呀？于是我仔细看了看，抗精神病药。我的意思是，精神分裂症，会是这种病吗？他为什么不告诉我？我知道这病可能遗传。大夫，劳伦她还太小，你觉得她会是——”

我没听见后面的话，因为有个清洁工碰碰我的胳膊，说道：“你很好奇吗？要进去坐下来听吗？”

清洁工的声音很大，足以让妈妈闻声走到门口，还有医生、护士，以及一个拖着脚走路的病人，都朝这边走来，其他穿着医院衣服的人也向这边看过来，他们都看见我了，都知道我听到了。

妈妈看起来很震惊。

“劳伦，你需要什么吗？”医生问道。我不知道她的名字，但她知道我的。

“妈妈，我正想问……”我两眼盯着妈妈。显然，她认为我那从不回家而且可能无家可归的爸爸，是一名确诊的精神病患者，从小到大，她一直瞒着我，不透露任何消息。“我的项链，我那条灰色的项链，你能帮我从家里也拿过来吗？”

她瞥了眼大夫，大夫点点头。于是她扭过头来，对我说当然可以，她会在家里找到它，并在明天早晨把它跟其他东西一起带过来。

“劳伦，你——”妈妈正要开口，站在她旁边的大夫就冲她摇头。“劳伦，亲爱的，我们明天见。”妈妈改口说道。

我点点头，然后缓缓地挪步回到走廊，在一把位置偏僻的、极不舒服的黑色胶皮椅子上坐下，直愣愣地盯着墙壁。

25

新的一天。不过我没有盯着墙壁，而是盯着一个女孩。她没有注意到我在盯着她，因为她什么都留意不到。自从护士把她领进来，让她坐下，她就一动不动，不是没有从一把椅子移动到另一把椅子上，而是完全不动、纹丝不动。她甚至连眼睛都没有眨一下，更没有去把垂到鼻子上的那一绺火红色的头发捋上去。

也许，她这样一动不动地坐着，反而是为了引起我的注意。在许多乱打乱闹的病人当中，她显得卓异不凡。这当然是有原因的。她或许认为我们在这里都会受到监视——既然她一动不动地待着，就一定是确信我们都在被监视。

我那被药物搞得昏昏沉沉的脑袋，并没有捕捉到她的声音，那么，到这里来的，只是她的躯壳。只能这样猜测了。

“菲奥娜。”我试探性地叫道。

她没有反应。

我又试着喊她的名字，这次更大声：“菲奥娜，我看见你了对吗？我看见你在那儿。”

她的身体一动不动。这样睁着眼睛一动不动，一定是患了紧张型精神分裂症。她坐在那里，仿佛是被蜡模封在了那把胶皮椅子上。

我把椅子挪了挪，让自己坐在她旁边。接着，我伸出手，摇晃她的膝盖，但这就像是在健康课上给假人模型做模拟的心肺复苏，重得不得了。

“你不能说话吗？”我悄声问道，“是我。”

她的眼睛依然睁着，我把脸贴到她眼前，使她不得不看着我。即便这样，她那棕色的瞳孔还是对我视而不见，仿佛我的身体已经失去所有的皮肤、血液和组织器官，哪怕是后面的那面白墙也比我有内容。

“如果你能听见我说话，就眨眼睛吧。”我说。

她眨了一下眼睛。

接着，我忽然有了一个主意。

“要是不能说话，你就写下来吧。”我跟她说。我把灰色的笔记本递给她，这是除了袜子以外，我得到的家里的唯一物品。护士站仿佛是机场的安检中心，带进来的每件物品都要在那里接受检查，虽然他们没有扫描系统，只是通过手工检查。妈妈给我拿的书包里面，他们暂时只允许我拿两样东西，至于化妆品和其余物品，他们还要继续检查。

我把摊开的笔记本放在她膝盖上。她一动不动，耷拉在她鼻子上的那绺头发也纹丝不动，我甚至怀疑她有没有在呼吸。

但她刚才的确眨了下眼睛，我的确看到了。

我用手抓起铅笔，把它搁在她手上。护士不许我得到钢笔，但她们让我用她们自己的一支削得不尖的铅笔。它只能勉强写出字来，我握紧她的手指，好让铅笔不至于滑落。我用她那只握着铅笔的手指着那张纸，然后走到一旁，等着看她的反应。

结果，她什么动作也没有。铅笔从她手里掉下来，滚到地板那边。

紧接着是一声尖叫，既不是来自她，也不是来自我。走廊那边依稀传来哀号的声音，而且越来越近。原来是一个新的病人，一个我不认识的女孩，被两个男护士架着，挣扎着穿过公共走廊，我捂着耳朵，看着她走过去。她不停地抗争，头发都被挣得披散开来。有那么一瞬，我松开捂着耳朵的手，想听听她闹完没有，可随即再次捂上了耳朵。她的声音听起来发颤，应该是个有毛病的人。

我扭过头来看菲奥娜，发现她开始移动了。她想证明给每个人看，她并没有得紧张型精神分裂症。她很快闪过，并且变得警惕起来。她又变成我记忆中的那个邻家女孩，那个把她的包扔下楼梯、把我锁进衣柜的女孩。她是那个一直眺望马路、一直想跑掉的女孩。即便到现在，她的脑海里依然酝酿着逃跑的计划，不过，我不确定这个计划是不是给她自己的——我觉得，这一次，这个计划是为我准备的。

不知不觉间，她就让自己来到护士站后面的那堵墙前。她拉下火警，然后回到胶皮椅子上，继续保持那个雕塑般的姿势。她的嘴巴微微张着，像要说出一个秘密，又像是要流口水。她的眼睛没有聚焦在任何东西上，粉状的尘埃如雪片般包围着她的脸，模仿着外面的情景。这一切就在转瞬之间，还没等护士反应过来，让我们排好队，跟消防局确认我们是否需要撤离，菲奥娜就迅速完成了她的动作。

我没有跑。

我能猜出菲奥娜想要我干什么：趁医院工作人员分神于火警之际，大胆地跑掉。她期望看着我穿过那道分隔所谓健康人和病人活动区域的门，然后跑进电梯，坐着它到达外面的自由世界。但是，她忘了我现在的行动有多么迟缓。

我能用来逃逸的时间只有短暂的空隙。

而那空隙转瞬即逝。

我并没有自己下楼跑到外面，而是跟着护士、后勤人员和其他病人一道，走到后面楼梯处的紧急出口，我甚至不知道离公共走廊那么近的地方还有一个楼梯。我们被带出去的时候，都没有带外套，要知道，外面可是1月的隆冬季节。

我猜测，之前一定是下过雪，但现在，白茫茫的天空又飘下几片雪花来。我们都穿着棉布病号服，只有少数几个里面穿了件汗衫，大家都冻得瑟瑟发抖，望着停车场怔怔地发呆。

大家靠着医院的后墙根站着，太阳照不到这块地方，菲奥娜则在队伍的最后。虽然她这样的病人应该有人看管，但此刻似乎也没人管她。只见她弓着背，染的火红的头发垂下来盖住了眼睛。她身上穿的是她一直穿的那身衣服，我最后一次见她时，以及在梦里那间布满烟灰的房间里，她穿的都是这身衣服：一件极短的衬衫和一条极紧的牛仔裤。她那未被衬衫遮住的肚子暴露在刺骨的寒风中，她却一动不动，甚至连寒战都没打一下。

他们说这不过是一次消防演习罢了，但我知道得更多。我们在外面等待的时间，可比消防演习长得多，直到里面的人出来解除火警信号，我们才都回去。我们排着队，一个接一个地进入那个超大的电梯。那个电梯真是大，居然把我们都装下了，只是我不禁要担心，电梯启动后不是往上走，而是被压得降下去。

菲奥娜被夹在我和电梯内壁之间，电梯门关上，我们被挤得紧贴在一起，我才感觉到，她的皮肤真的好烫，简直像烤炉一般炙烤着我的皮肤。不过，我没有动，我想在自己身上留个记号，我想证明我们俩曾经一起在这里待过。

成人病区那边也进行了疏散——在紧急情况下，一个人都不能落下——有些病人乘坐了我们的电梯。一个妇女似乎突然对我产生了兴趣，她挤到菲奥娜旁边，但是完全无视菲奥娜的存在，而是把注意力全部集中到我身上。她蓝色的头发像棉花糖一般柔软，她的耳朵上有一个大洞，一定是被很粗的东西刺穿的。

她开口说话，声音比我想象中要微弱得多、轻柔得多。

“他们错待我们了。”她低声说道，热气吹到我的脸上。拥挤不堪的电梯，正缓缓地把我们送到楼上。

“谁？”我问道。

“在另一个地方、另一个时代，我们将成为萨满法师，”这个妇女说着，眼睛闪烁着那种讲出了真理的蓝色光芒，跟她的头发一样蓝，“我们将成为神。”

我把头转向菲奥娜，想看看她对这种无稽之谈做何反应。她脸颊上的肌肉抽动了一下——如果她能做到，她一定会让自己的嘴巴笑出来。

一位护士抓起蓝发女人的胳膊，对我说道："别听凯西的，她知道自己脑子里尽是这些东西，她知道自己不应该把这些东西跟别的病人说。"

但蓝发女子的眼睛告诉我，她其实不懂这些事情，等电梯门打开后她走的时候，她会把她知道的东西都带走。

我能看得出，菲奥娜觉得她是个疯子。

我们回到我们这层楼，回到那些胶皮椅子当中，这会儿还没到吃饭时间，那个让我们又期盼又害怕的时间。我的灰色笔记本还在刚才的地方，那一页还摊开着，等着菲奥娜给我留言，不过，病房里却不见那支铅笔的踪影。

她留给我的，是画在纸上的一幅画，不过不是用铅笔，似乎是用指甲画的。调整角度，对着光，能依稀看出它的形状，那些用力刻下的粗糙的线条，高高地延伸到本子的上缘，像一团燃烧的火焰。

这时，我忽然有一种恍然大悟的感觉，它比镇静剂的药效要快得多，也令我愉快得多。菲奥娜在试图跟我对话。她给我画了这个符号，并且拉响了火灾报警器，通过这些，告诉我出去的办法。

因为，她就在这张纸上为我刻下了：

火。

她需要火。

可是她没有说出原因。

27

妈妈替我从衣柜里带过来的衣服，让我禁不住怀疑她的脑子有没有问题。等护士终于把她给我带的东西交给我，我才发现，她给我装了好多双袜子，还有最难看的毛衣和运动衫，她一定是把我的衣柜和抽屉翻了个遍，才找到这些东西，而且它们的数量，也远远超过在医院住一个星期的所需。医生查房那天，我裹在一件亮橙色的运动衫里，那是锥形路障才有的颜色。穿在里面，我觉得我简直不是我自己。只有病入膏肓的人，才会穿这种衣服。

妈妈没有给我带来的东西，是那个吊坠。我翻遍她送来的大包小包，甚至连侧面的口袋都不放过，但终于还是没有找到它。此刻，我只能承认，自己应该是把它丢了，而没有它，我就失去了同那些女孩的联系。菲奥娜在这里，跟我在一起，但其他女孩，我听不见她们的低语，也再没有在梦里见到她们。而让我一直念念不忘、一直牵挂的，则是艾比。

“你今天感觉怎么样，劳伦？”医生问道。她可能是几分钟前问的，可我迟迟没有回答。

有时候，这个医生是跟其他医生一起来查房，同时也看其他的病人。也有时候，她是自己过来查房。上一次我单独跟这个医生一起时，她问我是不是想伤害自己，我说不是。今天，我也会给出同样的回答。

然而，这一次，当我说自己感觉好些了，医生则问起我听到的那些声音。“那些女孩”，她这样称呼她们，仿佛是在我进入房间之前，她就已经被友好地介绍给她们每个人了，而她们此刻只是出去一下，喝杯茶什么的。

她想知道，她们跟我说话有多久了，她们有没有让我做一些可怕或者不舒服的事情，或者是我内心不想去做的事情。

“比如？”我问道。

“暴力的事情。”她小心翼翼地说道。她的头发削得很短，层次分明。她的套装熨烫得十分平整，只是膝盖的地方略有皱褶。她裤子膝盖处的瑕疵让我觉得很暴力。

“没有。”我说道。

“又比如，试图伤害你的母亲？”她说完，耐心等我回答。

“绝不是这样，”我开始有点不悦，“我从来没有伤害过我妈妈，你们这些人把我想成什么了？”

“当然，你不会，”她随即转换了话题，“跟我说说你把车钥匙弄丢的那个派对吧。那是一个糟糕的夜晚，对吗？发生什么了？”

“我丢了钥匙，”她没有接话，于是我继续说道，“我想我是把它搞丢了。我也记不清了，当时我好像是晕了过去。”

“你经常像这样晕过去吗？等你醒来以后，记不得自己做了什么？或者别人告诉你曾经做过什么，但你自己却一点印象也没有？”

我不确定，除了弄丢钥匙，别人还跟她说过我的什么事。难道她跟杰米也谈过？杰米说了什么吗？

“那就像我有一次在电视上看到过的，”我说，“我想，是叫作‘多重人格吧’。你是这个意思吗？就像是我昏了过去，然后别的人接管了我，并要求别人用另外一个名字称呼我？”

“我可不是这个意思，这就是你想说的吗？”

她向前靠过来，耳朵上戴的那只巨大的圆形耳环把耳垂坠得低低的，像是能擦到肩膀。耳环本身比她的耳朵还要大，能有一吨重吧，感觉她似乎是从厨房里拿了两个盘子来装饰自己。

我想起了在电梯里遇到的那个蓝发女人，只有她耳朵上那么大的耳洞，才能装下如此巨大的耳环吧。

“不，”我说道，“我可不是说我有多重人格。当然不是。”

如果她知道更多关于那些女孩的事，她根本就不会问这个问题。那些女孩会跟我讲述她们的故事，让我走进她们的记忆，但我并没有成为她们。她们还是她们，而我也一直只是我。

我把双手交叠在胸前，玩弄着亮橙色衣袖的宽边。那件运动衫闻起来有股霉味，似乎妈妈希望把我打扮成截然不同的另一个人，而且不得不去我的衣柜后面找香水才行。或者，她根本就是别的女人，占据了妈妈的躯体，妄图打扮出一个女孩，来占据我的躯体。

“你曾经见到过什么东西让你觉得可能是不真实的吗？”医生问道。

“你所谓的‘不真实’是什么意思？”

“幻觉，其他人看不到的人或事物。”

我沉默了半晌。

她没有再问更多的问题，于是，过了一会儿，我说道：“你们精神病医生，相信有那玩意儿吗？”

“怎么讲？”

“如果你有一个病人，”我解释道，“如果她说她见过鬼，如果她说她能跟鬼魂说话，鬼魂也会跟她说话，你会下意识地把她当作疯子并给她吃药吗？或者，你认为这种类似超自然的现象是可能存在的吗？我的意思是，你相信有类似的事情吗？你会允许自己有这种想法吗？”

她对我的问题避而不答：“我们这里从来不用‘疯子’这样的词。”

“但你相信吗？你会说看见类似这样的东西，只是因为她大脑的化学物质出现失衡吗？”

“看见幻象可能是一种精神疾患的症状，是的，看见‘鬼’，跟‘鬼’说话，听见‘鬼’的回答……是的。”

“比如，”我问道，“比如什么疾患？再跟我说说吧。”

“按程序我们不会这么快就给病人贴上标签，我们从不——”

“精神分裂症，”我插话道，“像我爸爸那样。”

她停下来，下意识地摸了摸膝盖处的皱褶：“看来你是听见那天你妈妈跟我的谈话了。那不是在说你。你是知道的，对吗？”

我耸耸肩。

“精神分裂症可不是一个病程就能诊断出来的疾患，要确诊得花好几年。而且，我希望你明白，一个人的症状跟另一个人的不尽相同，每个人的症状各异，在心理学上，不能生搬硬套轻易就得出结论。”

她说得很含糊，我无法回应，于是她继续说道：

“你所经历的可能是很多种状况。你说你并不抑郁，但我们需要去证实这一点。诊断需要时间，尝试不同的药物治疗也需要时间，还有——”

她又说了很多很多。她一直在说。我只知道，她可能谈到了萨满教和上帝——我怀疑她只是在自说自话。我期待听到的是另一个声音，是我头脑中的回答，是一个失踪的女孩告诉我，所有这一切都是多么荒谬。我待在这里，不得不听她喋喋不休。而在外面，她们陷于困境，我是唯一的知情者。药物并没有像最开始那样，让我反应迟钝、昏昏欲睡，但它们的效力比那还要糟糕得多。它们使得我再也听不到她们的声音。

有那么一刻，我突然意识到，医生已经不再说话。

“你在听谁的声音？”她问道。

我有些不解：“我在听你呀，你在说话。”

“你扭头看了那边，”——她指着角落里的那盆植物——“有什么人在那里跟你说话吗？难道是其中的一个‘女孩’？”

植物就是植物，无非是一盆土里的一堆蕨菜。如果我说，那盆植物只是植物，她会把我的病例一笔勾销，然后把我送回家吗？如果我说，那盆植物用一个女孩的声音在说话，我就会永远被关在这里吗？或者我把这一切搞反了。如果我不承认那盆植物会说话，她会认为我在撒谎吗？她会认为我永远也不会被“治愈”吗？

我转过头，她就在那里，不是医生——医生坐在她的软椅上，交叉着双腿，一动不动，我忍不住又要去看她裤子膝盖处的皱褶——我说的那个她是菲奥娜，她不再假扮紧张型精神分裂症患者，而是把手指比成一把枪，对着医生的后脑勺，扣动了扳机。

现在，菲奥娜又跟我在一起了。她假装开枪射击医生的头部，然后又

指了指窗户，似乎要我从那里跳出去，又似乎是要我把医生推出窗外，看看她的大耳环会不会救她一命。我不确定菲奥娜到底要干什么，不过我可不会去干任何傻事，我不能让自己脸上出现任何表情，以防被医生发现。

随着菲奥娜的到来，医生的办公室变得昏暗起来，墙角和吊顶上都是流血的阴影。我知道，我眼睁睁看着我们的时间在流逝，不是这次跟医生会面的时间，而是那些女孩的时间。

接着，我看见菲奥娜想让我看什么：她指的并不是窗户，而是窗户旁边的一个书桌。我的吊坠，正搁在那张书桌上，它一直搁在那里。

我指着吊坠说道："那是我的，我能拿回去吗？"

医生盯着桌面，但她并没有过去。

"我很高兴你提到这个，"她说，"这个小藏品是什么呀？"

我不明白她为什么要说它是"藏品"。那无非就是一条项链，是我戴在脖子上的一条项链，仅此而已。

我终于见到它了，虽然够不着，但它此刻毕竟跟我在同一个房间，近到我只需要站起来，走上几步，就能把它握在手中。我就像最初见到它时那样仔细研究着它：石头是灰色的，但又不是全灰，事实上，它看起来根本不像一块石头，而像是被装进玻璃球里的一个烟圈。我想把它弄破，看看里面是不是真的只有一个烟圈。它应该不会，因为它比烟形成的东西重多了，一旦你把它握在手中，它就会变热，或者是你的掌心就会变热，如果我现在捧着它，我的手可能就要被烧着了。

"这只不过是一条项链。"我告诉她。

"是吗？"她诧异地问道。

只见她从软椅上站起来走到桌前，拿起吊坠和垫在下面的几张纸。她走到我跟前，把东西小心翼翼地放在我椅子前方的一张小桌上。我正要抢先夺回吊坠，她却一把抓住我的手。

“这就是你所谓的‘项链’？”她指着它问道。我注意到，她十分注意地不让自己碰到它。

她的语气令我不解。同样令我不解的是，她居然要我描述它的样子，仿佛她自己没有看到它，没有看到它就一直摆在我们面前的这张桌子上。我跟她形容着这块烟灰色的石头，它在光线中闪闪发光，移动它的时候，里面的烟也会跟着旋转。我都能感觉到，在自己的声音下，它仿佛活了一般。就像在加油站收银处卖的那种心情戒指，五块钱一个，号称能根据你的心情变颜色，但其实它们永远不会变色。只不过，戒指是戴在手指上，这个吊坠则是要戴在脖子上。

“你是从哪里得到它的？”她问道，“是别人给你的吗？”

我避开她的眼神：“不完全是。”

我担心她在把吊坠还给我之前，会让我说出整个故事。而如果我说了，我担心我就再也得不到它了。

“我……找到的。”我小声说道。我应该说它属于一个失踪的女孩，我应该承认这或许是一条线索，应该把它交给警察。我不知道自己这些天来一直贴身佩戴它，会不会破坏这条线索。但是，只要我能把它拿回来，我就能再次联系到她——艾比。因为她还没讲完她的故事，这些女孩都还没有。

“劳伦，”医生等到我正视她的眼睛，才又说道，“我所看见的，并不是像你描述的那样，是一条项链。我看见的，只是一块石头。”

一块石头？

“一块石头，”她重复道，“一块从地上捡来的石头，似乎是系在一根绳子上。”

我低头看着吊坠，可它的确有旋转的烟圈，而且闪闪发光，然而，紧接着，一阵空白、一阵凝滞、一片黑暗过后，它再也不是之前的样子了。那只是一块石头，那个吊坠变成了一块石头。

我瞬间闪回到多赛特公路旁边，那晚我发现吊坠的那个布满积雪的小溪沟。我看见自己伸出手把它从地上捡起来，我看见自己从公路边上抓起了一块肮脏的石头，并如获至宝般把这个破烂玩意儿捧在手心。我看得很清楚，我的喉咙有些哽咽，我的眼睛就要燃烧起来，我对自己见到的任何事情再无把握。

“你这是干什么？”我尖叫道。

此刻，它终于又回到我的手上，但它仍然是一块石头。我用手指抚摩着它，翻来覆去地看，无论多少次，它也再没有变回原来的样子。它跟那些女孩一样，消失不见了。如果那些阴影聚集在小桌下方我的脚旁是某种预兆的话，那我很快也将消失不见。一切都消失不见，只剩下这块肮脏、粗糙的石头。

“我什么也没对它做，”她平静地说道，“这你是知道的。”

我低下头，因而并未看见她接下来要给我看的东西。我只听见纸张摩擦的声音和桌子在面前移动的声音。接着，仿佛现在是艺术课末尾例行的画作展示环节，她想知道我葡萄静物写生体现出的艺术功底，于是总结性地说道：“劳伦，现在跟我说说这个吧。”

我没有抬头。

“你妈妈说，她是在你的房间里发现它们的，有的是在你的梳妆台里，有的是在你的床下。她还说，家里这样的海报比这些要多得多，她带来的只是其中几张。你能跟我说说这些海报是怎么回事吗，劳伦？这些是‘寻人启事’吗？看起来似乎是你自己印的，并且积攒了很多。”

最上面的一张是夏恩·约翰斯顿，从新泽西州的纽瓦克市失踪，当时17岁。她下面是尹美，从宾夕法尼亚州的米尔福德市失踪，当时17岁。但是我没有找到毛拉的寻人启事，这让我很烦恼，因为我一直想把她们两人的海报放在一起。接着，从夏恩的海报下面抽出来的一张，是一个我还没在梦里遇见的女孩的海报。而在尹美的海报下面，是一个我一直在寻找但尚未见过的女孩的海报。数量如此之多，而且都是17岁，而这些只不过是冰山一角。

我想知道菲奥娜会对这一切做何评论——或者，她会让我说些什么来为自己辩解。她远远地站在房间的另一边，就在刚才医生"揶揄"过的那盆蕨菜的旁边，她脸上的表情显得很可怕。

我以前曾经见过这样的表情，那是在许多年前，当时，那名矮个男子转过身，而她为了救我，做了当时能想出的唯一能做的事情，就是迅速把我藏起来。就在她把我推进衣柜前的那一刻，我记得，她脸上也是这样惊恐的表情。

我把脸转向医生，菲奥娜·伯克什么暗示也没有给我，于是我什么也没有说。

"没关系。"医生扫了眼时钟说道。她把桌上的那些女孩的海报收到一起，夹在腋下。她说："今天就这样吧，我们下次再聊。我们有的是时间把这一切弄清楚——在后面的几个星期，我们还有很多很多时间来谈这件事。"

"几个星期？"我问道，"我以为我星期一就要出院。"

她并没有明确回答是还是不是，只是说我们很快还会再谈。接着，她告诉我，我现在可以走了。我能跟其他人一起出去排队了，因为现在是午饭时间。

29

之前遇见的那个一进医院就不停哀号的女孩，成了跟我同一病房的室友。现在，她正脸朝墙睡着，所以我只能看见她的后脑勺和背影。从白天到黑夜，从黑夜到白天，她一直在睡觉，没有什么能把她吵醒。甚至有天夜里，我因为一种难以名状的糟糕感觉，突然在黑暗中尖叫颤抖，也没能让她醒来。

让我难受的并不是梦——我那些梦已经被赶走了。那是别的东西。我在黑暗中调整视线，径直盯着头顶上方，天花板上的静电在半夜闪着幽光。我花了好一会儿，才看清它们，那些阴影。

我的室友睡觉的时候，天花板和墙壁上都干干净净的，什么也没有，更没有什么阴影。因为它们都藏在房间靠我这边的一侧，聚集在我的床旁边，并且伸出爪子往上爬，成为我正在枕着的枕头上方的一些黑点。

“你必须从这里出去。”一个声音说道。

这并不是我模糊的记忆所熟悉的那些女孩的声音。这不是菲奥娜的声音，但菲奥娜的身体突然出现在我的病床旁边，她噘起嘴巴对着我的耳朵。这也不是我的室友在沉睡中偶然冒出的一个清晰的句子。这是我自己的声音。我大声地说出了这个句子，对我自己。

30

杰米前来探视，他还开了我的汽车。他告诉我他随后会把车停到我家，然后他的一个朋友会来接他，他会把车钥匙留在我的房间里。

我不知道他为什么要大老远跑来告诉我他的交通行程，也不知道他为什么会认为要我知道他帮我把车子从卡尔家后院的草坪上开了回来是很重要的事。他走到公用会客室的窗前，给我指了指停车场上我的汽车，它就在那里，停在路的边缘，紧挨着一棵枝条低垂的大树。黑色的有点吓人的车子，就是我的，仿佛我此刻就能坐进去，开着它，到任何想去的地方。

杰米背对着我，我得以偷偷地从后面端详他，以及他那旧海军短呢大衣之下的肩膀和套在大黑皮靴里面细细的双腿。一缕鬈发从毛线帽下面露出来。如果这就是我最后一次看见他的样子，我可以接受。他站在窗边的这个形象，还算是比较光辉、值得珍藏的记忆。

接着，他转过身，我对他的记忆也陡然改变。他眼里的痛苦，似乎比这些天来我的痛苦还要严重。似乎她们把我所有的感情挖了出来，贴到了他的身上。作为我的访客，他将背负的我的痛苦，弥漫到整个大厅，直到探视时间结束，吃饭时间到来，她们让两手空空的他离开。

他在我身旁的黑胶皮椅子上坐下，我们彼此相对。“我一直在想你说过的话，”他先开口说道，“那天晚上，我开车去你家的时候。”

这只是他一厢情愿，我则记不清自己那天晚上究竟说了什么。我脑子里全是混淆的各种片段。

“这么说，你真的看见了？”他继续说道，“那个女孩？”这时，我才想起我跟他说的是关于艾比·辛克莱的事。

我有一种强烈的感觉，觉得他不应该在这里提到这个名字，于是我赶紧把手放到他胳膊上，想要阻止他，这是他来后我们第一次身体接触。很不幸，我用的是左手，从袖口边缘露出许多绷带。他一看见就惊呆了。我赶紧把手拿开，放回原处。

杰米和我不再是一对，我也不确定我们是否算得上朋友，但我们的关系非同一般。如果不是这样，他又怎么会来这里呢。他开始谈起一些无关紧要的事情，谈到他的烦恼——我以为是公用会客室里的其他病人令他感到不安——他的嘴巴动着的时候，时间也随之缓慢下来，他并没有注意到这一点。而同样缓慢的我却能看到，同时，我看见菲奥娜从她坐了一下午的椅子上站了起来，朝着我们这边走来。现在，她出现在杰米的椅子后面，现在，她伸出胳膊，把一只手插进杰米敞开的外套口袋里。

如此缓慢，又如此迅速。太迅速了，简直是瞬间，菲奥娜就从杰米的口袋里拿出了我的汽车钥匙。

我现在不想被她的举动打扰。在她以紧张型精神病人的姿态一动不动地坐在角落的皮椅上只是眨眼睛的时候，倒是很好对付。然而，现在，她在杰米背后跳跃着，玩耍着，当杰米回头看是什么吸引我的注意的时候，她索性踮起脚，把钥匙扔了出去。

她并不是很了解我。否则，她应该知道，我根本没法接住直接抛向我的物体，所以，体育课那些球类运动中，类似的动作我总是做得很差劲。

她的所作所为令我吃惊，而意识到她把钥匙扔过杰米的头顶，我更是吓了一跳，我看见自己那只没有受伤的胳膊下意识地弹了出去，没受伤的手也随之张开。我看见了，仿佛这个动作已经发生：钥匙准确无误地落在那里。感觉似乎我只是探出身子，趁杰米不注意的时候，把钥匙从他口袋里掏了出来。

我不能怪菲奥娜。她看见机会，自然要把握。也许，也正因如此，多年前她才会跟着两个男子离家出走。她并不是想跟其中任何一个人走，只是因为他们有一辆卡车，他们有办法把她从那里带出去，她就赌了一把，否则，她就再也没有机会了。

我并不是故意要给杰米找麻烦，或者是让他难堪，但如果这是我获得自由的唯一机会，我难道不应该把握住吗？我难道不应该把车钥匙紧紧握在手中，等着没人注意的时候，想办法顺着之前走过的作为消防通道的后楼梯下去吗？我难道不应该由菲奥娜领着离开这里吗？

31

我17岁了，我上个月就满17岁了，我想，从此以后，我肯定会有改变，就像多年前菲奥娜的改变。它使得我回避世界上关心我的人，反而跟一些从未在真实生活中遇到的人纠缠不清。

它让我处于危险境地，就像当年的菲奥娜一样。但同时，它也让我敞开心灵，敞开耳朵，我觉得，从此以后，心灵和耳朵将再也无法关闭。我的改变将深入骨髓。

看得出，菲奥娜更喜欢这样的我。现在我们已经同龄，可她还是想保护我。这一点，不用她大声说就能看得出来，要不然，她怎么会时刻形影不离地跟着我呢。我知道，她不想让那些阴影集结在我的头发上，玩弄我脖子后面参差不齐的头发，并把它们拉出来，试图扎成整齐的一把。她不想让那些阴影的手绕着我的喉部，将其紧紧勒住。她说，她要把我从病房里救出去，而且，不能让我跟她们和她自己一样，困在那所荒宅，永远无法出去。

而我也的确想出去。这也是帮助其他人的唯一办法。还有艾比，尤其是艾比。菲奥娜一直在提醒我，现在还为时未晚。

在我们驾车上路时，方案俨然成形。每个步骤组合得如此容易，似乎当她在精神病科公共病区的角落里佯装痴呆之时，就已经把这一切设计完美了。我们必须采取行动，而时间，就在今晚。

从理性上讲，我们有许多共识：要自救，必先救人。我们不能顾此失彼。

要救艾比，我们必须首先确定她的位置。菲奥娜向我保证，我们很快就会找到她，我们已经接近了。

我们也都认为，那些失踪的女孩不能被留在那栋宅子里。无论它是哪种类型的监狱——由烧焦的木头、破碎的窗帘和燃烧的余烬建造而成——它毕竟既不属于此岸世界，也不属于彼岸世界，它只是一个中转站。那里出现的女孩，被困于烟雾中，没有人能够找到，也没有人知道她们最终的归宿。

*把她们的事情公之于众，能让她们好过些吗？*菲奥娜说。我想到

她，她被包裹在神秘中，对于她变成什么样子，她的父母毫不知情。我又想起了艾比・辛克莱，以及她讳莫如深的命运，还有其他女孩，她们的经历充满悬念，结局也无人知晓。我想，这一切，知道，总比不知道要好。

菲奥娜和我都认为，医院不是我应待的地方。我们都觉得，应该允许我在公路上停下来，买一份汉堡或者薯条，因为虽然她不能吃固体食物，我却需要。我们都认为，对于我的最后一次服药，我还是假装吞下为好。菲奥娜说，她的头脑已经越来越清晰地感觉到这一切。

我们在这么多事情上达成了一致。但是，我感觉，有一件事，不到最后关头，她是不会告诉我的，可能是因为她不想把我吓跑。这主要是一些细节。比如，不要说我们到底要去哪里，她只是把我指引上了一条狭窄的布满积雪的环形公路，并要我小心避开倒下的树木和那些标号的高速公路。

我问她我要不要找一处收费电话亭给我妈妈打个电话，她说我们现在还不能给妈妈打电话，这一点必须做到，这是唯一的办法。否则，我就没法看到其他女孩。但是，我还有她，菲奥娜说，所以，有她就够了，她会把我带到她们那里的。

她在我旁边的副驾驶座位上伸展开来，双腿高高地跷在仪表盘上，双脚踩着风挡玻璃，仿佛随时要把它踢碎，让碎玻璃把我们盖住，她也知道这肯定不会伤害到她，但会伤害到我。我告诉自己，这是当年那个菲奥娜。现在的她不会这样对我的。她只是逗逗我，绝不会动真格的。

我们离开医院越远，菲奥娜就变得越活跃。她声音变清脆了，眼神也明亮起来，当我的向导帮我指这条公路或是那条公路的时候，嘴唇还显露出明快的笑意。

我边开车边不时瞟她一眼。此时已是黄昏，天黑得很快，夜幕紧接着降临。昏暗的光线下，我看见我以前的保姆、我邻家的女孩，离家出走前，为了保护我，将我掩藏进一个装衣服的衣柜，那不过是一转念的决定，却被事实证明十分正确。她染成火红色的头发根部，露出本来的黑色。裤子大腿部位的“FU”两个字母正面朝上地对着我。

之前，菲奥娜说过的每句话都让我觉得很有道理，直到我看见她此时要我开上的公路——多赛特路。从这一边看，这条路显得愈加狭窄崎岖，它离医院所在的河边更近，一直沿着它走，是下山而非上山的路。松崖女子中学夏令营营地的入口积雪堆成了山，仿佛这个季节，松崖每个角落的积雪都被堆到了这里，以阻止我进入。

我放慢了速度，但是没有停车。“不会是这里吧？”我问道。

是的，是这里，她说，别装作听不见啊。

大门附近没法停车，我只好把车留在公路边，透过树丛，车子若隐若现。轮胎挤在路缝里，我都不知待会儿该怎么把它开出去。

我关闭引擎，可心里还是犹豫不决。

怎么？她问道，你以为我们在门口待着就能找到那栋红砖楼吗？我们只需要开几个街区就能找到它？它会像蘑菇一样突然从你梦里变出来？

我没有点头。过了一会儿，我还是没有点头。

她叹了口气，表明耐心已经到了极限，接着，她紧紧盯着隔在我们中间的那道营地大门。

所有一切都从这里开始，她挥手指着大门说道，不管艾比发生什么事，这都是个讨厌、恶心的地方。你到底还想不想帮艾比了？

我点点头，我确实想。

那其他人呢？

我点点头。她们所有人我都想帮。

那我们必须在这里行动。哪儿会有别的地方呢？

32

自我上次来过以后，又下了好大的雪，但雪再大，也无法阻止我们的脚步。

我们蹚着积雪来到大门口。到跟前，我们发现，之前断裂的那根铁链已经不见，取而代之的是一根粗得多的铁链，还加了一道更笨重的金色大锁。此刻，簇新的大锁熠熠发光，如此坚固，没有一把大铁锤是断不能将它打开的。大门顶部依然缠绕着带倒刺的电线。不过，菲奥娜倒是没被这些吓倒。我以为她会顺着铁链爬上大门，然后翻越过去——反正带倒刺的电线也不会伤到烟雾，她不正是烟雾形成的吗？这些怎么会伤到一个鬼魂、一个回忆，或是一个观念呢？但她并没有这样做。她说，我们要另辟蹊径。

我们翻过一道雪丘，远远地绕过一片树林，果然找到了另一个入口。真的，整个松林就是一个入口。我们从后方进入营地，经过一间间办公室和一个灰色水泥搭就的储物棚。雪地上有一些脚印一直到棚子门口，也有脚印一直到肥料堆，还有一些脚印一直延伸到漆黑的树林。菲奥娜在小路远处向我招手。我落后了。

菲奥娜不会感觉到冷，但我却很冷，接着，我居然在这里发现了我的围巾，打了一个结，摊在雪地上，似乎是专门等着我的到来——这可能是我几个星期前落在这里的，不过，我不记得自己当时走过这条营地边缘的小路，它怎么会出现在这里呢？管他呢，我赶紧把它捡起来，抖抖上面的碎雪，在脖子上围了两圈。果然，暖和了，一点点。

很快就不会这么冷了，菲奥娜冷不丁说道，让我打了一个哆嗦。我忍不住要想，她的意思是不是：等你死了以后，就不会这么冷了。是不是死了以后，人就会感觉温暖而舒适，就会全身布满闪闪发光的小星星来温暖你的肌肤，难道这就是她想要告诉我的？难道这就是今天晚上即将发生的？

我跟着她沿着小路爬上一座小山丘。在一个木柴堆旁的油布下面，我们发现了一盏煤油灯。她要我把煤油灯带到石头圈那边，我们要在那里点起篝火，但这也让我的前行更加艰难。她说，这样才能最快地把她们带出来。火，能把艾比和其他女孩引出来。

火，在医院她就给我指过。菲奥娜·伯克一直想要火。

我跟着她，把她说的全都照做了——就像当年我还是小孩时的那个晚上。而且，我也知道她是正确的。过去我看到那些女孩，都是在投影的物体上——镜子或者窗户，还有一次是在洗碗机里取出的一把异常干净的叉子表面。而且，过去我看到那些女孩，都是在狭小的空间里，只有在无人注意的时候，那些女孩才会现身。还有就是在树丛里，这里是这些阴影藏身的极佳场所。但是，我不知道在这样的野外，四周松林环绕，头上没有房顶的情况下，怎样才能让她们觉得安全，觉得可以现身。菲奥娜说，让她们现身的另一个方法，就是火光，一闻到烟雾的味道，她们就会现身。所以我们要点火。

火一点起来，她们就会被吸引出来，她们的故事也会随之浮现。我觉得她们就像跳动在水面的苹果，虽然这些是真的女孩，还有真的女孩的头颅。很快，她们的家人和朋友就会得到结论。所有的秘密汇总到一起，暴露在阳光下，真相大白。每增添一个新人，我就哀痛不已，满心希望是自己错了。

还有艾比·辛克莱，这个让我时刻记挂的女孩。我看不见她的结局。她的故事从这里开始，从这片与世隔绝的松林空地开始。一旦着火，她将不得不走出松林。现在，她怎么还没有发现我们呢?

火苗舔舐到木柴开始燃烧，我把手放到火焰上方取暖。我努力不让自己去想杰米，这个在医院再次被我甩开的人。还有我妈妈，她肯定已经接到电话，说我不在医院，她此刻一定慌张万分，急着想弄清我会去哪儿。我是说，我虽然想到了他们，但只有一小会儿，菲奥娜打断了我，她想让我看……

在这个制高点，整个营地尽收眼底，一栋栋黑黢黢空荡荡的木屋依稀可见。食堂、手工艺间、小教堂，还有光秃秃的旗杆，只剩一根绳子在风中摇曳——艾比·辛克莱在此度过了人生中最后的时光——我在想，或许我的最后时光也要在这里度过了。

夜里，新鲜的空气让我头脑清醒。虽然冷，但是很干净，我能再次回想起上次走过的路。

我站起身，拍拍口袋，想去摸手机，这才想起，我在医院根本就没有手机，所以口袋里自然也不会有。这一瞬，我忽然僵住，1月末隆冬的夜晚，寒风凛冽，我跑到这个空旷偏僻的山坡上来做什么?

接着，我看见了菲奥娜极力要让我看到的东西。

积雪消失，露出一条小路，路上还是有很多裂缝，我小心地让自己不要踩到它们，黑色的大铁门吱的一声打开一条缝，跟以前在梦里一样。我走到楼门跟前，楼梯并没有被我压成碎片，虽然我总是怀疑它会那样。门一推就开，因为它从来就没有上锁，对我们中的任何一个，对我，都是如此。

宅子里面，是一道火焰之墙，火舌高高蹿起，把屋顶烧出一个大洞。水晶吊灯坠落下来，我赶紧闪向一旁。身处火海，热浪本应烧穿我的衣服，把我的皮肤烧出水疱才是，但我什么也感觉不到。火苗根本就没有碰到我。

这时，她们相继出现，一个女孩从楼梯后面现身，另一个则从其他房间走来。一个从折叠的窗帘后蹿出，另一个从地板上起身，因为房子里没有任何家具可供坐卧。还有的从楼上的房间下来，纷纷向我聚拢。

一眨眼，宅子忽然消失不见，寂静的营地重新出现在我眼前。火苗把我脚边的枯枝烧成了灰烬。

紧接着，画面又闪回宅子中，菲奥娜知道即将发生什么。正如她所说，她们都被烟雾引诱出来。烟雾散去，女孩纷纷现身。我很久没有见到的这些女孩，现在全都在我身边。

娜塔莉·蒙特萨诺，本以为车祸以后，她的朋友会回来找她，但她没有想到，他们把她丢在了冰雪覆盖的山地公路上，丢在那辆撞坏的轿车里。当她意识到真相时，她义无反顾地选择离开，虽然内心也曾犹疑，但终于踏上了不归路。

夏恩·约翰斯顿有时幻想自己能再次溜进学校的走廊，而且胳膊下面夹着一把短火枪，那些家伙看见它，肯定会闭上他们的臭嘴。等到这些人全部被吓跑，她会把火枪放在地板上，因为她从来没有用过枪。她要去饮水机边接一杯水，因为过去她只要一靠近那里就被推开，从来没能喝上一口水。做完这一切，她将露出满意的微笑。

伊莎贝斯·瓦尔德斯，她觉得要不是自己在下雨天背了那么多书，肯定不会上陌生人的汽车，而要不是星期一有三门考试，她也不会背那么多书。所以，要是星期一那天没有三门考试，她很可能还活着。

麦迪逊·沃勒乘坐巴士去城里的时候，带了三本时尚杂志，她甚至现在还在练习面对镜头的表情，但其实已经没有人能看见她了。

艾登·德马科，她只不过是想看一看太平洋，只不过是想用脚趾碰一下太平洋里的海水，仅此而已。

尹美和毛拉·莫里斯，她们都认为爱会让人变得更好，都认为人在17岁的年纪可能会找到自己的心灵伴侣。而把心仪的女孩带回家那一刻，父母会做何评价，这是无关紧要的。

肯德拉·霍华德，她希望自己是她那些男性朋友认识的女孩当中，最勇敢、最顽皮、最强大的一个，她相信他们现在仍在整夜整夜地谈论她，仍然一边喝着冰镇啤酒，一边回忆她跳得有多高、飞得有多远，她是如何把自己团成一个球的，他们将永远不会忘记她，愿她的灵魂安息。

珍娜·阿芙萨娜·丁，她觉得跟卡洛斯在墨西哥开始一段新的生活，并不会像人们说的那样是天方夜谭——他们现在本可以一起住在海边养小鸡，他们本可以靠在街头售卖她亲手制作的小蛋糕来谋生，说不定还能发点小财，他们本可以过上幸福的生活。

海蕾·彼柏林，她做过一些自己不敢声张的事情，因为这些事情她自己也很厌恶，她只是想让爸爸妈妈知道，这一次，她并没有离家出走，虽然他们认定她是出走的。这一次，她想留下来。

还有特里娜·格拉特，她一直想去寻找在她年幼时就将她抛弃的那个父亲，她想要亲手把他掐死，并把发生在她身上的那些可怕的事情，全部算在他头上。当然，她也想悄悄地拥抱他，告诉他她想他。如果他邀请她去看棒球赛，或是去他家后院，玩玩飞盘之类的，她或许不会拒绝。如果可能，她要把这一切告诉他。

这些女孩，有那么那么多事情，想要说给把她们抛开的人听。

这么多女孩、这么多故事，都在今晚一下子涌到面前，令我头晕目眩。只是，还少了点什么，这里还有什么地方不对劲。女孩们组成的圆圈离我越来越近，最后紧紧围在我周边。我无法分辨，到底我是中心，还是火堆是中心。

火光在浓黑的夜色里跳动。

在我想象中，那些高耸的松树就是宅子沾满黑烟的墙壁，那依稀可见的山脊就是通往二楼的楼梯，作为宅子穹顶的夜空，则望不见尽头。细细密密落下的雨丝，宛若宅子中弥散的烟雾，只不过，它落在我的脸颊上，是冰凉的。周围的环境不停转换：一会儿是在松崖女子中学夏令营，在营员们围坐一圈烤棉花糖的石堆当中；一会儿又是在梦中的荒宅。不知是我的梦发生于此，还是这里融入了我的梦中，我实在是分辨不清。

我扫视着篝火四周，依旧没有想出到底是什么地方不对劲。麦迪逊血红色的头发在火光的映照下显得愈加狂野，她眼中闪烁着不详的光芒，但不对劲的并不是她。特里娜充满威胁地瞪了我一眼，但不对劲的也不是她。

这时，我意识到：是的，这些女孩都出来了。有些女孩（像珍娜、海蕾）是我最近才认识的，但我还不了解她们的全部经历，而另一些女孩（像娜塔莉、夏恩）是一开始我就感觉很熟悉的。但是，有一个人，在闪动的火光中，我一直没有发现她，我一直在燃烧的火焰和烟雾中寻找她，甚至觉得自己将要错过她。我觉得女孩们移动得太快，要是她们能慢下来，或者停下来，我兴许就能看到她。

艾比在哪里?

她并没有从烟雾中出来。她还没有来。我还没有把她引出来，所以，至今还没有见到她的影子。

我转向菲奥娜，想问她这是怎么回事。现在，我看见菲奥娜，她在石堆边缘，既没有拉其他人的手，也没有跨进圈内，只是冷冷地看着、等着，对于即将发生的灾难，她打算袖手旁观，并随时准备抽身出来。

她希望我加入女孩们的行列，我至今仍在光天化日之下好好地活着，开我的汽车去任何想去的地方，走进任何我想去的房子，随时去见爱我的人们，这是不公平的。她忘了我曾经身处医院，无法做上述任何一件事情。因为包围在我们周围的，是阴影们组成的一整片天空，绝对无法逃脱命运的安排。

我17岁了，跟她当年一样，跟她们当年一样。

接着，菲奥娜的目光与我相遇。我质疑自己对她的不信任，我对一切都质疑。

因为，她把我带到这里来，不是为了除掉我。和我一样，她也期望艾比现身。她也在盯着火堆，静静地等待，并在心里想，艾比到底在哪里呢?

接着，她做出了一个决定。

她抓住我的胳膊，我不知道，自己是真的感觉到她的触摸，还是以前记忆中她的触摸突然涌入脑海。她的手紧紧抓住我的胳膊，让我想起了我8岁她17岁那年的那个夜晚，那时，她也是这样紧紧抓住我，把我推进衣柜的。但是，今晚，她抓住我却让我感觉疼得多，因为她抓的恰好是那只受伤的左胳膊。

我们要把这个地方烧掉，她说。

不，不，等等，我们还不能，我试图告诉菲奥娜。艾比不在这里，我们不是应该先把艾比找到吗？接下来，我们再——

但是，我已经慢了一步。菲奥娜已经用胳膊夹着一瓶煤油冲下山坡。太晚了，她已经抛下我，独自去开始她的毁灭行动了。

33

她要我这么做。她向我们所有人发出命令，很快，大家从周围的林子里捡来木棒，并将其点燃，照亮脚下的路。很快，煤油瓶子到了我没受伤的那只胳膊下面，喷口打开，液体溅到我的脚趾上。

我禁不住想：现在对艾比来说会不会太晚？从菲奥娜的举动来看，似乎是晚了。如果我们把这个地方，这个艾比失踪前最后待过的地方毁掉，就能将她解救出来吗？也许能。也许，这样能解救我们所有人，甚至是我自己。

首先要去的是离小山最近的木屋。我们把里面空荡荡的床铺一一点燃。接着，是营地办公室，这是一栋四周环绕着门廊的小房子，我们沿着门廊洒了一圈煤油。食堂是建在一栋房子外部的飞屋，像鸟巢一般，我们在一个角落点了火。独木舟纷纷浮上水面，仿佛它们已经被浇上煤油，只等一把火点燃。

空气中弥漫的烟雾一如在我梦中，连味道都一模一样。

但是，也有不同的地方，有什么东西出现，在烟雾那头呼唤我。一个声音，这不是经常萦绕在我耳际的低语，也不是头脑中熟悉的声音，更不是背后拿着火把的女孩的声音。

这是一个活生生的叫声，划破真实的夜空。有人在这个营地里，跟我在一起。

我唯恐这是幻觉，是自己在雪地里极度兴奋又极度疲劳时产生的幻觉。可是，我看见他向我跑来，脸上浮现出惊恐的神色，他对我说："劳伦！你没事吧？劳伦？"我花了好一会儿，才分辨出他不是鬼魂，也不是梦里跑出来的一个片段。他是杰米。

杰米以前曾经跟我一起来过这里，所以，我应该猜出他知道我会来这里。

他冲我大声喊道："是你干的吗？你在干什么？"

他指的是火。我朝他身后望去，我本以为自己会看到一片升腾的火海，火舌四处蹿动。女孩们把火把高高举过头顶，一直高到把头顶的夜空点燃。她们能够烧毁整个世界，她们曾经驻足却又被偷离的世界。她们能够毁掉一切。

但是，我看到的，只是自己点燃的几处火焰，雪地上还有一长串煤油的痕迹，没有人扔火柴去点燃它。那几处火依旧在燃烧，冒出几股黑色的浓烟，但比我想象中要远得多，火势也小得多。

到处都不见女孩们的踪影。

"你为什么要这样做？"他一边迈着大步向我走来，一边平静地问道。

我跨出一步，填补了我们之间剩下的距离。“我必须这么做，”我说着，语词重重地压在喉头，迫使我不得不把它们咳出来，一同咳出的还有浓烟，它使得我更加难以开口，“她……她们……”。

他搂住我，我又一次让他的胳膊环绕着我。我知道，此刻自己该做的，就是把他推进松林，让他快跑。*杰米，快离开我。我在燃烧。快离开，否则你也要被烧着了。*

但是，我感觉到他的身体紧紧地压着我，他的手指正擦去我脸上的泪痕，虽然我根本没有察觉到自己流泪。他嘴里说着什么，让我头脑中升腾的怒意逐渐平息，我们以往相处的种种再次浮现，不是死亡，也不是困在积雪里，而是在这里，我们都还活着。

“没关系，”这是他说的话，“看着我，劳伦，看着我。她们都不是真的，她们不是真的。我是真的，我就在这里。”

34

我们注意到有什么东西沿着小山闪动了一下，这才分开。那个远处的人影，我一开始以为是菲奥娜本人，出来要把我从杰米那里引开，带到她那里去，只有她，就像今晚开始时那样。但是，那个人影穿着深色的衣服，身量看起来比菲奥娜大很多，比我记忆中的那个菲奥娜也要大很多。

这是一个男人。我想，我恐怕知道这个人是谁了。

“你叫来警察跟着我！”我冲杰米小声说道，心里十分恐惧，然而，他看起来和我一样震惊。他把我推到路边，我们一起藏身到茂密的树林中。

“我没有，我发誓！”他说完又贴到我耳边叮嘱道，“别出声。”

“但你给我妈打电话了。”我小声说道，仿佛自己也随着这句耳语钻到他脑袋里去探了个究竟，就像跟那些女孩交流一般。我看着他的脸，他却紧紧盯着山下。

“是的，”他承认道，“我当然要给她打电话。”

“那一定是她给他们打的电话，”我指着山脚下那个男人说道，“那些警察。”

那人身穿黑衣，走在雪地中非常显眼。只见他正抬头朝着火的地方张望，不过并没有看见藏在树林中的我们。看见火光闪动，他加快了脚步，不过并没有朝着火焰，而是朝着其他方向走去。

他朝着储物棚走去，走的正是我发现自己围巾的那条小路。我忽然意识到：之前看到的雪地里的脚印，不是动物的，而是人的，接着心里猛然一紧。这就是自称希尼警官的那个人，他是把自己称作“希尼警官”的吧？还是我把他跟别人搞混了？是我的幻想吗？

杰米也跟我有同样的疑虑：“你觉得是同一个人吗？”

我点点头。

“我一直在想，在想他，那天晚上，我觉得他不像警官……或许是保安。但会是警察吗？”

“我妈说他不是警察。”我说道。

不管他真实的名字是什么，也不管他真实的身份如何，我们只见他一直在试图打开储物棚门上的那把锁。他终于把门打开，然后溜了进去。

“你也看见了？”我小声对杰米说道，希望确认一下。我已经无法信任自己的眼睛，从现在开始，我不敢信任自己身上的任何部分。

杰米只是怔怔地看着，并且点点头。他十分沉默，身体僵直，我觉得他十分冰冷，比此刻齐膝深的积雪还要冰冷。

就在离我们不远的地方，火依旧在燃烧。然而，如果我们想要沿着小路下山，离开营地，就必须经过那个储物棚。我现在知道，那人并不是警察。直觉告诉我，我们最好不要被他发现。

他出来的时候，手里拿着什么东西，似乎是纸张，又像是纸袋或者篮子之类。隔着一段距离，我们看得并不十分清楚——接着，他迅速转过身，沿着边上的一条小路钻进树林中，我猜，那里一定有另一条路进出营地，只是我们不知道罢了。他就这样溜走了。他来这里，只是为了从储物棚里拿什么东西，对于营地起火，却全然不管。

这时，杰米的注意力终于又回到我身上，他说，我们必须离开这里，要拨打911报告火情，还要把我从这里弄出去。我看得出，他有些犹豫不决，不知先做哪件事好。我能感觉到，自己身上沾了不少煤油，脸上一定被烟熏得黑乎乎的，而且沾满了黑灰——因为我咳嗽和擦嘴的时候，袖子上都被染上一层黑灰。但是，当我们来到山脚下，来到营地门口的拐弯处，来到我和杰米都习惯在此停车的地方，我却停下脚步，驻足不前。储物棚的门并没有锁上，事实上，它是半掩着的，似乎已经藏不住什么秘密了。

当然，我必须进去看看。

杰米无法理解，他仍然要把我推开，说我们必须离开这里，否则我会被抓住的，他们会知道是我放的火，我将会因纵火罪而被捕，还会被安上更多莫须有的罪名。火依然在烧，而我却不想离开。

我清楚地预感到，我一定会在棚子里遇见一个人。

我想象着：她，艾比·辛克莱，活生生地站在我面前。我想象得如此投入，以至于觉得能听到她的声音。她就在那里，我让她苏醒过来。现在，她正开口喊道：救命啊。她要我救救她。

菲奥娜·伯克是对的：只要点火，就能让我找到她，找到那个从寻人启事上下来的真实的她。菲奥娜果然言中了，甚至连杰米都应该能看见她。

然而，就在这时，我眼前出现的形象闪动了一下，这一次，我头脑里出现的并不是梦中的景象，而是一个又一个问题。

我忽然想起医生说过的话。还有医院里的那些护士，那些记不得我的名字的护士，她们把装着药丸的小纸杯发给我。这难道意味着，她们对我的判断是对的?

这个女孩朝我大喊救命，只是我头脑中臆造出的声音——这就是她们跟我说的。她们也会告诉我，菲奥娜·伯克也是我想象出的虚构的产物，她源自我小时候经历过的那个痛苦之夜给我留下的创伤，如今变成了现实。她们会告诉我，那些女孩都是我在互联网、公告牌或者邮局看到的寻人启事给我留下的印象，我把这些印象幻化成现实。这些女孩的确都是真实的，但是，我关于她们的那些梦、我跟她们的对话，还有我走进她们记忆的经历，所有这些，每个细节、闪过的每种颜色、被烟雾呛出的每声咳嗽，点点滴滴，都是我自己编造加工出来的幻象。这不就是医生准备要告诉我的吗？这些女孩根本就不知道我的存在。她们不知道我在为她们奔走呼号，不知道我把她们作为自己生活的重要部分，更不知道我每天晚上都枕着她们的复印照片入睡。医生会说，这就是我精神病的症状。

而我，还将继续臆造着这一切。

但是，我不得不用更多的问题来回答这些问题：万一那个求救的声音是真的呢？

万一我真的找到艾比·辛克莱，发现她自从几个月前失踪，就一直被困在这里？万一在我臆想的各种事情当中，唯独这一件是确有其事呢？

我需要做的，只是推开这扇门，去寻找真相而已。

如果里面没有人，也没有任何跟求救的尖叫有关的线索，我将转过身，感觉自己的喉咙，最后发现那是我自己的声音、自己的幻觉，我的梦开始对我的现实生活产生威胁，那我将老老实实地承认，是我自己错了。

我将成为她们所说的那种病人，我所看见的那些都被证明是不存在的，我将在生命中余下的每一天里，以吞药片为生。

35

门被悄悄推开，黑暗中，没有女孩，不管是活的还是死的，都没有——我忽然觉得失去了一切。尤其是我的思想。

因为我错了，关于我的每件事都是错的。

正因如此，我一开始并没有发现发着幽光的它。可是，当我发现它——当它感应到一些光亮，便闪耀起来，那亮度，比外面燃烧的火焰和被火光照亮的雪地，都要强烈——我的呼吸也随之紧促起来。

我想，之前那个男子把它夹在胳膊下面，不慎掉落到地上。它面朝下掉落下去，摔在水泥地上便自动打开。

听见鸣笛声时，我已经把它握在手中。当救火车呼啸着驶来，接着警车也尾随而至时，我已经把它握在手中了。

它是塑料的，图案闪亮花哨，半透明的套子中间是一些闪光的夹层。包里面装得满满的，我一只手没法将它合上。里面装着她和她朋友们的照片，还有一大堆零钱，有些掉落在我的靴子周围，主要是硬币。还有一张新泽西州某天主教中学的学生证、几张车票、几个衣服标签、几张胡乱涂写的备忘便笺和一团嚼过的口香糖，这些东西永久地粘在了一起。

它是艾比·辛克莱的钱包，还没打开，我就猜出了它的主人，因为之前，她们夏令营的辅导员曾告诉我，当艾比跟卢克约会的时候，就带了这个钱包。我知道仅仅是因为我知道，凭直觉。仿佛是她忽然从天而降，亲自告诉我的。我一把它拿在手中，就猜到了。

在我发现它以后，一切很快走向终结。

四周全都是消防车，还有它们呼啸的噪声。

接着，喊叫声、犬吠声，夹杂着鸣笛声。储物棚的门被一脚踹开，几个人冲了进来。举起手，跪到地上。消防车、消防员、灯光，混作一团。钱包被从我手中抢走，一个女孩的名字出现在我的唇边。警察一路小跑，瞬间到达这里。我的妈妈。隔着外套，能感觉到母亲那熟悉的心跳。强光。我的身体被裹上一条毯子，手腕也被套上紧紧的手铐。问题接踵而至，却看不见杰米的影子。警车后座，强光，火焰被扑灭的声音。随着灯光熄灭、黑暗降临，我又回想起手里握着钱包的感觉、那团冷冰冰的嚼过的口香糖，还有我衣服上、头发上的煤油味，甚至连舌头上都有这股味道。

车窗外面，写有“松崖女子中学夏令营”字样的蓝色标牌缓缓远去，我心中那片静谧的乐土也从此消失。

接着是松树，多赛特路两旁的松树，随着带走我的警车向后退去。艾比出现在这里的最后一夜，一定也看见了同样的景象。

第四部分

尾声

我的声音告诉我，或者是我身体中某个无声的部分告诉我，或者是我头脑中的神经突触爆开，绽放出一幕由踢踏步和飞舞的谎言组成的歌舞剧，告诉我，无论我认为自己知道什么，自己都错了。

有很多事情我不明白，很多事情我虽然参与其中，却浑然不知。我想，自己不过是一个普通的女孩，试图要去了解它们，试图与它们抗争，某种程度上，这只对我自己有意义。

“你怎么知道应该去看看那个棚子？”

起火当晚以及其后的日子，我被消防员和警察一遍又一遍地问起这个问题。甚至我一回到医院，医生和我妈妈，也问了同样的问题。然而，杰米从来没有问过。他并没有问我为什么要留下来，去查看棚子里面——我猜，这是因为他看见了驱使我进去的那股力量，他虽然没法帮助我，却能看出我眼睛里的希望之火。

因为，事情就是这样：我以为就这样结束了，我以为，找到某件属于她的物品（警察也证实，那个装着她学生证的闪光的紫色钱包的确属于她），就意味着我能想到的最坏结果已经发生，而且我确实想象过。我以为，一切都太晚了。我以为她已经死了。我手里握着属于她的东西，接着又握着自己的手，因为他们把钱包从我手里拿走，作为证据。我坐在警车里，双臂环抱，身子缩成一团，等着被送到警察局，以纵火罪被起诉。我心里想到了很多可怕的事情，并且确信她已经死去。我的声音告诉我，或者是我身体中某个无声的部分告诉我，或者是我头脑中的神经突触爆开，绽放出一幕由踢踏步和飞舞的谎言组成的歌舞剧，告诉我，无论我认为自己知道什么，我都错了。

结果，人们发现，艾比·辛克莱还活着。

希尼警官并不是警官——他是负责营地维护的工作人员，就住在附近，经常在淡季来到营地。艾比消失的时候，他就在松崖女子中学夏令营工作。我在储物棚里发现并上交给警方的钱包，以及我和杰米对目击男子的描述，使得警方最终发现了他的真实面目、他的确切住所以及他盗走的东西和人。

我得知，艾比认识他，女子夏令营的所有女孩都认识他。艾比从电话里偷听到卢克跟另一个女孩的通话后跌下自行车，并在一气之下把车子扔在卢克家，只身冲进漆黑的森林。步行往回走的时候，她在公路上与这名男子不期而遇。我不知道具体是在公路的哪个位置，没有人跟我说得那么详细，但我能想象出来。

像伊莎贝斯一样，她上了他的轿车。即便如此，她还是像夏恩一样，想要逃走，永远躲在森林里，因为她的心已经碎了。像珍娜一样，她跟一个自认为可以信任的人走了。像海蕾一样，人们都认为她是自己出走的……即便这一次她是真的失踪了。

轿车停下来，男子伸出一只手臂："嘿，嘿，艾比——你叫艾比，对吗？你跑到这里来十吗？你没事吧？"

一开始，她有些紧张——深夜，空无一人的公路，任何人听到那样的急刹车，都会感到紧张——而且，她不想让他把她告发到辅导员那里，这样她就会被除名。但是，他脸上的表情十分友善，而且她以前也跟他说过话——有一次，洗脸池被头发堵住，他来到三号木屋帮着修理。况且，她在卢克家门前的车道上摔下自行车的时候，擦破了膝盖，她把自行车留在那里步行回营地，还要走上一英里的路程，而她的膝盖一直在流血。

他说他不会告发她，他说他会帮她悄悄溜回去。

我多希望，那天晚上，艾比没有相信他，没有接受他搭车的邀请，但是，她那么做了。她那么做了。

我不知道她在被他羁押的这几个月里有什么样的遭遇，我也不想去问。实情一定可怕得让人崩溃。

这名男子如此轻易地就把她带走并关了起来——因为每个人都相信她是自己出走的。从来没人对此提出过质疑，她的朋友、家人，暑假里朝夕相处的女孩子，还有在星光下亲吻她的男孩，都没有。

没有任何人提出疑问——直到我的出现。

我记不清，是着火的当晚，还是其后的日子，有人过来把这些重要的事情告诉了我。在我造访警察局询问艾比·辛克莱和她的自行车的事情之后，有一位警察记住了我。在他们开始起诉我纵火的时候，他突然到来，握住我的一只手，不顾我手上沾满按指纹用的印油，并把这一切告诉我。

多亏我说服了艾比的祖父母，才使得她的案件被重新调查。他说，正是我的那趟新泽西之行，还有我寄给艾比祖父母的那封信——虽然措辞有些恐怖，把他们吓了一跳——促使他们彻查的，但我发现的钱包才是使案件真相大白的关键。我的四处奔走、我毫不放弃的坚持，促成案件的侦破。他跟我说，我帮助拯救了一个失踪的女孩。

我没有亲眼见到她，却想着她。我一直在想着她。

她是艾比·辛克莱，来自新泽西州奥兰治联排公寓。那个鼻子上穿了鼻环的艾比，那个害怕小丑的艾比，那个不会吹口哨的艾比，那个喜欢吮吸大拇指指甲的艾比，那个会跳踢踏舞的艾比，那个不讨厌下雨的艾比。

也许，上述都不是她的特征，因为是我自己编造的这一切。

但是，可以确信的是，她就是艾比·辛克莱。她在去年9月2日失踪，她的案子则在今年1月29日结案。

她仍然是17岁，而且活着。

我是怎么知道的呢？事实上，我只不过是保持希望，这就是我做的。在我随时待命、渴望得知真相的耳旁，并没有另一个声音在低语，告诉我艾比·辛克莱发生了什么。如果真的有，如果那些鬼魂真的过来跟我交流，如果那些失踪的女孩真的穿过烟雾弥漫的地狱来找我——我想，我不是应该早就知道事情的真相了吗？早在两个月以前，我就能把她救出来。

要是如此，我根本无须放火就能把她救出来。

而令我频频想起的，是火。现在，它完全存在于我的梦中，因为那栋荒宅不见了。这一次，既不是期望，也不是想象，而是我自己用双手缔造的一段记忆。

而且，现在我终于知道它是什么了：一个女孩企图呼救的尝试，一种被倾听、被听见的渴望。

不要放弃。

不要放弃她，或者是她们中的任何一个。继续找，一直找下去。

所有的女孩——所有失踪的女孩、所有出走的女孩——都不应该被放弃，正如我不希望任何人放弃我。

在这个冰天雪地的夜晚，红色的火焰燃烧得分外凶猛。在消防车赶到扑灭它以前，它是那样明亮炫目、那样让人难以忘怀。没有人能够对它视而不见。我敢打赌，当晚周围的居民都被它惊醒了，他们站在窗前瞠目结舌。我敢打赌，哪怕数十英里之外的人，都能看见它。

三个月后

这是我回到家的第一个星期。保险公司认为我应当出院，虽然医生极不情愿，但还是为我办理了出院手续。我回到家由妈妈照顾，一直到星期一。我们的小家外面此时看起来有了一些不同，我特意花时间仔细观察，感觉外面的颜色明亮了许多，天空看起来更低了，而门前草坪上的那棵树，我以前似乎没有见过。

在我离开的那段时间，春天已经悄然降临松崖。我们的猫，比莉，无声地溜过房间，它瘦了不少，并且开始褪毛。静寂中，我们的家如同一艘翻覆的船，而我刚从水下醒来，发现身边满是海草和小鱼在缓缓地游动。我知道，掉毛的只是比莉，可心神漂移间，我恍惚看到几根头发在飘动。我还注意到其他的变化：我的卧室比记忆中要小，床则比记忆中更高。还有很多类似的事情，但我会慢慢适应的。

我写的另一封信最后落到了警察手中，他们根据邮戳查到了我，于是，我妈妈也发现，我不仅给艾比的祖父母写过信，还给其他失踪女孩的家人写过信。我想方设法找到他们的地址，告诉他们，他们的女儿、姐妹或是侄女希望他们了解，了解那些她们在梦里跟我说的事情，因为她们让我进入了她们的记忆。我就是一个访客，虽然从来没有进入她们的生活，却一直关注着她们，一直挂念着她们。我曾经给一个女孩的母亲写过信，说女孩有一次本打算去监狱探望她。我曾经给一个女孩的男朋友写过信，说女孩依然爱他，她并没有在加油站甩掉他，而且确实想跟他一起去墨西哥，只是她实在无法脱身。妈妈想知道我到底发了多少封类似的信件，想知道我到底搜集了多少人的地址，到底跟他们讲了哪些故事，即便有些找来的地址是错误的，即便有些信根本没有到达收信人手中。

当我承认自己的所作所为时，我能看出，她觉得这是一件非常严重的事情。

“这些都是现实中的女孩，”她小心翼翼地对我说，“这些女孩都是你从网上发现的，她们是真实的，有着真实的生活。现实中，她们的家人也在牵挂着她们的下落。但是，关于你对这些女孩的了解，你跟她们说话……劳伦，亲爱的，你知道，那不是……”

“真的。”我替她说道，好让她避免使用这个令她尴尬的字眼。医生们已经让我面对这个现实，并且大声说出来，承认这都不是真的。

那晚以后，我还要因为纵火而出庭，杰米也一样，我认为这对他不公平。不过，我的律师说，我可以在庭审为自己辩护的过程中解释这一切。他估计法院会判我社区服务的惩罚，因为他能以我精神不健全为理由为我申辩。

而艾比，也回到了她在新泽西的家。我已经读了所有能找到的关于她的报道，并且为她并不是我心目中的那个样子而耿耿于怀。她的脸跟寻人启事上的很像，但是身形却很不相同。她的个子，比我看到的那个骑着施文自行车偷偷溜走的她要矮，她的手跟我看到的不一样，她的头发更卷一些，从侧面看，时不时会垂到鼻子上。当看到妈妈特意为我录下来的一段有关她的电视采访时，我惊异地发现，她的声音跟我头脑中她的声音一点也不一样，简直就是陌生人的声音。

不过，她毕竟被找到了，而且还活着。而那名男子——他的名字甚至也不叫希尼——已被逮捕，并以一大串罪名被起诉。妈妈不愿从报纸上大声念出这些罪名，只是说他很快会被关进监狱。

这并不是我臆想出的故事情节，我的脑子绝对编不出丁点类似的情节，我的梦里也没有这样的星火闪过。人们一直在宽慰我说，艾比已经找到了，每次我问他们，他们都是这样回答我的，于是我选择相信他们。不过，那块石头怎么也变不回吊坠去了，不管我从哪个角度，颠过来倒过去地看，在光下或者暗处看，它都只是我在公路边捡到的一块石头。

而且，我也收到了信，就在我被释放以后。我想，妈妈应该是把它扣留了很长时间，拿不准要不要给我看。我很庆幸她还是给我了，虽然信里的内容瞬间就把我拉回到经历的那些事情中去。

她的字体向前倾斜，圆咕隆咚的，像冒着泡，这让我觉得她应该是一个快乐的人，或者是试图显得快乐。她用的是绿色的钢笔和一张从笔记本上撕下来的纸，而不是信纸。我轻轻抚摩着纸张背面的凸起，感受着她的钢笔留下的痕迹，想象着她的钢笔落下，那些文字写下去有多么沉重、多么让人不堪回首。我乐于看她把这一切都写下来。她本可以发电子邮件的，但这样自然是好得多。

亲爱的劳伦，她写道，*我一直想给你写信，但迟迟没有动笔，因为不知该从何说起。警察把你做的事情都告诉了我。我祖母说你曾经来过。我知道，我们素昧平生，也非亲非故，这显得有些奇怪，但是，我必须说，谢谢你。*

后面的信里，她告诉我她回到家以后，生活如何艰难，朋友都用异样的眼光看待她，无法理解她，她很不适应。而且，她竭力要忘记不堪回首的往事，却怎么也做不到，她怀疑自己永远也没办法把它忘掉。我不知道她对我的了解有多少——她没有明说——但她似乎意识到我有病，而且不在家。她的信中有一行，是希望我早日康复、早点回家。

信件的署名是艾比，而不是艾比盖尔，这显得我们像朋友一般。

我不知道自己能不能给她回信。

我再次折上信纸，把它放进我床头柜的抽屉里。我望着窗外，想到她还活着，这多么让人高兴。而我自己，也还活着，而且完好无损地待在这个躯壳里，还在用肺呼吸着空气，还坐在这里。我们俩命运的逆转，是我始料未及的。

今天是星期四，或者是星期五。下星期之前，我都不必回学校去上学。妈妈请了一个学期的假，因为她说她没办法一边工作一边学习，同时还要在家照顾我。我开玩笑说，她可以让他们给她多加些学分，因为她可以自己在屋檐下对一个精神病病人进行研究，而且，幸好我的经历已经足够完成一篇论文了。可是，她听了一点都没有笑出来。

我不应该拿这个开玩笑的。她甚至都不想让我在她面前提起“精神分裂症”这个词。她难道不知道，你越是避免提到“精神分裂症”这个词，它的影响就越大？晚上，我踮着脚偷偷溜下楼，偷偷翻阅她的大学心理学教材，看到上面列举了许多该病的“积极”和“消极”症状，又对照着看哪些是自己具有的症状。我也看到，书上说这种病没有办法痊愈，也没有有效的治疗方法。患有这种疾病的人，一生都要服用抗精神病的药物，以避免出现幻听和幻觉。即便如此，药物也常常无法奏效。往往只需一小杯鸡尾酒就能把一切搞砸——而且，对不同的人，没有通用的疗法，甚至无法知道该用什么疗法。

这些内容，比那些超自然的东西更令我恐慌。所谓鬼神的概念，我能理解；而“大脑神经突触连接失败”这样的术语，却令我一头雾水。前者是在我之外的、我能躲开的东西，而后者就在我体内，就是我自己。所以，这几个月以来，我一直在思考这个问题，并且做出了决定。

我只需要时刻听从妈妈的安排就是了。

此刻，她一边帮我铺被子，一边问我晚上想不想吃蒸粗麦粉。我不知道我们是不是真的想吃，只是说好的。

妈妈看着我吞下今天的药丸，然后说她现在要去厨房做饭。可是，到了门口，她又停了下来，眼睛一直眨着，不让泪水流下来。她不停地眨着眼睛盯着我，似乎不敢相信我还活着。当我最初遇到那些女孩时，也是用这样的眼光看待她们的。

“你去吧，”我说，“我就在这里，看看书。”我捧着一本小说，几乎没怎么开始读，因为翻开第一页后，我就没法集中精力往下看。我用受伤的胳膊把书拿给她看，虽然那只胳膊上只贴着几个创可贴以盖住伤口，妈妈还是不自觉地往后退了一步。

我好几次都想告诉她，能拥有她这样的妈妈，自己实在是太幸运了，然而，我就是没法开口，所以一直到现在也没有说。我只是希望她已经知道我的心思。

她又多了一个新的文身来纪念这件事，这看起来似乎有些古怪，但她说，这是应对创伤的一种健康的方式。文身并没有文在胸前——她的胸前还是干干净净的——我一直在留意着。文身在她的胳膊上。所以，当我看着她走出房间，我也看到自己的脸在回头盯着我，宛如一只矮小的、通人性的猫头鹰站在她肩膀上。我还特意看了一眼那颗美丽的痣在她脸上的哪一侧，好确认把我的形象印在身上的那个人是真正的妈妈。那个文身在跟我说话，说妈妈的确把我刻在了她的身体上。它说，无论发生什么事情，妈妈都会跟我在一起。我知道，事实上很多女孩的母亲都不能做到这一点。不是每个人都像我这么幸运。

如果我也成为失踪女孩的一员，我妈妈永远也不会放弃我，永远不会。

她走后，我并没有去碰那本书，而是盯着窗外看了半晌。妈妈刚才进来的时候，再次把窗户关上了，所以我走过去，又一次把它推开。我必须让它开着。我不记得自己窗户右边还有一棵树，它在微风的拂动下沙沙作响。我猜，这是一棵橡树。它的年龄比我还大，在我死后，它也还将伫立在那里。

这时，忽然传来敲门声，而卧室的门并没有关。我吓了一跳，想到了不该想的事情。当我抬起头，我看到一个女孩，只是跟我想象中的截然不同。

她走进房间，是高一新生雷恩·帕特尔，她就住在附近，不知道是怎么哄骗老师，才得以把我下个星期的家庭作业捎过来的。事实上，我们在学校都没怎么说过话。“你妈妈让我上来的。”她说道。

她递给我一沓试卷，还有一本高级英语文学的新书。可是我落下的课太多，很可能已经够不上高级的水平。接着，她连珠炮似的说了很多无关紧要的新消息，比如，蒂娜跟男友分手了，还有我们学校的摔跤队在全国比赛中取得了名次之类。

接着，她尴尬地在我房间里绕了一圈，不想冷场，然后，又从我的梳妆台上拿起这个或那个东西看看，接着又放回去。我没有阻拦她，但是，当她发现它，把它握在手里，抚摩着它圆形的光滑的表面时，我却打了个哆嗦。

“哦，就是个小东西，我发现的一个小东西。”

“在海滩上？我跟我妈我爸还有我哥去海滨的时候，我发誓要搜集到几百块像这样的石头。好吧，可能不是几百块，但你懂的。我喜欢那种颜色好看的石头……像那种白色、蓝色带闪光的，或是那种粉粉的。可这块只是灰色的。”

有那么一瞬，从镜子里望去，握在她手中的那个东西发起光来，就好像不是石头。它随着一种烟灰色的、湿漉漉的光泽舞动起来，不过随即又暗淡下去。

“把它放下。”我说道。

“它很特别，”雷恩说着把它放到梳妆台上，“我能看出来。你是在哪里发现的？”

它太特别了，我似乎无法把它忘怀。也许我注定要一直保存着它，在我生命中给它留出一个永久的位置，来纪念我的创伤，就像妈妈纪念她的创伤那样。或者，我应该一直戴着它，直到确信这一切都已过去，接着，我会把它埋在后院，或者扔到会有货运火车经过的铁路上，即使呼啸的火车不会把它碾碎。或者，这个星期，我应该抽时间开车到大桥上，把它扔进哈得孙河里。这样，就再也没有人能得到它。

“从我们这里捡的，”我说，“就在我们松崖这里捡的。”

“哦。”她看起来有些失望。她瞥了眼镜子，因为我一直在盯着它，接着，她走过来，坐到床边。

她小声说道：“你现在正在看着她们吗？你妈妈跟我妈妈说过，所以我才知道那个……你知道的。”她那双黑眼睛好大，长长的睫毛像脸上的一张涂满黑色的蜘蛛网。从她从我的床头打量到床尾的认真神情，我能看出，她希望我说我正看着她们，那些失踪的女孩。

我摇摇头。

“哦”，雷恩说道，“好吧。”

她的脸沉了下来。我想，她应该是唯一相信我看见过鬼的人。她一定以为我能够通灵，能充当那些未死之人或者类似东西的中介，就像在医院电梯里那个蓝发女人说的那样。由于这个原因，我对雷恩的好感增加了一点点。我仔细端详着她，她那么年轻、那么开朗。我从她脸上读到的，就是世界上任何事情都可能发生——她的命运充满无限的可能。并不是我通灵，而是我体谅她，不想用自己知道的事情玷污她。

敲门声再度响起，接着，他出现在门口。看到雷恩跟我一起在房间，他似乎有些意外，而且，发现我不是一个人，他似乎也有点失望。但是他还是走了进来，并斜倚在床边的墙壁上。

雷恩相信我，跟杰米相信我，并不是一码事。雷恩恨不得相信一切狂野的事情都是真的。比如，如果我告诉她，就在此时此刻，一个干瘪的黑影正趴在她头顶上方的天花板上，准备跳上她肩膀，准备过来诅咒她的未来，她肯定会相信，因为她喜欢这样的事情。可是，她喜欢的只是像恐怖电影那样惊悚的感觉，这种感觉很奇妙，因为等到影片结束，灯一亮，一切就都过去了。

杰米相信，是因为我相信，这一点对他来说才是重要的。他知道医生给我下的结论，因为我妈妈告诉过他。而且，我能从他有时看我的眼光中，解读出他嘴唇下面想说而没说的话。这对他来说一定很恐怖吧，因为他根本不知道我到底出了什么状况。

“哦，嘿，杰米，”雷恩说着，脸唰的一下红了，“我该走了。”

她赶紧溜出去，还不忘顺手关上门，好让杰米和我单独待一会儿。

他走了过来，到床边才停下。我把书挪了挪，让他坐在床上，他坐过来，靠在我后面蓬松的被子上，肩膀跟我的挨在一起。“很高兴你终于回家了。”他说道。他抬起我受伤的胳膊，握住我的手。

“我也是。”我只说了这一句。我没有因连累他犯下纵火罪而道歉，因为他要我不要再提这件事。我没有说，虽然我已经出院回到家，但这并不意味着我已经痊愈。因为我再也不是过去的那个我了，而其中的原因只有我知道，它一遍遍在我耳边回响，即使我要自己不去听，也无法摆脱它。

“感觉怎么样了？”他问道。他的手指绞缠着我的手指，手腕托住我的手腕。

“有点累，”我说道，“因为吃药的关系。我也不知道它们到底有没有用，它们只是让我觉得累，累得连这本书都读不下去。”

他直了下身子。“有用的，”他说，“药怎么会没用呢？”

“当然，它们很有用。”我把头扭向窗外。

“外面有什么？”他问道，“你在看什么？”每次我在看东西，不管什么东西，他都会问我在看什么。我必须习惯这一点。

“就是那棵树罢了。”我答道。我一直盯着那棵树，自己根本不记得后院离我们房子这么近的地方有一棵树，树枝碰到了我的窗户。我以前怎么就没有注意到我的卧室外面有一棵树呢？那么大一棵树。

我不想说我看见了别的东西。

“你还找到了关于其他人的消息吗？”为了换个话题，我问道。

他犹豫着问道：“你确定你想知道？”

“一直都想呀。”

杰米一直在帮我。我妈妈一直在监控我在网上访问了哪些网页，但是，他知道，我渴望知道关于她们的情况。

“夏恩·约翰斯顿，”他边说边从背包里拿出一张复印的纸给我看，“她也回家了。你看。”

我深吸一口气，努力克制情绪，不让自己在读她的故事时过于激动。显然，她是在科学竞赛高级组的比赛中赢得了奖项，这是上个月的事，这意味着，她并没有在纽瓦克市内的荒地里冻死，她不可能死去。本以为这个女孩最终的结局是悲剧，后来却发现她还活着，这是一件多么美好的事情。我感觉喉咙有些哽咽，于是握紧了自己的拳头，让那种释然的感觉沉淀下去。

当得知尹美和毛拉已经跑到加拿大，而且没有被遣送回家，并在那里一起开始新的生活之时，我心里也是同样的感觉。

一些女孩却没有这么美好的结局。在我住院期间，有人在一处垃圾填埋场发现了海蕾·彼柏林的尸体。而肯德拉·霍华德已经被宣告死亡，虽然她的尸体并未被冲到岸边。湖水太深，当地官员说她的尸体恐怕永远也找不到了。

每听到一个女孩的坏消息，我的心就被撕裂一次。也许正因如此，杰米每次给我带来的都是好消息，都有着美好的结局。

而且，我很快就不需要他帮忙了。我自己将重新拥有一台电脑，并且能够继续搜寻。不管有没有他，我都会继续查下去。

我暗暗对自己发誓，一定要查清所有女孩的下落。不管是跟我有关系的还是没关系的，既然她们都是现实中的女孩，那她们就是举足轻重的。还有那些离家出走的女孩，即便警察不在意，她们的家人不关心也不打算寻找她们，我也会去找。这些女孩都很重要，对她们每一个我都不会放弃。

“谢谢你。”我对杰米说道。夏恩的消息让我的精神振作了一点，我发现自己再次把脸转向窗外，几乎是在微笑。

杰米的眼神一刻不离我，但他什么也没有说。如果他不问我在窗外看到了什么，或者此时正在想什么，那就最好不过了。

因为我在想，我如何才能知道接下来即将发生的事情。我看不到夏恩在真实世界里真实的命运，但我能主宰我自己的命运。

治疗师将不再问我关于那些失踪女孩的问题，而我也不会再提起她们。这样更安全些。因为尽管我吞下的药片使得我无法再看到她们，我却并不是独自一人。完全不是。

有一个女孩，一直在这里，跟我在一起。尽管药物在我头脑中筑起了一道高墙——但通过一个模糊的小洞，我依然会若隐若现地看到她——她就在这里，跟我在一起，因为她从来没把隔壁的大房子当成自己的家。

我们将一起成长，虽然菲奥娜·伯克将永远停留在17岁，永远顶着发根发黑的一头红发，永远穿着印有“FU”字母的旧牛仔裤。她脸上永远带着那副嗔怒的表情，嘴永远噘着，虽然有些时候，她对我很温和，甚至还能被我逗笑。

这些都是我能确定的。我能预见，我的一生都将在菲奥娜·伯克远远的陪伴下度过，但我却不那么确定我跟杰米的关系。我们又在一起了，但我不知道他什么时候会离开。

菲奥娜会留下来。在我下星期返校的第一天，她会跟我在一起，暑期的课程中，她会一直陪着我，这样我就不必复读十一年级了。有时候，她会在三角学测验上偷偷告诉我一个错误的答案，但多数时候她在课上只是睡觉，就像她在学生时代那样。

如果有什么能分开我们之间这种链与球式的你中有我、我中有你的关系，那首先切断关系的一定是她。

明年，菲奥娜·伯克将继续跟我在一起。在我18岁生日那天，她将是我早上醒来看到的第一张面孔，我甚至还没来得及去照镜子，确认自己还能看到镜子里的那个我。她不会把它当回事，不过，我妈妈倒是会烘焙出我最爱吃的什锦蛋糕，还会为我准备许多气球。菲奥娜知道我还活着，还是会为我高兴的。我会看到她盯着我，不只是带着些许嫉妒，而且她知道，餐桌上，我会永远在身边为她留一个位置，即便我妈妈看不见坐在第三把椅子上的她，也没有为她留出一块蛋糕。

菲奥娜还会参加我的毕业舞会，在我进洗手间补画眼线的时候跟我相遇。当杰米发现自己租来的晚礼服被溅上香槟，想要减慢跟我跳舞的步伐时，她将忍不住嘲笑起他来。

在我的毕业典礼上，她将出现在最后一排；当我穿过舞台时，她将跟其他人一起为我欢呼。

我们将一起走过很多年，菲奥娜和我，就像许多儿时的伙伴互相陪伴直到老去。有人可能会说，这就意味着我以后的人生都将被鬼魂萦绕左右，或者是因为她的存在，我将永远无法痊愈。不管怎样，不管怎么解释，我知道，我将永远听见她的声音在我耳旁回响。

而且，我绝对不会抱怨她缠着我。她不再拥有属于自己的生活，她生活的唯一途径就是跟我如影随形。

直到有一天，应该是几十年以后，当我像之前那样再度卧病在床，可能是因为患上癌症，也可能很幸运只是因为衰老而死去——虽然我还无法预知那时的命运，但我知道，到时候，我也不是孤身一人。

环顾房间，我会发现那里有一个陪伴我一生的17岁女孩。她的脸上没有丝毫岁月的痕迹。她会想要跳到床上，把照料我的护工推到一边，趁我还没够到就把我的吉露果冻吃个精光。其实她只是为了让我在死之前振作一下精神。因为菲奥娜·伯克永远不会长大，所以她希望我也永远不要长大。

这就是我没有告诉杰米的。他现在正望着窗外，不过没有看到她。

她吐了口气，伸出手臂，打了个响指，然后扶着橡树的树枝爬到屋子里。她看见我们俩坐在床上，于是停在窗台处，不愿再靠近一步。

*在我在这里看着的时候，你们俩可不许做那件事，听见了吗？*菲奥娜说道。

我感觉脸颊烫烫的，于是赶紧摇头。

我们难道不能出去找点好玩的事情吗？天哪！我无聊死了。你在医

院里待了那么长时间，我觉得我都快憋疯了，她说道。说最后一个字的时候，她咯咯地笑了。她喜欢在我跟前用“疯”这个字。

“你确定你没事？”杰米问道，“你想要出去散散步之类的吗？喝杯咖啡？开车兜兜风？”

“过会儿吧。”我跟他们俩人回答道。

菲奥娜又叹了口气，声音很大，故意让我知道她非常不满意，但是杰米却靠过来，用手撩起我搭在脸颊上的头发，他的位置正好把窗台上的菲奥娜挡住了。“嘿，”他说，“我们哪里也不用去。我们可以就在这里。”

“是的，”我说，“好的，我们开始吧。”

杰米用一只胳膊搂住我的肩，另一只手一直握着我的手。一缕鬈发从他前额垂了下来，他全然不顾。在他身边的，是一个留着黑色波浪长发的女孩，发根的颜色略浅一些。她的眼睛睁得很大，脸颊有些木然。很快就有蒸粗麦粉的晚餐等着她，她将吃上两大盘。她穿着经常穿的黑灰色衣服，阳光透过窗户把她照亮。没有阴影，没有别的声音。没有一个留着火红头发的访客坐在窗台上冲她招手并跷起手指。只有一个再正常不过的女孩和一个男孩，在她的床上，她的膝盖上放了本书，看不出任何心里藏着什么不可告人的秘密的迹象。只是一个女孩。

她17岁，而且依然在这里。

（全文完）

作者后记

《消失的17岁》这部小说在我写作的过程中逐渐成形，就在劳伦不断看到那些支离破碎的失踪女孩的故事时，我想要表达的内容也越来越清晰。小说最终版故事的原型，以及劳伦看到的形象和听到的声音，都是来自我本人对一些有精神疾患的少女研究的结果。

描述精神分裂症和其他精神病患者早期症状的方法有很多种——我只希望我对劳伦故事的叙述，能够贴近她的本性，并力求做到真实可信。

如果你担心自己可能具有精神健康类疾患的某些危险征兆或症状，请考虑向他人倾诉或者寻求帮助。

如果你正在准备离家出走，或者已经离家而不知该怎么回去，有一些资源能够给你提供帮助，甚至能帮你找到一个安全的去处。

下面列举了美国一些能够在困难时为你提供帮助的资源：

美国国家精神疾患联盟(NAMI)：是一个全国性的草根组织，专为患有精神疾病的青少年和成人提供帮助。网站：www.nami.org。咨询热线：1-800-950-NAMI。

美国国家离家出走信息台：如果你想要离家出走，或者曾经离家出走而现在想要回家，或者是有朋友需要类似帮助，可以免费拨打它的电话号码。网站：www.1800runaway.org。24小时危机干预热线：1-800-RUNAWAY。

美国国家自杀干预联盟：为任何试图自杀或者面临情感危机的人提供免费支持。网站：www.suicidepreventionlifeline.org。24小时电话热线：1-800-273-TALK（8255）。

安全地带：一个全国性的青少年延伸服务组织，旨在为青少年和离家出走者提供安全的栖身之所。网站：www.nationalsafeplace.org。如果你身陷困境或者需要帮助，发送safe和你的所在地（街道地址/城市/州）到69866。

特里弗计划：一个全国性的危机干预和自杀干预组织，旨在为同性恋、双性恋、变性和性别认同错乱的青少年提供帮助。网站：www.thetrevorproject.org。特里弗生命热线：1-866-488-7386。

致谢

我要对我的编辑朱莉·斯特劳斯-加贝尔致以深深的敬意。我无法揣测，她是如何看出我想要讲述的故事，并且在我自己尚未构思成形的情况下，就能鼓励我把它写出来的。每一轮修改过程中，朱莉都会敦促我保持节奏，启发我挖掘内涵，润色文字，让内容更加明晰——通过这些艰苦的工作，她帮助我把理念转化成一部引以为豪的作品。她杰出的才能使我的作品得到极大地提高，我知道，这本书能够面世，要归功于她的耐心、投入和娴熟的技能。没有她，我便无法成为现在这个成为作家的我。

写作本书的过程中，我也曾多次产生怀疑、斗争和不理智的情绪，我非常庆幸自己有一位杰出敬业的图书经纪人迈克尔·布雷。他对我写作过程中的焦虑狂乱有神奇的治疗作用，他跟我的每次谈话都给我带来神奇的转变，我已经数不清有多少次了。我是如此幸运能跟他合作，感谢他带来的活力、诚意和智慧。这是我们一起合作的第二本书，我希望这只是开始。

综上所述，你或许能够猜出这本书的写作对我来说绝非易事。回顾往事，过去两年来，我似乎一直在不同的地方写作或者试图写作。我撰写和修改这本书的几个重要地点，似乎都与故事情节有着某种联系，这只有我能看出来：第一章最开始的那部分内容，是在Yaddo撰写的（谢谢你们，Yaddo的同事和工作人员，我们在西屋酒店分享彼此的灵感）。第一章的大部分内容是在奥米克戎的MacDowell Colony完成的（谢谢你们，我在奥米克戎的同事和工作人员）。在纽约市各种不起眼的场所，我秘密地撰写此书，并且进行了一遍又一遍修改，要不是有“作者之家”“思想咖啡厅”“在家工作者书店和咖啡厅”，以及遍布全城的其他可供写作的咖啡厅，我就无法完成此书。再次感谢上述所有场所接待我，并容许我在餐桌旁坐上好几个小时来写作。

我还要特别感谢利巴·布雷对我的信任、启发和引导，能有她这样一位我所崇拜的作家为我撰写封面寄语，我感到无比荣幸。她能够喜欢这本书，让我恨不得掐自己一下，以证明这不是在做梦。

还有考特尼·萨姆，我被她的慷慨无私深深折服，在我写作过程中，她总是在我左右，为我提供建议和支持，帮助我最终完成写作。我也希望自己能够为她做到这一切。

感谢你们，企鹅出版社和迪斯特尔与哥德里奇文学管理公司，感谢你们为我的这本书所做的一切。能够跟这样一些敬业、有激情的人共事，我感到无比荣幸，他们是：丽萨·卡普兰、劳伦·阿布拉默、史蒂夫·麦尔泽、罗萨娜·劳尔、伊丽莎白·扎亚克、安娜·贾泽波、艾米丽·班迪、玛丽·肯特、丹尼尔·德兰尼，以及以这样或者那样的方式接触我这本书的每个人。作为一个曾经在出版行业工作过的人，我很了解按照时间期限工作给人带来的不快和紧迫感，我希望他们知道，这位作者是多么发自内心地感谢他们。

我还要对我生命中遇到的那些作家同人表示感谢，尤其要提到的是对我的写作过程，特别是对这本书的写作提供帮助的人：大卫·阿基米、塔拉·阿尔特布兰多、乔利·安东尼、布莱恩·布里斯、雷谢尔·肯特、凯特·克拉克、卡米力·德安杰利斯、高登·达尔奎斯特、盖勒·佛曼、阿黛勒·格里芬、米歇尔·霍德金、史蒂芬妮·库内、妮娜·拉库、莫里·欧内尔、思格理德·努内、劳瑞·新德、切利尔·卢连坦、麦考米克·坦普曼、罗琳·维瑟米尔以及克里斯蒂·李·吉尔卡。最后，我还要特别感谢米可·奥斯托，在我还未接触少儿小说之前，您就给予我大力的支持。以后，我在自己每本作品的致谢辞中，都会对您表达谢意。另外，我还要感谢我的大家族和几位母亲，尤其是埃塞尔·维斯多普，她热情地参与了多场我的书籍推广活动。

我还要对娱乐网站distraction99.com上的我博客的读者表达谢意：你们多年来的支持，让我在文学写作的探索过程中，成功地在少儿小说领域找到属于自己的一席之地。谢谢你们一直阅读我的作品，并不断给予我鼓励。

我本人的家庭很小，但家人都非常支持我。我的兄弟乔舒亚·苏玛对我的信任从未动摇过，而我的姐姐——劳伦·罗斯·珀蒂，与我共渡难关、同享喜悦，没有她，我无法想象自己的生活会是什么样。

我的母亲——阿琳·西摩，对我的帮助超越了这部书稿。由于她的诊所专门负责治疗患有精神疾病并产生药物依赖的患者，还运用艺术疗法治疗精神分裂症患者，因此，她成为本书写作和研究素材的关键来源。她不仅付出许多时间和精力阅读本书，还帮助我校正方向，以更好地从劳伦的视角展开叙述。母亲是我真正的心灵导师，她作为一名非凡的女性，改变了许多人的生活。更不用说，在我上大学的时候，她还勇敢地回到学校深造。从我年幼之时，一直到现在，她都一直陪伴在我身旁。毫不夸大地说，如果没有她，我将一事无成。

我的另一半——艾瑞克，是我18岁那年邂逅、一直相伴至今的人。在杰米这个人物身上当然能看到他的影子。我不想为他高唱赞歌（太多次了）而令他尴尬，但是，他的确为这本小说付出了自己的全部：他是我撰写的每一个章节的第一位读者，甚至在我交稿前的最后时刻，清晨5点，他都会熬夜等着阅读。由于他的启迪、他的想象力、他的牺牲以及他对我的信任，这本书才得以最终完成。